イギリス人の患者

マイケル・オンダーチェ

王に名を消し去られた風、部族ひとつを溺《おぼ》れさせる砂の海、泳ぐ人々が壁一面に描かれた泉の洞窟《どうくつ》――妖しくも美しい情景が、男の記憶には眠っていた。砂漠に墜落し燃え上がる飛行機から生き延びた彼は、顔も名前も失い、かつて野戦病院だった屋敷で暮らす。世界からとり残されたこの場所に、一人で男を看護する女性、両手の親指を失った泥棒、爆弾処理班の工兵と、戦争の癒えぬ傷を抱えた人人が留まり、男の物語に耳を傾ける。それぞれの哀しみは過去と現在を行き来し、記憶と交わりながら、豊饒《ほうじよう》な小説世界を展開していく。英国最高の文学賞、ブッカー賞五十年の歴史の頂点に輝く長編。

登場人物

ハナ……………………………………………………看護婦
デイビッド・カラバッジョ……………元泥棒。元スパイ。ハナの父親の友人
キルパル・シン（キップ）…………爆弾処理班の工兵
ラディスラウス・ド・アルマーシ…………ハンガリー人の砂漠探検家
ジェフリー・クリフトン…………上流階級のイギリス人
キャサリン・クリフトン……………ジェフリーの妻
イギリス人の患者

イギリス人の患者

マイケル・オンダーチェ
土　屋　政　雄　訳

創元文芸文庫

THE ENGLISH PATIENT

by

Michael Ondaatje

目次

スキップ&メアリ・ディキンソンの思い出に
クィンティンとグリフィンに
感謝を込めてルイーズ・デニーズに

イギリス人の患者

「ここにお集まりの方々は、ジルフ・ケビールで亡《な》くなられたジェフリー・クリフトン氏のこと、そのあと行方不明になられた同氏夫人キャサリン・クリフトンのことをおぼえておいででしょう。あの事件をめぐる悲劇的な状況は、いまだご記憶に新しいことと存じます。一九三九年、砂漠にゼルジュラを捜すという大調査事業の途中でのことでありました。

「本会議を開催するにあたり、あらためて、悲劇に見舞われたお二人に思いをいたし、ここに深甚《しんじん》なる哀悼の意を表したいと存じます。

「さて、今夜の講演は……」

――地理学協会議事録より
（一九四×年、ロンドン）

I　屋　敷

女は庭仕事の手をとめ、立ち上がって遠くを見た。天気が変わる。また一陣の風。大気を伝わる音がゆがみ、背の高いイトスギが揺れた。女は向きを変え、屋敷のほうへ坂をのぼりはじめた。低い塀を越えたとき、むき出しの腕に最初の雨粒が落ち、女は柱廊を横切って、すばやく家に飛び込んだ。

台所では止まらない。通り抜け、暗がりに沈む階段をのぼり、長い廊下を進む。突き当たりのドアがあいていて、そこから廊下に光のくさびが打ち込まれている。

部屋に入ると、中にもう一つの庭園がある。壁と天井に描かれた木々とあずま屋。そのあいだにベッドが置かれ、流れ込むそよ風の中に男が横たわる。入ってきた女のほうへ、ゆっくり顔を向けた。

女は四日ごとに男の黒い体を洗う。まず、破壊された両足から。タオルを水に浸《ひた》し、足首の真上にもっていって、ゆっくり絞る。男のつぶやく声に目を上げると、口元にかすかな笑みが見える。火傷《やけど》は脛《すね》から上がいちばんひどく、それは紫色を通り越して……骨。

女は何か月も世話をして、男の体をよく知っている。タツノオトシゴのように眠るペニス。痩《や》せた細い腰。キリストの腰、と女は思う。この人は絶望した聖人……。枕《まくら》もなく仰向けに横たわり、天井に描かれた木々の葉の天蓋《てんがい》と、その向こうに広がる空の青さを見つめている。胸の火傷は、手でさわれるほどに軽い。ここにはカラミンを縞《しま》状に垂らす。肋骨《ろっこつ》からくぼんだ腹までは、皮膚の絶壁。この絶壁とくぼみが、女にはいとおしい。両肩に手を伸ばし、首筋にそっと涼しい空気を吹きかけていると、男がつぶやく。

えっ？　われに返って、女が聞き返す。

男の黒い顔と灰色の目が女を見る。女はポケットに手を突っ込み、プラムを取り出す。歯で皮をむき、種を抜いて、果肉を男の口に運ぶ。

男がまたささやく。ベッドわきに立つ若い看護婦の心は耳になり、男の思いの中へ引き込まれていく。そこは深い記憶の泉。亡《な》くなるまでの数か月間、男は幾度《いくど》となくその泉に浸り、潜った。

男が静かに語り出す言葉には、高く低く、タカのように自在に翔《か》ける物語がある。朝、男は巨大な木々の腕に抱かれ、こぼれ落ちる花の中で目をさます。そして、ピクニックを思い出す。一人の女を思い出す。いまは紫色に変わったこの体に、かつて口づけをした女がいた。

砂漠で、月を見ることさえ忘れ、何週間も過ごしたことがある、と男がいう。妻の顔を何日もまともに見ずに過ごす夫のようなものかな。怠慢の罪？　いや、没頭の印というべきだろう。

男の視線は、若い女の顔から動かない。女が顔をずらせば、それは直進して壁に吸い込まれる。女が男の上に身をかがめた。この火傷はなぜ……？

午後も夕方に近い。男の手はシーツをもてあそび、指の甲でそっとなでた。

燃えながら砂漠に落ちたのだ。墜落で砂まで燃え上がった。その火の中から、私は素っ裸で立ち上がったらしい。かぶっていた革のヘルメットが火を吹いていた。見ていた人がいる。砂漠の遊牧民を――ベドウィンを――知っているかな。ベドウィンが私を見つけ、棒切れでそりを作った。そりというか、骨組みだけの船だな。そこに私をくくりつけ、砂漠を引いていってくれた。砂の海を渡り、乾いた川床もいくつか越えた。私を引きながら走るベドウィンの足音が、いつまでも響いていた。

ベドウィンには初めて見る火ではなかった。初めての飛行機でもない。飛行機なんて、一九三九年からどんどん砂漠に落ちていたからな。ベドウィンが使っている道具には、墜落した飛行機や戦車の金属で作ったものがいくつもある。戦争が天国で戦われていた時期なんだ。落ちそうな飛行機の爆音は、ベドウィンにはすぐにわかる。墜落現場を捜して歩くこともできる。コックピットのちっぽけなボルト一本が、ベドウィンには貴金属になる。結局、私は砂漠で大盤振る舞いをしたわけだ。だが、燃える飛行機から生きた人間が出てくるなんて、おそらくベドウィンにも初めてだったろうよ。頭から火を吹いている男なんて……。ベドウィンは私の名前を知らなかったし、私も、あれがどの部族なのか知らなかった。

あなたは誰なの。

さあな。いつもそれを聞くな?
イギリス人だって言ったわね。

寝たきりの男は、夜になっても疲れず、眠れない。女は階下の図書室に行き、目についた本を引っ張り出してきて読み聞かせる。蠟燭《ろうそく》の炎がゆらめいて、本のページと、朗読する若い看護婦の顔を照らす。壁を飾る木々や風景は、この時刻にはぼんやりとしか見えない。男は朗読に聞き入り、女の一語一語を水のように飲み込む。

寒い夜には女もベッドに入り、男に添い寝する。だが、絶対に体重をかけてはならない。女の細い手首の重みさえ、男には苦痛だ。

午前二時。ときどき、男はまだ寝つかれずにいて、暗闇《くらやみ》に目を見開いている。

見えなくても、オアシスは匂《にお》いでわかった。空気中の湿り気。あたりのざわめき。ヤシに、くつわや手綱《たづな》。そして、ブリキ缶がぶつかる音。音の響きから、缶は水でいっぱいだとわかる。ベドウィンは、柔らかい大きな布切れに油を染《し》み込ませ、何枚も私の体に貼《は》りつけてくれた。私は油を注がれし者……キリストと同じだな。

いつも誰かが付き添っていた。一言もしゃべらないが、日に一度、日暮れになると私の上にかがみこみ、油布をはぐ。そして、暗がりのなかで皮膚を調べる。そのとき、男の息の匂いをおぼえた。

布をはぎとられれば、私はまた、炎上する飛行機のそばに転がっていた裸の男にもどる。ベドウィンは、灰色のフェルトで私を覆《おお》ってくれた。どこの偉大な民に拾われたのか、と思った。付き添いの男はナツメヤシを嚙《か》み砕いて、口移しに食べさせてくれた。こんな柔らかいナツメヤシを産するのは、どこの偉大な国だろうとも思った。ベドウィンといるあいだ、私は、自分がどこの人間か思い出せなかった。空中で戦っていた当の敵だといわれても、そうかとうなずいただろう。

あとでピサの病院に移されてから、あの男の顔がベッドわきに見えたような気がする。毎晩来て、ナツメヤシを嚙み砕き、柔らかくして、口移しに与えてくれた付き添いの男の顔が……。砂漠の夜には色がない。言葉も、歌もない。私が目覚めると、ベドウィンは黙り込んでしまう。ハンモックに寝かされながら、よく、これは祭壇だと想像したものだ。周りには何百人ものベドウィンが仕えている、なんて……虚栄心のなせるわざだな。実際は、私を見つけ、火柱の立つヘルメットをぬがせてくれた二人だけだったのかもしれない。その二人だって、私はナツメヤシに混じった唾液《だえき》の味と走る足音でしか知らなかった。

女はゆらめく光の下にすわり、本を読んだ。ときどき、部屋の外につづく廊下の暗がりに目をやる。屋敷は、少しまえまで野戦病院として使われていた。女のほかに何人もの看護婦が寝起きしていたが、戦線が北上し、みなほかへ移っていった。いま、戦争はほぼ終わろうとしている。

女の人生で、独房からの唯一《ゆいいつ》の出口を本に見いだし、猛然と読書をした一時期だった。本が女の世界の半分になった。いまも小さなテーブルに向かい、背中を丸めて、インドの少年の物語を読んでいる。皿の上のいろいろな宝石を一所懸命おぼえようとしている少年。師から師へたらい回しにされながら、ある師からは方言を習い、別の師からは記憶を習い、さらに別の師からは催眠逃れの方法を習った……。

本はまだ女の膝《ひざ》の上にある。だが、気がつくと、もう五分以上も十七ページから進んでいない。女は紙の表面の粗さと、誰かが目印に折り曲げたページの隅を見ている。手で紙をなでたとき、心の中で何かが動いた。天井裏のネズミのように……？　夜、窓の外に飛ぶガのように……？　女は廊下の向こうを見やったが、もちろん誰もいない。このサン・ジローラモ屋敷には、イギリス人の患者と自分しかいるはずがない。野菜には不自由しない。屋敷から丘を少しのぼったところに、砲撃された果樹園がある。二人に必要なだけは、ここで栽培《さいばい》できる。それに、ときどき町からやってくる男がいる。野戦病院だった屋敷には、石鹸《せっけん》やシーツが残っていて、これを食料品と取り替える。豆を少し、肉を少し。ワインも二本置いていった。毎晩、添い寝をして患者が寝入ると、女はコップにうやうやしくワインを注ぎ、四分の三ほど閉じたドアの外の小テーブルに運んで、それをすすりながら本を読みつづけた。

だから、男がじっと——かどうか——聞いている物語には、嵐《あらし》でところどころ洗い流された道路のように穴があいていた。虫に食われた綴《つづ》れ織りのように、あるいは爆弾の衝撃でしっくいが浮き上がり、夜のうちにあちこちはがれ落ちた壁画のように、いくつもの出来事が抜け落ちていた。

二人の暮らしている屋敷自体が、そんなぐあいだった。瓦礫《がれき》の山で入れない部屋がいくつもある。階下の図書室には砲撃で穴があき、月の光や雨が自由に入ってくる。図書室の一角には、一年中ずぶ濡《ぬ》れの肘掛《ひじか》け椅子《いす》がある。

物語にいくら穴があいていても、女は頓着《とんじゃく》せず、聞いている男への配慮もしない。とばした章の粗筋《あらすじ》など語らず、ただ本を持ってきて、「九十六ページ」「百十一ページ」と言って読みはじめる。ページ数だけが位置を示す標識だった。女は患者の両手を取り、持ち上げて匂いをかいだ。まだ病人臭がする。

手が荒れているな、と男がいう。

草取りをするから。アザミも生えているし、土も掘るし……。

危ないぞ。そのことはまえにいったな?

ええ。

朗読が始まる。

女は、昔、父親から手の話を聞かされたことがある。手というか、イヌの足の裏のこと。家でイヌと二人だけになると、父はいつもかがみ込んで、イヌの足裏の匂いをかいでいた。そして、ブランデー・グラスをかぐようだといった。世界で最上の芳香《ほうこう》――ブーケの香り――偉大な旅の物語だ、と。聞くたびに少女はいやな顔をしてみせたが、たしかにイヌの足の裏は驚異だった。泥の匂いのかけらもない。これは大聖堂だ、と父は言う。誰それさんの家の庭に、野原に、シクラメンの中も歩いているぞ、と。その日一日、イヌが歩いてきたすべての場所がここに集約されている、とも。

天井裏で何かが動いた。ネズミのような……？　女はまた本から目を上げた。


日食の日に、ベドウィンは私の顔からアシで編んだマスクをはがした。この日を待っていたようだ。天気予報や天体予測を理解できるとは、ここはどこで、なんという文明なのだろう。エル・アハマルか、エル・アブヤドか。赤いのか、白いのか。北西の砂漠の民には違いなかろうが……。空から落ちてきた私を受け止め、オアシスの草のマスクで顔を覆ってくれた人々は誰か。草が手がかりになる。もともと、私は世界中の庭園のなかで、ロンドンの西、キューにある王立植物園が気に入っていた。千草園の色合いの微妙で変化に富んでいることは、丘の断面に露出する幾層《いくそう》にも堆積《たいせき》した灰に劣らない。

私は日食下の風景をじっと見つめた。そして、ベドウィンから教わったように、両腕を高くささげて、宇宙の力を体内に呼び込もうとした。砂漠も、こうやって飛行機を吸い寄せる。フェルトと木の枝で作った輿《こし》に乗せられ、覆われた太陽の下を運ばれていくとき、幾筋《いくすじ》ものフラミンゴが薄闇の視界を横切っていくのが見えた。

皮膚にはいつも油布が貼られ、私は暗闇の中にいた。ある夜、空中高く風鈴が鳴り響くのを聞いた。しばらくして音はやみ、私は残念な思いで眠りに落ちた。鳥の鳴き声をゆっくりと引き延ばしたような音。おそらく、フラミンゴだろう。それとも砂漠のキツネ、フェネックか。

男たちの一人がマントのポケットを半ば縫《ぬ》い閉じて、その中で飼っているのを見たことがある。

翌日、油布に覆われて横たわる私の耳に、また切れ切れのガラス音が聞こえてきた。暗闇からとどく風鈴の音。夕暮れにフェルトがはがされたとき、男の頭をのせたテーブルが見えた。それがこちらに運ばれてくる……が、目を凝らすと、それは巨大な天秤棒《てんびんぼう》をかつぐ男だった。天秤棒からは長短さまざまの紐《ひも》や針金が垂れ、そこに何百という小瓶が結ばれている。男の体はガラス瓶のカーテンに包まれ、その一部となってしずしずと近づいてきた。

小学生の頃に模写させられた、大天使の絵に似ていた。巨大な翼。あれを動かす筋肉がどうやったら一つの体に収まるのか、しきりに頭を悩ましたことを思い出す。男は大股《おおまた》でゆっくり近づいてきた。足取りは滑らかで、瓶はほとんど揺れない。ガラスのうねりと大天使。瓶の中の塗り薬は日光で温まり、皮膚にすりこめば、傷に特別の治癒効果を発揮するだろう。男の背後には、変色した光の束。青やその他の色が、もやと砂のなかにふるえている。かすかなガラス音、色彩のきらめき、王者の歩行、引き締まった黒い銃身のような男の顔……。

近くで見ると、瓶の表面は砂で傷つき、艶《つや》を失っていた。文明を喪失したガラス瓶。どれも口に小さなコルク栓がはめてある。男はそれを歯で引き抜く。二つの薬を調合するときは、一つのコルクを口にくわえたまま、もう一つの瓶のコルクも歯で引き抜く。男は、いま、仰向けに寝る私の真上に翼を広げて立った。そして、砂中深く二本の棒を突き刺すと、それで六フィートの天秤棒をバランスよく支え、身を自由にして薬局の外へ出てきた。砂に膝をついて私にいざり寄り、冷たい両手を私の首にあてがったまま、いつまでも動かなかった。

スーダンから北のギザまで、ラクダのかよう「四十日の道」。ここを通る人で、この男を知らない者はいない。オアシスからオアシス、水飲み場から水飲み場へ移動し、キャラバンと出会えば香辛料と瓶の液体を交換する。砂嵐《すなあらし》の中さえ、瓶の上着をまとったまま通り抜ける。そのとき、両耳にコルク栓をするのは、自分自身を一つの容器とみなしているのだろうか。商人にして医者、油と香水と万能薬の王にして洗礼者。野営地に入ると、いつも病人の前に瓶のカーテンをはる。

私のわきにうずくまった男は、両の足を合わせて土踏まずの椀《わん》を作った。そして、振り返りもせず、後ろに手を伸ばすだけでいくつかの瓶をとった。小瓶の栓を抜くたびに、香水がこぼれ落ちる。海の香り――錆《さ》びの匂い――インディゴ――インク。川底の泥土、ガマズミ、フォルムアルデヒド、パラフィン、エーテル……。匂いの乱流がただよいでて、かぎつけたラクダが遠くで悲鳴をあげた。男は、私の胸に黒っぽい緑色の泥膏《でいこう》を塗りはじめた。クジャクの骨の粉末は、西や南のメディナで取引される。皮膚病の特効薬だという。

図書室へは、台所と崩れ落ちた礼拝堂のあいだのドアから入る。長円形の内部は安全そうに見えるが、奥の壁の、ちょうど肖像画がかかる高さに、大きな穴があいている。二か月まえ、追撃砲を打ち込まれてできた。以来、傷ついた部屋は、天候の気まぐれと宵の星と小鳥のさえずりに支配されている。ソファーが一脚、灰色のカバーに覆われたピアノが一台、クマの頭の剝製《はくせい》が一つ。壁には高い本棚が並ぶ。穴にいちばん近い本棚は雨にうたれ、本が二倍もの重さになって、つぶれかけている。稲妻《いなずま》も遠慮なく部屋に入ってきて、覆われたピアノと絨毯《じゅうたん》を何度も何度も照らしだす。

奥のフランス戸は、板を打ちつけられていて開かない。この戸があけば、図書室から柱廊へ出られる。そこから礼拝堂わきを通る悔悛《かいしゅん》の三十六段をおりて、昔からの草地にも出られる。古い草地だが、いまは黄燐《おうりん》爆弾でやられ、ずいぶん傷ついた。敗走するドイツ軍は、接収していた家々に地雷を仕掛けていった。ほとんどの家では、安全のため、不要不急の部屋をとりあえず閉鎖し、ドアなどを釘付《くぎづ》けにしている。この図書室もそうした部屋の一つ。

女はそっと図書室のドアをあけ、午後の暗がりの中へすべりこんだ。危険は知っていたつもりだが、木の床にかかる自分の体重をふと意識した。床下に何かあれば、自分の重さでも引き金を引くには十分かもしれない……。女は、足をほこりに埋めたまま、しばらくじっと立っていた。砲弾であいた不規則な穴から空が見える。そこから入る光だけが、部屋を照らしている。

女は、本棚から『モヒカン族の最後』を引き抜いた。棚の一部がちぎれたかと思うほど、バリバリと大きな音がした。薄暗がりのなかでも、カバーに描かれた青緑色の空と湖と、それを背景に立つインディアンが見えて、心がときめいた。本を手にした女は、そっと後戻りをはじめた。部屋で誰かが寝ているかのように、その安眠を妨げまいとするかのように、自分の足跡を後ろ向きに一歩一歩たどる。それは安全のためもあったが、ゲームでもあった。足跡だけを見た人は、誰かが部屋に入ったまま忽然《こつぜん》と消えうせたと思うだろう。女はドアを閉じ、立ち入り禁止の札をもとにもどした。

イギリス人の患者の部屋にもどると、出窓の内側にすわりこんだ。片側には壁画の木々があり、反対側は谷を見おろす。本を開くと、それは全体が波うち、ページどうしが固くはりついていた。ロビンソン・クルーソーが浜辺で見つけた本みたい、と思った。いちど波にさらわれ、浜辺に打ち上げられて乾燥した本は、きっとこんなぐあいだったろう。これは「一七五七年の物語」。絵はN・C・ワイエス。挿絵のリストに一行ずつの説明を添えた、あの貴重なページがある。最上の本には、例外なくこのページがある。

女は物語に飛び込んだ。読了時には、きっと、他人の人生に――二十年の紆余曲折《うよきょくせつ》に――どっぷり浸ったあとの重さが残る。あれこれのセンテンスや無数の瞬間が、体中に余韻《よいん》を残す。思い出せない夢が心を悩ますような、重苦しい目覚めの感覚がある。だが、それを承知のうえで、女は読みはじめた。

女とイギリス人の患者がいる丘の町は、北西ルートの入り口にあたる。連合軍はここを一月以上も包囲し、リンゴ園とプラム園に囲まれた僧院と二つの屋敷を集中的に攻撃した。丘の下のほうにあるのがメディチ屋敷。将軍たちがここで寝起きしていた。サン・ジローラモ屋敷はそのすぐ上に立つ。かつて尼僧院《にそういん》だったこの屋敷は、城のように銃眼つきの胸壁をめぐらしていて、ドイツ軍が立てこもる最後の砦《とりで》となった。はじめは百人ほどの兵士が居住していた。だが、焼夷弾《しょういだん》攻撃があり、町全体が沈没寸前の戦艦に似てくると、果樹園のバラック・テントで野営していた兵士たちもここに逃げ込み、旧尼僧院の寝室は雑踏になった。礼拝堂はところどころ吹き飛ばされ、屋敷の最上階の一部も砲撃で崩れ落ちた。やがて連合軍が屋敷を占拠し、それを病院にした。煙突と屋根の一部はまだ残っていたが、三階へ上がる階段は封鎖された。

負傷者と看護婦を南のもっと安全な場所に移すことが決まったとき、女とイギリス人の患者だけは移ることを拒否した。電気はなく、寒さの厳しい時期だった。谷側の壁をそっくり吹き飛ばされた部屋もいくつかある。そんな部屋で女がドアをあけると、その先は大自然。部屋の隅にうずくまるベッドは雨に濡れ、落ち葉が積もっていた。野鳥が住みついた部屋もある。

屋敷を逃げ出すとき、ドイツ兵は火を放っていった。その火で、階段の下のほうの数段が焼けた。女は図書室から本を二十冊ほど持ち出し、積み重ねて床に打ちつけて、下の二段を作った。ほとんどの椅子は薪《まき》になった。図書室の肘掛け椅子がまだ残っているのは、砲弾の穴から夜の嵐が吹き込み、いつもずぶ濡れだったことによる。一九四五年のあの四月、濡れているものだけが焼かれずにすんだ。

ベッドもほとんど残っていないが、女は気にしなかった。ベッドで寝るより、屋敷内での放浪生活のほうがいい。わらぶとんやハンモックを抱え、天気や気温に応じてイギリス人の患者の部屋に寝たり、廊下に寝たりする。朝になれば、また寝具を丸め、転がせるように紐でしばっておく。ようやく暖かくなってきたいま、女は閉ざされていた部屋をいくつもあけて歩いた。よどんだ暗闇に新鮮な空気を入れ、日光ですべての湿り気を追い出す。夜、壁を吹き飛ばされた部屋で寝ることもあった。わざわざ部屋のへりにわらぶとんを敷き、星の動きと雲の流れを見ながら眠りにつく。ときには、夜半の雷と稲妻で目をさます。このとき、女は二十歳。完全に正気とはいえず、身の安全には無関心だった。地雷の危険を知りながら、平気で図書室に入った。夜中の雷鳴に驚いて目をさましはしても、それを恐れることはなかった。冷たい数か月間、暗く保護された空間に閉じこめられていた女は、いま、動き回る衝動に駆られていた。兵隊たちが汚していった部屋をあけて、落ち葉や糞尿《ふんにょう》を始末する。兵隊たちが中で焚《た》き火をした部屋に入って、焼けこげたテーブルを片づける。イギリス人の患者が自分のベッドに王様のように横たわっているとき、女は屋敷内をあちらこちらとうろつき回った。

二人の生活は、食糧調達とあやうい安全の上になりたっていた。夜、必要最小限の蠟燭しか使わないのは、盗賊が徘徊《はいかい》し、目につくものすべてを略奪して歩いているからだ。さいわい、外からは屋敷が廃墟《はいきょ》に見えた。屋外の階段は途中で消えうせ、手すりがぶら下がっている。二人の安全は、屋敷が廃墟に見えることでようやく守られていた。だが、半ば大人で半ば子どもの女は、この屋敷にいると安心できた。戦争中に自分の身の上に起きたことをようやく振り切り、いま、自分のためにいくつかの規則を作っていた。もう命令には従わない。大いなる善のための義務など遂行しない。火傷のこの患者一人だけを看護する……。こうして、女は患者に本を読んでやり、その体を洗い、モルヒネを投与した。女が意思を通わせる相手は、唯一、この患者だけになった。

庭と果樹園でも仕事に精を出した。爆撃された礼拝堂から、六フィートもある十字架のキリスト像を運び出し、苗床に立てて案山子《かかし》を作った。からのイワシ缶をぶら下げると、風が起こるたびにガラガラとやかましく鳴った。屋敷に入ると、瓦礫をよけながら、奥の小部屋に行き、蠟燭をともす。ここに女のスーツケースが置いてある。きちんと荷づくりをしてあるが、中身は何通かの手紙と、丸めたわずかの衣類と、金属製の救急箱。ほかに見るべきものはない。屋敷の掃除は、まだほんの一部に手がついたにすぎない。だが、その気になれば、全部を燃やしてしまうことは簡単にできる。

女は薄暗い廊下でマッチをすり、蠟燭の芯《しん》に近づけた。炎が肩まで燃え上がる。床に膝をつき、両手を腿《もも》に置いて、硫黄《いおう》の匂いを吸い込む。いっしょに光も吸い込んでいると想像する。

女は数フィート後退し、白いチョークで木の床に四角を描く。さらにさがって、また描く。こうして四角形のピラミッドができる。一つ、つぎに二つ、また一つ。床に突っ張った左手で体を支え、頭《こうべ》を垂れ、真剣に描きながら、光から遠ざかる。ようやく上体を起こし、しゃがんだまま蠟燭のほうを見る。

チョークをドレスのポケットに落とし、立ち上がる。ゆったりしたスカートをたくし上げ、腰の周りにしばった。反対側のポケットから金属片を取り出し、前に放り投げる。それは、いちばん奥の四角の向こうに落ちる。

女が前に跳ぶ。足が激しく床をたたき、背後の影が廊下の奥に弾む。機敏な動き。四角の中に書かれた番号を、テニスシューズが軽快に踏む。ケン、パ、ケン、パ……。たちまち最後の四角。

女は腰をかがめ、金属片を拾い、その位置で一休みする。腿をむき出しにしたまま、両手をだらりと下げて、動かない。激しい息遣《いきづか》い。つぎに大きく息を吸うと、蠟燭を吹き消す。

女は暗闇の中に立ちつづける。煙の匂いが広がった。

女は飛び上がり、空中でくるりと反対を向いておりる。そして、さっきよりいっそう激しく跳びはじめる。廊下は暗闇だが、女の感覚は床にあるはずの四角を確実にとらえつづける。テニスシューズが黒い床をたたき、蹴《け》る。その音は人気のない屋敷のすみずみまでこだまし、空にかかる月と、屋敷を半分取り巻いている谷までとどく。


夜、火傷の男は屋敷内にかすかな振動を感じる。補聴器のボリュームを上げ、たたきつけるような音を聞くが、なんの音で、どこから来るものか、まだ突き止められずにいる。


女は、患者のベッドわきの小テーブルに置いてある手帳を取り上げた。燃える飛行機から男が持ち出した本。基本的にはヘロドトスの『歴史』だが、書き込みやら、他の本からの切り抜きやらでふくらんでいる。すべてはヘロドトスの文章の中に居場所を見つけ、おとなしく収まっている。

女は、ごつごつした手書きの細字を読みはじめた。

モロッコ南部の旋風は「アージェジ」。農夫はこれにナイフで立ち向かう。「アフリコ」はローマまで達することもある。秋の風「アルム」はユーゴスラビアから吹く。「アリフィ」は、「アレフ」とも「リフィ」とも呼ばれ、無数の舌をもち、大地を焦《こ》がす。これらは現在形で生きつづける不変の風。

やや気まぐれな風。馬と乗り手を吹き倒したあと、向きを変え、反時計回りに吹いたりする。「ビスト・ロズ」は百七十日間もアフガニスタンに吹きつづけ、村々を埋める。チュニスからは熱く乾いた「ギブリ」。吹いて、吹いて、人間の神経をおかしくする。「ハブーブ」はスーダンの砂嵐。千メートルも立ち上がる鮮やかな黄色い壁になって押し寄せ、あとに雨をともなう。「ハルマッタン」は海まで吹き抜け、最後は大西洋に沈む。「インバト」は北アフリカの海風。ほかに、空に向かってため息をつくだけの風。寒さとともに襲う夜の砂嵐。「ハムシン」は、アラビア語の「五十」に由来する。三月から五月まで五十日間も吹きつづけ、エジプト第九の天災と呼ばれる。「ダトゥー」はジブラルタルからの風。芳香を運ぶ。

砂漠の謎《なぞ》の風「――」。ある王子がこの風の中で死に、以来、王がその名前を消し去った。「ナフハト」はアラビアの疾風。「メッザル・イフールーセン」は激しく冷たい南西風。ベルベル人はこれを「鳥の羽をむしる風」と呼ぶ。コーカサスから吹く黒く乾いた北東風「ベシャバル」。その意味は「黒い風」。トルコからの「サミール」は「毒と風」。よく戦いに利用された。毒の風はいくつもある。たとえば、北アフリカの「シムーン」。そして「ソラノ」。巻き上げる砂で珍種の花びらを散らし、人にめまいを起こさせる。

ほかに、局地的な風。

洪水のように大地を流れ、ペンキをはがし、電柱をなぎ倒し、岩や石像の頭を運び去る。サハラを吹く「ハルマッタン」は、赤い砂塵《さじん》を運ぶ。火のような砂。粉のような砂。ライフルに入り込み、安全装置の中で凝固する。船乗りはこの赤い風を「暗黒の海」と呼んだ。サハラから吹き出した赤い砂塵は、遠く北のコーンウォールやデボンまで飛び、泥の雨を降らせる。その色の濃さから、血と間違えられたこともある。「一九〇一年、ポルトガルとスペインの広い地域で血の雨が観測された」

空中には、つねに何百万トンもの砂塵が浮遊している。ちょうど、地中に何百万立方メートルもの空気があるように。地表で草を食《は》む動物より、地中をはい回る動物（ミミズ、幼虫、地下生物）のほうが量的に多いように。ヘロドトスの記録には、「シムーン」に飲み込まれたまま、ふたたび帰ることのなかった多くの軍勢のことが記されている。ある国は「この邪悪な風に激怒し、宣戦を布告して、完全装備で進軍したが、たちまち砂中深くに埋葬された」。

砂嵐は三通りの姿で襲う。渦。柱。面。渦の砂嵐は地平線を消し去る。柱の砂嵐は魔神たちの踊り。面の砂嵐は「銅の色をし、自然が発火したように見える」。

女は本から目を上げ、男の視線が自分に向けられているのに気づく。暗闇の中で男が語りはじめる。

ベドウィンが私を生かしつづけていたのには、理由がある。私には利用価値があったのだ……少なくとも、飛行機が砂漠に墜落したとき、そこにいた誰かがそう考えた。私は特殊な人間だ。地図で形を見るだけで、名前などなくても、どの町かわかる。私の中にはいつも海のように情報がある。どこかの家に一人残されれば、何はともあれ本棚に歩み寄り、本を引っぱり出して、むさぼる。私はそういう男だ。歴史はそうやって人間に入り込む。海底の地形図も、地殻の傷をたどった地図も、十字軍の行路を記した羊皮地図も、私はすべてを知っていた。

もちろん、ベドウィンのいる土地のことも、墜落するまえから知っていた。かつてアレキサンダー大王が、どんな大義名分をかかげ、どんな強欲を秘めて、この地を行軍していったか。絹や井戸を渇望《かつぼう》する遊牧民に、どんな生活習慣があるのか。ある部族は谷底全体を黒く染め、対流を活発にして、雨を降らせようとした。高い塔を建てて、雲の横腹に穴をあけようともした。風の吹きはじめに手をかざす部族もある。これを正しい瞬間に行うと、嵐が自分たちのいる砂漠をそれ、嫌われものの隣の部族に向かうと信じている。溺死《できし》は絶えることがない。空気を求めてあけた口に、突然、砂が入り込み、部族全体が一晩で歴史に変わる。

砂漠では、分別の意義を見失いがちになる。空から砂漠に墜落したとき、砂漠が黄色い波間に見えた。私は頭の中で「筏《いかだ》だ。筏を作らねば……」と思いつづけた。ベドウィンといるときも、乾いた砂の真ん中であることを知りながら、自分はいま水の民のあいだにいると思いつづけた。

タッシリで、古い岩の彫刻を見たことがある。サハラの人々がアシ船からカバを狩っていた。スラの涸《か》れ谷には、泳ぐ人を壁一面に描いた洞窟《どうくつ》がある。昔、ここには湖があった。私なら、壁にその形を描いて見せてやることも、六千年まえの湖岸まで案内してやることもできる。人類の知る最古の帆とはどんなものか、船乗りに聞いてみるといい。台形の帆を詳しく説明してくれるだろう。ヌビアの岩の絵に見るアシ船のあの帆だ。もちろん、王朝以前の絵だ。いまでも、砂漠から銛《もり》が見つかることを知っているかな？　ここの祖先は、たしかに水の民だった。いまもキャラバンは川の流れに似ているが、水はすっかりよそ者になってしまった。水はこの地から追放され、缶や瓶に入らなければ舞いもどってこられない。手と口のあいだにしか存在できない幽霊だ。

ベドウィンに拾われ、居場所すら不確かだったとき、私に必要だったのは、ほんの小さな山の名前、土地のちょっとした風習だった。なんでもいい。この歴史的動物の細胞一つだけでも手に入れれば、私の頭の中では、世界全体があるべき位置にちゃんと収まっただろう。アフリカのこんな地域のことを誰が知っている？　少しでも知っている人間がどれほどいる？　砂漠に八百マイルも入ったところを戦場にして、ナイルの軍勢は行ったり来たりしている。ホイペット戦車に、ブレニム中距離爆撃機に、グラディエーター複葉戦闘機に、八千の兵士。だが、いったい敵とは誰なのだ。味方とは誰のことだ。この土地の——キレナイカの沃土《よくど》の、エル・アゲイラの塩水湿地の——味方とは、いったい誰なのだ。ヨーロッパじゅうが北アフリカに集まって、自分勝手な戦争をしている。シーディ・レゼグでも、バグオでも……。

男はベドウィンの引くそりに乗せられ、油布に覆われたまま、暗闇のなかを五日間旅した。

急に気温が下がり、高い赤い断崖《だんがい》に囲まれた谷に到着した。そこには同じ部族の人々がすでに集まり、男たちの合流を待ち受けていた。砂の上をすべり、石からこぼれ落ちながら進む水の民。青い衣をまとい、その衣が風に吹かれて、牛乳のしぶきや翼のように形を変えた。ベドウィンが男の体から柔らかい油布をはがした。そのたびに皮膚が引っ張られ、吸引音をたてる。峡谷の巨大な子宮の中に男は裸で横たわり、上空を舞っていたハゲワシが、ベドウィンの野営する岩の割れ目めがけて千年の空間を急降下してきた。

翌朝、男は遠く広がる谷間まで連れていかれた。周囲ではベドウィンが声高に語りはじめ、男は突然のようにその方言を理解した。連れてこられた理由がわかった。砂の中に銃が埋められているという。

顔を覆われた男は、まっすぐ前方を向いたまま、あるものの前に連れてこられた。そして、導かれるままに一ヤードほど腕を伸ばした。わきから腕を支えられ、てのひらを開いて、下向きにして伸ばす。何日もかけた旅は、この一ヤードのためにあった。男は上体を前に倒し、ある目的をもった何かに触れた。それはステン軽機関銃の銃身。男の腕を支えていた手が離れ、ベドウィンの話し声がやんだ。男は銃の通訳になった。

「一二ミリ口径ブレダ機関銃。イタリア製」

男は遊底《ゆうてい》を引き、弾丸が入っていないことを指で確認すると、遊底をもどして引き金を引いた。カチッ。「有名な銃だ」つぶやく男を、ベドウィンがさらに前に押した。

「七・五ミリ口径シャトレロー軽機関銃。一九二四年フランス製」

「ドイツ製。七・九ミリ口径MG一五空軍式」

男は銃の一つ一つの前に連れていかれた。いろいろな国の、いろいろな時代の銃があった。まるで砂漠の博物館。銃床と弾倉をなで、照準器に指で触れ、名前を告げては、つぎの銃へ進む。正式に手渡された銃は八丁。男はそのすべての名前を大声で呼ばわった。まずフランス語で、つぎに部族の言葉で。ベドウィンにとってどんな意味があったのかわからない。銃の名前を知るというより、男が名前を知っているかどうか知りたかったのかもしれない。

ふたたび横から手首をとられ、こんどは弾丸の詰まった箱に導かれた。その右側にも箱があり、やはり弾丸の山。ただし、こちらは七ミリ弾。さらに別の箱……。

子どもの頃、男は叔母のもとで育てられた。叔母は庭の芝生にトランプを裏返して並べ、神経衰弱のゲームを教えてくれた。プレーヤーは二枚ずつ表に返し、その位置を記憶して、同じ絵柄・同じ番号を二枚そろえようとする。あれは別の風景の中でのこと。マスの泳ぐ小川、一瞬の鳴き声から名前のわかる小鳥――あらゆるものが名前をもつ世界でのこと。いま、草の繊維のマスクで顔を覆った男は、一個の弾丸をつまみ上げ、銃の一つへ自分を運ぶようベドウィンに指示した。弾を込め、空に向けて発射する。銃声が峡谷の岩肌にすさまじく反響する。「こだまとは、虚空《こくう》でみずからを励ます音の魂《たましい》なれば」默してしゃべらず、狂人とみなされていたある男が、イギリスの病院でそう書いた。男は、いまこの砂漠にいて正気だった。明晰《めいせき》な思考でトランプをめくり、たちまち組み合わせを作ると、叔母に得意げな笑みを投げ、空中への発射で組み合わせの正しさを証明した。つぎからつぎへ。男には見えない周りの人々が、やがて一発一発の銃声に歓声で応《こた》えはじめた。男は向きを変え、こんどはブレダ機関銃にもどる。男を運ぶのは、奇妙な人間の輿。ナイフを持った男が後ろに従い、弾丸の箱と銃床に対のマークを刻んで歩く。孤独のあとに経験するこの自由な運動と歓声に、男は昂揚《こうよう》した。助けてくれたベドウィンの思惑はわかった。その思惑に応えられる知識が、自分にはある。

男は村々を訪れる。女のいない村があった。男の知識は便利な模造通貨のように受け入れられ、部族から部族へ伝わり、八千のベドウィンに流通する。各部族が、それぞれの風習とそれぞれの音楽で男を迎える。目隠しのまま、男はムジナ族の水汲《みずく》みの歌を聞く。歓喜の歌声に、ダッヒヤの踊りと笛の調べがともなう。笛は、緊急時の伝言にも使われるマクルーナの二重管。一方が絶えず単調な低音を吹き鳴らす。さらに別の村へ、オアシスへ。そこは五弦リラの領域。前奏と間奏をもつ村に、手拍子の村に、掛け合い舞踊《ぶよう》のオアシスに……。

日暮れになって、男はようやく視力を与えられ、自分の捕らえ人であり救い人であるベドウィンを見る。いまは居場所もわかった。求める部族には、遊牧域の外の世界を地図に描いてやり、他の部族には銃の仕組みを説明する。火の前にすわる男の向かいに、楽人がいる。シムシミヤ・リラの音が一陣の風に乗って散り、炎を越えて男のもとに流れ寄る。踊る少年がいる。焚き火の光のなかで、見たこともないほど愛らしい。細い肩はパピルスのように白く、腹部の汗が光を反射する。首から足首までを覆う青い亜麻布は、誘惑のための衣。割れ目からときおり裸身がのぞき、その瞬間、少年は一条の茶色の稲妻になる。

夜の砂漠が男たちを包む。いま、そこを動くのは、キャラバンと砂嵐の緩い隊列だけだ。男の周囲は、いつも秘密と危険に満ちている。あるとき、目が見えないまま手を動かして、砂に埋まる両刃の剃刀《かみそり》で切った。あれは夢ではなかったか……男はときどきわからなくなる。きれいな切り口は痛みすら残さないから。顔にはまだ触れられないまま、男は流れる血を頭にこすりつけることで、怪我《けが》を捕らえ人に知らせた。完全な静けさの中を連れていかれた女のいない村。月を一度も見なかった一か月。あれは想像の産物か。油とフェルトと暗闇につつまれて、男が見た夢か。

呪《のろ》われた水が湧《わ》くという井戸を通りすぎた。町が隠されているというひらけた空間がある。ベドウィンが砂の中から部屋を掘り出し、砂の下に水の巣を掘り当てるあいだ、男はじっと待っていた。無垢《むく》な少年が踊る。その汚れのない美しさは、清らかな音のなかの音、少年聖歌隊員のボーイ・ソプラノ。澄み切った川の流れ。はてしなく透明な海の深み。海には固定と永遠がない。かつて海だったこの砂漠でも、すべてのものは漂う――少年の体を覆う亜麻布のように。一瞬、それは青い海になって少年の抱擁《ほうよう》を受け、つぎの瞬間、青い胞衣《えな》になり、少年はそこから解き放たれようとする。興奮した少年の性器が勃起し、炎の色に染まる。

炎に砂がかけられ、周囲の煙も消えていく。脈拍のように、雨音のように、楽器が静まる。消えた火の向こうに腕を伸ばし、少年が笛の音をとめた。もう少年はいない。立ち去った足跡もない。残るのは、借りもののぼろ布だけ。ベドウィンの一人が這《は》い出て、砂に落ちた精液を集めた。銃の通訳をする白人のところへもっていって、手渡す。砂漠で祝われるものは水以外にない。

女は洗面台をつかみ、その上にかがみ込んで、スタッコの壁を見つめる。壁に鏡はない。屋敷の鏡はすべて取り去り、空き部屋にしまい込んだ。洗面台をつかんだまま、女は頭を左右に動かす。待ちかねていたように影が踊る。女は手を濡らし、その指で髪をすく。やがて髪はすっかり濡れ、女の気持ちも落ち着いた。そのまま外に出ると、濡れた髪を風が打つ。雷鳴もかき消されるその瞬間が心地よい。

Ⅱ　廃墟《はいきょ》の縁

両手に包帯をした男は、偶然、ある看護婦の名前を耳にし、その看護婦と火傷《やけど》の患者のことを知った。ローマの軍病院に入院して、四か月以上もたってからのことだった。男は戸口から引き返し、いますれ違った数人の医師のところに歩み寄って、いったいその看護婦はどこにいるのかと尋ねた。医師からは、つねづね引きこもりがちとみなされている男だった。入院して長いのに、これまで言葉を発したことがない。身振りとしかめ面《つら》と、たまの笑顔でしか意思を表さない。それがいきなり自分から口をきき、看護婦のことを尋ねたのだから、居合わせた医師たちは一様に驚いた。名前も何もわからない正体不明の男。だが、男が書類に書いた一連の番号は、連合軍の一員であることを示していた。

男の身元は厳重に調査され、ロンドンからの連絡で確認された。その男にはこれこれの傷跡があるはず、とあった。医師は男のところにもどり、包帯を見てうなずいた。なるほど、きっと沈黙を望んでいる名士なのだろう。戦争の英雄か……。

男は、とにかく安全でいたかった。それには、何も明かさないのがいちばんいい。なだめられても、すかされても、おどされても、絶対に何も言わない。こうして、男は、四か月以上も一言もしゃべらず、医師の前では大きな動物でとおしてきた。無残な状態で病院に送り込まれてから、手の痛みを抑えるため定期的にモルヒネの投与を受け、毎日、暗がりで肘掛《ひじか》け椅子《いす》にすわり、病棟や倉庫に出入りする患者と看護婦の動きを見つめてきた。

それが、いま、廊下で医師らとすれ違いながら女の名前を聞きとがめ、立ち止まり、振り返り、医師を追っていって、どこの病院で働いているのかと尋ねた。昔、尼僧院《にそういん》だった屋敷だ、と医師は驚きながら答えた。ドイツ軍が占拠していたが、連合軍が包囲して奪還し、病院に変えた。フィレンツェの北の丘陵地にある。砲撃でほとんど崩れ落ちていて、危険だ。ほんの間に合わせの野戦病院だったのに、この看護婦と患者がどうしても動こうとしない。

無理やりにでも連れ出せばよかったのに。

動かすには患者の状態が悪すぎると女が言い張った。もちろん、安全に運ぶことはできたと思うが、こういう時節だから、ああだこうだ揉《も》めているひまはない。思えば、女自身かなりひどい状態だったが……。

怪我《けが》で？

いや。ひとつには戦争神経症だろう。本来なら家に送り返すべきところだが、このあたりでは戦争がもう終わっている。誰かに何かを強制するなんて、とうていできない相談だ。病人は勝手に病院を抜け出すし、兵隊は除隊を待たずにさっさと家に帰ってしまうし……。

屋敷の名前は？

サン・ジローラモ。庭に幽霊が出るという噂《うわさ》のある屋敷だ。庭はともかく、あの看護婦にはたしかに幽霊がとりついているよ。火傷の患者でね、顔はあるが、人相は見分けがつかない。神経がなくなっている。マッチをすって顔につけたって、顔色ひとつ変わらない。完全に麻痺《まひ》しているから。

いったい何者?

さあ。名前はわからない。

しゃべれないのか。

医師はそろって笑い出した。いや、しゃべれるよ。というより、しゃべりっぱなしだ。ただ、自分が誰なのかがわからない。

どこから来たんだ。

ベドウィンがシワのオアシスに連れてきた。それから、ピサにしばらくいたが……。あの男の認識票は、いまごろどこかのアラブ人がもってるんだろう。いずれ売る気にでもなれば、回り回って男の名前もわかるかもしれない。だが、売らないだろうな。いい魔除《まよ》けになるらしいから、あれは。砂漠に落ちた飛行機乗りで、認識票つきで帰ってきた者は一人もいない。ともかく、いまはトスカーナ州のその屋敷にいて、女がつきっきりで看病している。一時は、連合軍が百人くらいの負傷者を収容していた場所だ。そのまえは、ドイツ軍が少人数で立てこもって、最後の砦《とりで》にした。屋敷内の部屋には絵が描いてあってね、部屋ごとに季節が違うんだ。外は谷。フィレンツェから二十マイルの丘の上で、もちろん通行証がいる。お望みなら、誰かに車で送らせてあげてもいいよ。たぶん、だいじょうぶだろう。だが、まだひどい有り様のところだ。家畜の死体がごろごろしている。馬が射殺されて、それも半分食われていたりね。人間が橋から逆さまにぶら下がっているなんて光景にも出くわす。戦争最後の悲惨だな。退却するドイツ軍があちこちに地雷を埋めたり、仕掛けたりしていったが、工兵隊がまだ到着していないから、手つかずだ。危険このうえない。とにかく、病院を置けるような場所じゃない。最悪なのは死体の腐臭でね。早く雪でも降って、真っ白に覆《おお》ってくれることを願うよ。そのまえにカラスが必要かな……。

ありがとう、先生方。

男は病院から外に出た。病室の照明は緑色で、いつもガラス瓶の中にいるような気がしていた。その部屋から日の光の中へ、ひらけた空間へ、男は数か月ぶりに歩み出た。戸外に立ち、すべてのものを胸いっぱいに吸い込もうとした。周囲の人々の急ぎ足も。そして、まずゴム底の靴がいるな、と思った。それにジェラートだ。

列車の中で眠るのはむずかしかった。左右に揺れるし、室内の乗客がタバコを吸っている。こめかみを何度も窓枠にぶつけた。みな黒っぽい服を着て、それがあちらでもこちらでも火のついたタバコを手にしている。車両全体が火事になっているように見えた。列車が墓地のわきを通るたび、周囲の客がみな十字を切るのに男は気づいた。思えば、女自身かなりひどい状態だったが……。

扁桃腺《へんとうせん》にはジェラート……。男は思い出した。少女が扁桃腺を切ることになって、その父親と二人で付き添っていった。だが、子どもでいっぱいの待合室を一目見て、少女の気が変わった。なんでも言うことをきくおとなしい子が、いきなり石のようにかたくなになった。扁桃腺といえば、当時の常識では切るものだったが、何を言っても少女は耳を貸さない。切ってとるなんていや！ ヘントーセンでもなんでも、一生、喉《のど》に入れたままでいい……！ 男はいまもって扁桃腺が何なのか知らなかった。

連中は首に手をふれなかった、と男は思った。不思議だ。あのままだと、つぎに何をしただろうか。何を切っただろうか……。それを想像しはじめると、居ても立ってもいられない気分になる。当時、男はいつも自分の首のことを考えた。

天井裏で何かが動く。ネズミのような……？

男は鞄《かばん》を持ったまま、廊下の端に立った。鞄を床におろし、暗闇《くらやみ》と、ところどころに置かれた蠟燭《ろうそく》の光の向こうに手を振った。そして、女のほうへ廊下を歩きはじめた。その歩行には足音がない。床はコトリとも音を立てない。女はそれに驚いたが、なにか懐《なつ》かしさも感じた。自分と患者だけの世界に接近しつつある男が、少なくとも騒々しくは踏み込んでこないことに、ほっとしていた。

男は長い廊下を歩いた。蠟燭のわきを通るたびに、影が急いで男を追い越す。女は石油ランプの芯《しん》を長くして、自分を取り巻く光の輪を広げた。本を膝《ひざ》にのせたまま、じっとすわって待つ。男が近づき、叔父が小さな姪《めい》にするしぐさで、わきにしゃがみこむ。

「扁桃腺ってなんだか教えておくれ」

女の目が侵入者を見つめる。

「おまえが病院から飛び出したときは、大の男が二人して追っかけたっけ。いまでも思い出すよ」

女がうなずく。

「患者は中か？　入ってもいいか」

女は首を横に振る。男がまた口を開くまで振りつづける。

「じゃ、明日にしよう。おれはどこで寝ればいい？　シーツなんかいらんぞ。台所はあるのか。妙な旅だったが、おまえに会えて、来たかいがあった」

男が廊下を向こうへ去ると、女はまたテーブルにもどり、震えながら腰をおろした。テーブルと読みさしの本の力を借りて、必死に落ち着こうとした。知っている男がやってきた。鉄道に乗り、村から丘を四マイルのぼり、廊下を歩いて、このテーブルまで。私に会うためにだけ、はるばるやってきた……。数分後、女はそっと病室に入り、立ったままイギリス人の患者を見おろした。壁の木の葉に月の光が射《さ》している。だまし絵が本物に見えるのは、この光の中でしかない。いまなら、あの花を摘《つ》んでドレスに挿せそう、と女は思った。

カラバッジョという名の男は、教えられた部屋に入り、夜の物音がよく聞こえるようにすべての窓を開け放った。服をぬぎ、両のてのひらで首をゆっくりさすると、シーツのないベッドにしばらく横になった。木々のざわめきが聞こえる。月がアスターの葉に当たって砕け、銀の魚になって跳ねる。

月の光は水の束。男の体に流れ落ちて、それを皮膚のように覆う。一時間後、男は屋根にのぼっている。てっぺんに立ち、屋根の勾配《こうばい》のあちこちに砲撃の跡を見る。隣接する破壊された二エーカーの庭と果樹園を見る。フィレンツェの北、丘の中腹に立つサン・ジローラモ屋敷。男はそのてっぺんからイタリアを俯瞰《ふかん》する。


朝、二人は噴水のそばで遠慮がちに言葉をかわす。

「せっかくイタリアにいるんだ。もっとベルディのことでも勉強したらどうだ」

「えっ?」噴水の水でシーツを洗っていた女が、洗濯物から顔を上げた。

「ベルディに夢中だって、昔、言ってたろう」

ハナは、決まり悪そうに頭《こうべ》を垂れた。

カラバッジョはそのへんを歩き回り、初めて屋敷の建物を見た。柱廊に立って庭を見わたした。

「そうさ、おまえは夢中だった。ジュゼッペがどうのこうの、いつも新しいネタを仕入れてきちゃ、おれたちを悩ましたもんだ。なんてすてきな人でしょう、何から何まで最高……！　そう言って、おれたちが同意しなきゃ承知せん。生意気ざかりの十六歳だった」

「その子はどうなっちゃったのかしらね」女は、洗い終わったシーツを噴水の縁に広げた。

「はらはらするくらい意志の強い子だった」

ひび割れてあちこちに草の生える石畳を、女が歩いてくる。黒いストッキングをはいた脚。薄い茶色のドレス。それを男が見つめる。ハナは柱廊の手すりにもたれた。

「そうね。ここに来る目的にベルディがあったことは確かだわ。心の奥にもやもやがあって、それで来ずにいられなくなって。それに、おじさんもパパも、もう戦争に行っちゃってたし……。見て、あのタカ。毎朝飛んでくるのよ。みんな壊れたり、傷ついたり。ちゃんとしたものなんて、ほかには何もないのにね。水だって、出るのは屋敷の中でこの噴水だけなのよ。連合軍が出ていくとき、水道管をはずしちゃったから。そうすれば私も出ていくと思ったんでしょうけど」

「そうすべきだったな。不発弾がごろごろしてるんだ。撤去作業なんて、まだまだ先のことだろうし……」

ハナは歩み寄って、男の口に人差指を当てた。

「会えてうれしいわ、カラバッジョおじさん。ほかの誰に会えたより。でも、私を説き伏せてここから連れ出そうなんて思わないで」

「ジュークボックスのあるちっちゃなバーを見つけてさ、爆発を心配せずに一杯やりたいだけさ。フランク・シナトラを聞きながらな。うん、音楽は必要だ。おまえの患者のためにもいいだろう?」

「あの人は、いまでもアフリカにいるのよ」

男はハナを見つめながらつぎの言葉を待つが、イギリス人の患者についてそれ以上の説明はない。「イギリス人にはアフリカ好きがいる。脳のつくりが、一部、砂漠そっくりなんだな。だから、外国にいるような気がせんのだろう」男がぽつりと言う。

ハナがかすかにうなずく。痩《や》せた顔に、ばっさり切った髪。長い髪のもたらす仮面も神秘性も失った顔。だが、自分の宇宙の中で落ち着いて見える。背景には、音をたてている噴水と、空に舞うタカと、屋敷の荒れた庭。

戦争から抜け出すには、これもひとつの方法かもしれない、とカラバッジョは思う。世話をする火傷の男がいて、噴水で洗濯するシーツがあって、壁が庭みたいになった部屋がある。戦争が終わったら、残ったのは過去からのタイム・カプセルか。ベルディ以前の過去、メディチ家の時代だな。なんとかいうメディチが、手すりや窓の設計を考えている。夜中に蠟燭をともして、はるばる招いた建築家と相談している。もちろん、そいつは十五世紀最高の建築家だろう。この庭を飾る額縁がほしい、もっと満足できるものを何か考えてくれ——メディチはそう頼み込んでいる。

「おじさんがここに長逗留《ながとうりゅう》するつもりなら、もっと食糧が必要だわ。野菜はつくってるし、豆も一袋あるけど、ニワトリが何羽かほしいわね」ハナはそう言いながら、カラバッジョを見る。

口には出さないが、男の昔の特技を暗に言っている。

「もう、そんな神経はないよ」

「じゃ、私もいっしょにやるわ。二人でやりましょう。盗み方を教えてちょうだい。やり方を見せてよ」

「だから、そんなことのできる神経はもう持ち合わせないんだ」

「なぜ？」

「つかまったのさ。両手をちょん切られるところだった。くそいまいましい」


夜、患者が寝入ったあと、ハナはときどきカラバッジョを捜しにいく。ときには、ドアの外でしばらく読書をしたあと捜しにいく。噴水の縁石に寝転がって星を見上げているか、下のテラスにいるかだろう。いまは初夏。この気候に、夜、カラバッジョが室内にこもっているのはむずかしい。たいていは屋根にのぼる。壊れた煙突の根元にいるが、自分を捜す女の姿がテラスに見えると、そっとすべりおりる。そして、頭のない伯爵《はくしやく》像の近くで見つかるようにする。像の折れた首は、野良《のら》ネコのお気に入りの場所。近づくと、よくよだれを垂らしながら真面目《まじめ》くさってすわっている。ハナは、いつも、自分のほうが先にカラバッジョを見つけたような気分にさせられる。暗闇では、暗闇を知る男にはかなわない。酔うと、おれはフクロウの家族に育てられたと言っていたこの男には。

二人は突き出した崖《がけ》の上にいる。遠くにフィレンツェの明かりが見える。ハナには、ときどきカラバッジョが半狂乱に見えることがある。そうでないときは、なんだか落ち着きすぎている。昼間なら、動作がもっとよくわかる。包帯より上の腕が硬直していることも。丘の上のほうを指し示すと、首だけでなく体全体がそちらを向くことも。ハナは気づいているが、口に出しては言わない。

「あの人が言うには、クジャクの骨の粉末は特効薬なんだって」

「ああ」カラバッジョは夜空を見上げる。

「じゃ、おじさんはスパイだったの？」

「必ずしもそうじゃない」

庭は、暗いほど居心地がいい。患者の部屋の窓にランプの瞬《また》きが見えるだけの庭なら、ハナに見通されずにすむような気がする。「ときどき、盗みに入らされた。なんたってイタリア人で、しかも泥棒だからな。連中には願ってもない幸運さ。誰もかれも、争っておれを使おうとしやがる。おれみたいなのが、四、五人はいたかな。しばらくは、うまくやってた。だけど、あるとき写真に撮られちまった。想像できるかい、えっ？

「タキシードなんか着てさ、ある書類を盗みに、この集まり——というか、パーティーに出かけたんだ。やることは相変わらずの泥棒さ。偉大な愛国者？　偉大な英雄？　とんでもない。ただ、公認してやるから、大っぴらに腕をふるってこいって話だ。で、そのパーティーにな、カメラを持ってきて、ドイツの将校を撮りまくってる女がいた。その写真に、広間を通っていくおれが入っちまった。ちょうど一歩踏み出そうとするその瞬間だ。シャッターの下りはじめる音が聞こえて、思わずそっちを向いちまった。さあたいへん。おれの将来は大ピンチ。その女は、ある将校の情婦だった。

「戦時中の写真は全部政府の現像所に送られる。政府が現像して、ゲシュタポが検閲《けんえつ》する。そこにおれが写ってる。どの招待客名簿にものってない、このおれがさ。フィルムがミラノの現像所に行ったら、おれは要注意人物になっちまう。なんとかしてフィルムを盗みださなくちゃならん。えらいはめになった」

ハナはイギリス人の患者の部屋をのぞき込む。その眠る体は、はるかかなた、アフリカの砂漠にいるのだろう。そばには、きっと一人の男がうずくまっている。両足を合わせて土踏まずの椀《わん》を作り、そこに指を浸《ひた》しては、身を傾けて、火に焼かれた顔に黒い泥を塗りつけている。ハナはその手の圧力を自分の頰に感じようとした。

廊下を歩き、自分のハンモックにもどって、倒れ込む。足が床を離れるとき、強く蹴《け》ってハンモックを揺らす。

眠りに落ちる直前は、ハナが生きていることをいちばん実感できるひととき。その日の断片から断片へ自由に飛びまわる。初めて教科書と鉛筆をもらった子のように、あの瞬間この瞬間をベッドに持ち込む。それは、ハナがその日の帳簿を整理するひととき。その時間まで、ハナの一日には秩序がない。体中が雑多な物語と状況であふれている。今日は、カラバッジョの物語もあった。その動機と、盗まれた影像と、それにまつわるドラマが……。

男は車でパーティー会場を去った。緩やかに曲がる砂利道を走り、屋敷の敷地を抜ける。タイヤが砂利を踏む音も、エンジンのうなりも、夏の夜のインクのように目立たない。写真を撮られたあと、男はパーティーが終わるまでコジマ屋敷にとどまり、カメラをもつ女を注視しつづけた。カメラがこちらを向くたびに、身をひねる。存在を知ってしまえば、避けるのはむずかしくない。声が聞こえるところまで近づき、女の話を盗み聞きした。名前はアンナ。将校の愛人。今夜は屋敷に泊まり、翌朝トスカーナ州を出て北へ向かう。この女を急死させるか。失踪《しっそう》させるか。いや、それは疑惑を生むだけでまずかろう。このごろは、ちょっとした異常でもすぐに調べが始まる。

四時間後、男は靴下姿で芝生の上を走っている。足元には、月の描く男の影。それが小さく丸まって並走する。男は砂利道でいったん止まり、こんどはゆっくり移動する。目の前にコジマ屋敷。戦争娼婦《しょうふ》の館《やかた》。その窓に映るいくつもの四角い月を男は見上げる。

ホースで散水したような光が流れ、裸の男のいる部屋を車のライトが照らす。一歩踏み出そうとしていた男は、その瞬間、光に捕らえられ、身を固くした。そして、女の目が自分に注がれているのを見た。女の上には将校。指を女の金髪にからませ、ゆっくり動いている。さっきパーティーの混雑の中で撮ったのと同じ男……！　女がそう直感したことを、男は知っている。さっき闇の中でいきなりライトに照らされ、驚いて半分向き直った姿勢が、さっきとまったく同じだったから。車のライトは部屋をひとなめして、隅に達して消えた。

そして真っ暗闇。動くべきか。男にはわからない。女はどうするだろう。腹の上の将校にささやくだろうか。部屋に裸の泥棒よ、と。あるいは、裸の暗殺者よ、と。男は手を伸ばしてベッドを襲い、二人の首をへし折るべきなのか。

ベッドがきしみつづけている。女の沈黙が聞こえる。女は、闇に潜む男を目で捜しながら、ささやきもせずに考えている。「考える」というより、「休むに似た行為」というべきか。男の心は、しばらくその言葉の妥当性を検討した。こう変えることで、下手な考えをまとめようとしているニュアンスが伝わるだろうか。言葉とは扱いのむずかしいものだ、と友人が言っていた。バイオリンよりずっと扱いにくい、と。男の心に、女の金髪と黒いリボンが浮かぶ。

車がターンしている音がする。男は、ライトがふたたび射し込むつぎの一瞬を待った。暗闇に浮かび上がった顔は、はたして男のいる方向を矢のように直視していた。ライトは女の顔から将校の背中をなで、絨毯《じゅうたん》を照らし、ふたたび男の体の上をすべる。もう女の顔は見えない。光の中で、男は頭を横に振り、自分の首を切り裂くまねをする。そして、女が理解できるように、手のカメラをかかげてみせる。やがて、女が将校の愛撫《あいぶ》に喜びのうめきで応《こた》えはじめ、男は女の同意を知る。うめきは、無言の当てつけではない。それは契約成立の合図。了解のモールス信号。男は、安心してベランダへ出て、夜の闇に消えていけることを確信する。

女の部屋を見つけるのはむずかしかった。屋敷に忍び込み、照明の暗い廊下を、十七世紀の壁画に沿ってそっと進んだ。黄金色《こがねいろ》のスーツにも暗いポケットがあるように、この屋敷のどこかに寝室がある。護衛の目をごまかすには、徹底的な無知と道化以外に方法はない。男は素っ裸になり、服を花壇に隠してきていた。

男は裸のまま、衛兵のいる二階へのぼる。大げさに思い出し笑いをする。顔が腰につくくらい大げさに。そして、衛兵を肘《ひじ》でつつき、いま体験してきた野外の逢《あ》い引きの甘美さを分かち合う。アル・フレスコの招待ってやつ。いや違ったか。ア・カペラの誘惑っていうんだっけ……？

三階の廊下は一本で長い。階段をのぼり終えたところに衛兵が一人、二十ヤード向こうの遠すぎる突き当たりにもう一人。この遠さは、演技力なしでは乗りきれない。演じるのは男。見物人は、疑惑と軽蔑《けいべつ》の眼差《まなざ》しをもつ無言の衛兵二人。まずは尻振《しりふ》り・玉振り歩き。途中、壁の林からいななくロバに呼び止められ、額《ひたい》をくっつけ合ってご挨拶《あいさつ》。ついでに、そのまま立ち眠り。また気を取り直して歩きだし、一瞬よろめくが、たちまち姿勢を正して軍隊式行進に移る。だが、迷える左手は宙に浮き、天井の天童に向かって差し伸べられる。男同様、尻丸出しのケルビムへ、泥棒からの敬礼。男がワルツを踊ると、壁画の光景が回り出す。城から白黒の大聖堂へ、大聖堂から正道を生きた聖人へ。脈絡のない変化が男の命を守る。戦争中のこの火曜日、男は自分の写真を捜して一世一代の演技をつづける。

裸の胸のあちこちに通行証を探り、ペニスを握って鍵穴《かぎあな》に差し込もうとする。だが、そこは衛兵の守る部屋。拒絶された男は笑いながら後ずさりし、惨《みじ》めな失敗にじだんだを踏むが、つぎの瞬間、鼻歌を歌いながら隣の部屋にすべりこむ。

窓をあけ、ベランダに抜ける。外は、暗く美しい夜。手すりを乗り越えてぶら下がり、ひと揺れして一階下のベランダに降り立つ。ここにアンナと将校の部屋がある。いま二人を隔てているのは香水の香りだけだろう。足跡を残さない足。影のない足。男は、昔、誰かの子どもに、なくした影を捜す少年の話をしたことがある。その男が、いま、フィルムに捕らえられた自分の影像を捜している。

部屋に侵入した男は、すぐ、性の絡《から》み合いに気づく。いま始まったばかりなのを知る。椅子の背や床に脱ぎ捨てられている女の服をまさぐる。床に寝そべり、絨毯の上をそっと転げ回る。部屋の皮膚をさわりちらす。カメラのような固いしこりが触れないか？　静かに扇の形に転がってみるが、何も見つからない。漆黒の闇《やみ》。光はまったくない。

男は立ち上がり、腕を伸ばして空間を探る。大理石の乳房に触れた。男の手は石の胸をなで、腕をたどり、そして女の思考方法を理解した。石の手に革ひもがかかり、カメラが揺れている。そのとき車の音が聞こえ、振り向く男をライトが直射した。女がそれを見た。

カラバッジョは、向かいにすわるハナを見つめている。昔の妻のようだと思う。こちらの目の奥をのぞき込み、心を読もうとし、何を考えているか探ろうとしている。体をくんくんとかぎまわり、証拠を捜そうとしている。だが、証拠は埋めてある。ハナを見つめ返す自分の目は、なんの手がかりも与えないはず。それは清流のように澄み、風景のように弾劾《だんがい》不能のはず。そのことをカラバッジョは知っている。その目を見て人は迷い、カラバッジョは逃げおおせる。

だが、ハナはいぶかしげに見つづけている。首をかしげたその様子は、人間以外の声音で話しかけられ、疑問に包まれているイヌのようだ。赤黒い、いやな血の色の壁を背にしてすわるハナ。黒い髪。この国の陽光で焼かれたオリーブ色の細い体。ハナは、カラバッジョに妻を思い出させる。

最近は、妻のことをあまり考えなくなった。だが、その気になれば、いまでも所作の一つ一つを思い出し、妻のあれこれを細大もらさず語ることができる。たとえば、夜、この胸に置かれていた手首の重さまでも。

カラバッジョは両手をテーブルの下に隠したまま、食べるハナを見ている。食事の時間にはいっしょにテーブルにつくが、自分は食べない。あとで一人だけで食べる。見栄《みえ》だ、と思う。つまらん見栄だ、と。カラバッジョが食べるところを、ハナは窓から盗み見たことがある。礼拝堂のわきをくだる三十六段の一つにすわり、手で食べていた。フォークもナイフもなく、東洋人の食べ方をまねていた。黒い上着を着て、短い顎髭《あごひげ》が灰色に変わりつつある男。カラバッジョの中にようやくイタリア人を見た、とハナは思う。その思いは、最近、ますます強い。

カラバッジョは、赤褐色の壁の前にいる黒いハナを見ている。黒い肌。黒い短い髪。ハナやその父親とは、戦前のトロントで知り合いだった。当時のカラバッジョは泥棒で、結婚していて、自信満々。自分で選んだ世界をゆったりと泳ぎまわっていた。金持ちを巧みな策略で翻弄《ほんろう》し、妻ジャネッタと、友人のこの若い娘に愛嬌《あいきょう》をふりまいていた。

だが、いまの二人には、世界などないにひとしい。フィレンツェに近い丘の町に住む日々。

雨天には部屋にこもる日々。台所に一つだけある柔らかい椅子と、ベッドと、屋根の上で白昼夢を見る日々。二人だけで向き合う日々。カラバッジョには、実行に移すべき策略がない。関心はハナにだけ向かい、そのハナは、二階で死につつある男に鎖でつながれている。

食事時、カラバッジョはハナの真向かいにすわり、この娘が食べるのを見ている。


半年まえ。ピサのサンタ・キアーラ病院の長い廊下の端の窓から、ハナは白い獅子《しし》を見た。胸壁のてっぺんにひとり立つ獅子。色は、大聖堂や納骨堂の大理石の白さと同様だが、作りの粗さと素朴な形は別の時代を思わせた。強引に押しつけられた過去からの贈り物。だが、ハナは、病院周辺のどの建造物よりその獅子に心をひかれた。真夜中に窓から灯火管制下の暗闇を見るとき、いつも、その闇に立っているはずの獅子を思った。明け方に勤務につくハナに似て、獅子は夜明けに姿を現す。五時。シルエットが浮かぶ。五時半、六時。見上げるたびに細部が鮮明になっていく。患者を見回るハナのために、獅子は夜の歩哨《ほしょう》にも立ってくれた。その獅子を、軍隊は砲撃の中に放置しておいた。大聖堂を取り巻く壮大な建築群に気をとられ、戦争神経症患者のように狂って立つ斜塔に気をつかうあまり、軍隊は白い獅子を放っておいた。

病院の建物は、古い僧院の敷地内にあった。修道僧が何百年もかけて刈り込んできた庭木は、もう、それとわかる動物の形をとどめていない。昼間、看護婦は患者を車椅子に乗せ、失われた形のあいだを押してまわった。永久に変わらないものは、白い石しかないように思えた。

看護婦も戦争神経症になる。原因は、周囲に死を見すぎること。だが、ときには手紙のような小さなものも発症原因になる。ちぎれた腕を抱えて廊下を走りまわり、傷口から際限なく噴き出す血を脱脂綿で吸い取っているうち、やがて、看護婦は何も信じられなくなる。何も信用できなくなる。心の崩壊は一瞬のうちに起こる――ちょうど、一瞬の地面の爆発で、地雷解体人が解体されるように。ある日、サンタ・キアーラ病院に役人がハナを訪ねてきた。何百というベッドのあいだを縫《ぬ》って近寄り、一通の手紙を手渡した。読んだ瞬間、ハナの心が砕けた。

父が死んだ。

白い獅子。

それからしばらくして、焼けこげた獣のようなイギリス人の患者に出会った。張り詰めて暗い水面をもつプールのように思えた。数か月後。そのイギリス人は、サン・ジローラモ屋敷でハナの最後の患者になり、そして二人の戦争は終わり、ともに、安全なピサの病院に移ることを拒否した。海岸沿いの港は――ソレントも、マリナ・ディ・ピサも――帰還を待つカナダ兵・アメリカ兵・イギリス兵であふれている。そんなとき、ハナは制服を洗い、ていねいにたたみ、去っていく同僚に託した。戦争はまだ完全には終わっていない、と言われた。いいえ、戦争は終わったわ。この戦争は終わった。ここでの戦争は……。敵前逃亡のようなものだ、とも言われた。いいえ、敵前逃亡なものですか。私はここにとどまるのだから……。地雷が危険だとも、水や食糧が不足しているとも警告された。だが、ハナは二階へ駆け上がり、イギリス人の患者のところへ行って、自分も残ると伝えた。

頭をハナのほうへ向けることさえできない火傷の男は、仰向いたまま、何も言わなかった。

だが、指をハナの白い手にすべりこませた。ハナが上体をかがめると、黒い指でその髪をすき、指の谷間に髪の冷たさを感じとった。

いくつになる。

二十歳。

公爵《こうしゃく》がいた、と男は言った。死ぬ間際《まぎわ》に、ピサの塔のなかほどまで運び上げてくれと頼んだ。この公爵は、ほどほどの遠方を望みながら死にたかったんだな。

父の友人で、上海《シャンハイ》踊りをしながら死にたいって言ってた人がいるわ。上海踊りってなんでしょう。その人もね、ただ名前を聞いていただけで、なんだかは知らなかったみたい。

お父さんは何をしている人だ。

父は……父はいま戦争に行ってる。

君だって戦争の中にいるじゃないか。

一か月ほど看護をして、男に何度もモルヒネ注射を打ったあとでも、ハナは患者のことを何も知らなかった。最初は、どちらにも気恥ずかしさがあった。それは、二人きりになるといっそう増したが、あるとき突然消えた。患者も、医師も、看護婦も、医療機器も、シーツも、タオルも――すべてが丘をくだってフィレンツェへ行き、そこからピサへ行った。コデイン錠剤とモルヒネだけは、ハナがまえもってくすねておいた。病院全体が何台ものトラックを連ねて去り、ハナは見送った。じゃあ、さよなら……。患者の部屋の窓から手を振って、窓のシャッターをおろした。

屋敷の裏には、屋敷より高い岩の壁が立ち上がる。建物の西側には、囲われた細長い庭園がある。その二十マイル向こうにフィレンツェの町が絨毯のように広がるが、谷の霧で見えないことも多い。隣の古いメディチ屋敷にいたドイツの将軍の一人が、ナイチンゲールを食べたという噂があった。

サン・ジローラモ屋敷は、住人を悪魔から守るために建てられた。いまは、包囲された砦のおもむきがある。石像のほとんどは、最初の砲撃が始まって数日のうちに手足を吹き飛ばされた。屋敷と周囲の風景の区別が、いまでは判然としない。どこまでが壊れた建物で、どこからが砲弾を打ち込まれて焼けた土なのか、区別できない。荒れた庭園は、ハナには屋敷内の部屋と変わりがない。どちらにいても、いつも地雷を意識し、周辺をそっと動きまわるしかない。だが、建物のわきのとくに土の多い場所を選び、ハナは庭をつくった。土は焼け焦《こ》げ、水は足りなかったが、都会に育った者に特有の熱心さで補った。いつかはきっとリンデンの木陰ができる。緑の光に満ちた空間ができる。

カラバッジョが台所に入ると、ハナがテーブルに突っ伏していた。顔は伏せられ、腕は体の下に引き込まれ、裸の背中とむき出しの肩だけが見えた。

じっと休んでいるのでも、眠っているのでもない。体が震え、そのたびにテーブルに乗せた頭が揺れた。

カラバッジョは足を止めた。泣くことは、他のどんな動作よりエネルギーを消耗する。まだ夜明けにもなっていない。テーブルの木の暗さに顔を押しつけて泣くハナ。

「ハナ！」その呼びかけに、体の動きが止まった。動かずにいれば見逃してもらえるとでもいうように。

「ハナ！」

ハナはうめくように、声を上げて泣きはじめた。今度は音を障害物にしている。川にして、対岸からは手が届かないようにしている。

裸のハナに手を触れてよいものか、カラバッジョはためらった。「ハナ！」もう一度呼んで、包帯の手を肩に置いた。震えは止まらない。どんなに深い悲しみだろう、と思う。根元まで掘り起こさないと救われない悲しみとは……。

うなだれたままハナが上体を起こし、つぎに、テーブルの磁力から自分をひきはがすように立ち上がった。カラバッジョにぶつかった。

「さわらないで！　私とやりたいとでもいうの！」

ハナはスカートしかはいていない。目をさまし、とりあえず何かを身につけて、台所まで起き出してきたのだろう。スカートの上の肌が青白い。丘の冷たい空気が台所のドアから流れ込み、ハナを包む。

ハナの顔は泣きぬれて、赤かった。

「ハナ……」

「さわらないで！」

「なんであの男がそんなに大切なんだ」

「愛しているから」

「愛してるんじゃない。おまえのは崇《あが》めたてまつってるだけだ」

「出ていって、おじさん。お願い」

「おまえは死体と心中しようとしてる。なぜだ」

「あの人は聖人よ。絶望した聖人……。そんな人がほかにいて？　守ってあげたいと思うのは当然じゃない」

「おまえの思いなんて、あいつはこれっぽっちも気にもかけとらんのだぞ」

「私が愛してればいいの」

「二十歳にして、幽霊に惚《ほ》れてこの世を捨てるのか」

カラバッジョは言葉を切った。「いいか、おまえは悲しみから自分を守らなきゃならん。悲しみってのはな、憎しみによく似てるんだ。まあ、聞け。おれ自身が学んだことだ。誰かが毒に侵されてる。そいつを治してやるつもりで、おまえが毒を飲んだからって、いったいどうなる。そいつは治らんし、おまえは毒にやられる。あの砂漠の連中は、おまえよりよっぽど利口だよ。役に立つと思ったから、あいつを助けたが、利用価値がなくなったら、見ろ、さっさと捨てたじゃないか」

「出てって」

一人だけのとき、ハナは患者の部屋に来てすわる。果樹園の長く伸びた草で濡《ぬ》れた感触が、くるぶしに残っている。果樹園でプラムを見つけ、ドレスの黒い木綿のポケットに入れてきた。それを取り出して、皮をむく。一人だけのとき、ハナは十八本のイトスギが並ぶ古い道を思い描く。その緑の覆いの下を誰かが歩いてくる光景を想像する。

患者が目をさまし、ハナは身をかがめて、プラムの三分の一を口に入れてやる。男は顎も動かさず、開いた口にそれを水のように含んでいる。あまりの快楽に、叫びだしそうに見える。プラムが飲み込まれていくさまを、ハナは感じとる。

男は手をもちあげ、舌のとどかない唇から果汁の最後のしたたりをぬぐい、その指を口に入れて吸う。そして、プラムの話をしてあげよう、と言う。私が子どもだったころ……。


二人だけで暮らすようになり、暖房用にベッドをあらかた燃やしつくしたあと、ハナは死者のハンモックを勝手に自分のものにした。看病して、看取《みと》ってやったどこかの兵士のハンモック。それを、好きな壁に釘《くぎ》を打って吊《つ》るす。ここで目覚めたいと思う部屋があれば、そこに釘を打つ。ハンモックなら、すべての上に浮かんで寝られる。床の汚物も、コルダイト火薬も、水たまりも、三階から最近ちょろちょろおりてくるようになったネズミも気にならない。毎晩、ハナはカーキ色のハンモックによじのぼり、超然と眠った。

テニスシューズ一足とハンモック。それが、戦争中にハナが他人からとったものだ。天井に射し込む月の光が徐々に移動する。光の移動の下でハナは目をさます。ドレスは、ドアわきの釘にかけてある。身につけているのは、パジャマ代わりのいつもの古いシャツ。最近は暖かいから、このかっこうで寝られる。寒いあいだは、何かを燃やさなければ堪えられなかった。

ハンモックとテニスシューズとドレス。ハナが作り上げた小世界。そこにいれば、ハナは安心できた。その世界からは、二人の男が遠くの惑星に見えた。どちらも、それぞれの記憶と孤独に包まれて回っている。カラバッジョは、カナダで父の友人だった。社交好きで、女好き。ただ立っているだけで、女たちがわれさきに群がってきた。男は信用できないからと言い、男の仕事仲間をもたない泥棒だった。男とも話はする。だが、女との話のほうを好み、女と話しはじめると、たちまち、あちらにもこちらにも複雑な関係ができた。ハナが朝帰りして、こっそり家に忍び込むと、よくカラバッジョが父の肘掛け椅子で眠っていた。疲れはてていたのは、職業としての泥棒のためか、それとも趣味としての泥棒のためか。そのカラバッジョが、いまは自分だけの暗闇にひっそり横たわっている。

ハナはカラバッジョのことを考えた。世の中には、いっしょにいると気がおかしくなりそうな人間がいる。正気を保《たも》つには、なんとか相手に爪《つめ》を立て、食らいついていなければならない。

溺《おぼ》れる人がするように、相手の髪の毛をひっつかみ、握り締め、こちらを抱き止めずにはいられないように仕向ける。そうしないと、相手はさっさと逃げていく。通りをこちらに歩いてくるのが見え、向こうもこちらに気づく。一瞬、手を振りそうにするのに、つぎの瞬間には塀を飛び越えて消えうせ、何か月も帰ってこない。ハナのカラバッジョおじさんは、そんな蒸発の常習犯だった。

カラバッジョの腕は翼。そこに包まれるだけで、心は平静さを失う。カラバッジョは人柄で抱擁《ほうよう》した。その男が、いまはハナ同様、この大きな屋敷の片隅で暗闇に沈んでいる。屋敷にはそんなカラバッジョがいて、あの砂漠のイギリス人がいた。

戦争中、悲惨な患者と接しながら、ハナは看護婦の仕事に冷たさを忍ばせることで生き延びてきた。こんなことに負けない、ここで参りはしない……。どの町を通り、どの町に向かうときも、そう心でとなえつづけた。ウルビーノからアンギアリへ、モンテルキへ、フィレンツェへ。とうとう半島を横切って反対側の海に達し、ピサにまでやって来た。

ピサの病院で、初めてイギリス人の患者に出会った。それは顔のない男だった。真っ暗な水面をもつプール。すべての身元を火で焼かれた男。焼けた体の一部と顔にはタンニン酸が吹きつけられ、それが固い殻になって、ただれた皮膚を保護していた。目の周囲にはメチルバイオレットの厚い層。男が何者かを知る手がかりは、外部にはまったくなかった。

ときどき、ハナは毛布を何枚も重ねて、その下に潜り込む。暖かさより、その重さが快い。

月の光が天井に射しかかってくるころに目をさまし、体をハンモックに横たえたまま、心を思い切り解放する。それは休息。睡眠とは違うこの休息こそ、ほんとうの喜びだと思う。自分が作家なら、きっと鉛筆とノートとネコをベッドに持ち込み、いつもそこで執筆するだろう。ドアに鍵《かぎ》をかけ、見知らぬ人も恋人も立ち入ることを許すまい。

休息とは、世界のすべてを判断抜きで受け入れること。たとえば、海での水遊び。互いに名も知らない兵士とのセックス。未知のもの、無名のものへの優しさ。つまりは自己への優しさ……。

軍用毛布の重さの下で、ハナは脚を動かす。イギリス人の患者が油布の胎盤に包まれて砂漠を移動したように、ハナは羊毛の中を泳ぐ。

イタリアに欠けているものは、ゆっくりした夜明けと、慣れ親しんだ木々のざわめきだ、とハナは思う。トロントでの少女時代に、ハナは夏の夜の読み方をおぼえた。どう始まって、どう終わるのか。ベッドにいるときも、ネコを抱き、寝ぼけまなこで非常階段の踊り場にいるときも、夏の夜は、ハナがハナ自身でいられる時間だった。

少女時代のハナには、カラバッジョという先生がいた。とんぼ返りもこの先生から習った。だが、いまのカラバッジョはいつも両手をポケットに突っ込み、肩でしかものを言わない。戦争が始まってから、いったいどこの国に行き、どう生きてきたのだろうか。ハナ自身は女子大の付属病院で訓練を受け、一九四三年、連合軍のシチリア侵攻のときヨーロッパに渡った。カナダ第一歩兵師団がイタリアを北上するにつれ、破壊された肉体がつぎからつぎへ野戦病院に運び込まれてきた。トンネルを掘り進み、掘られた土がたえず後方へ運び出されてくるのに似ていた。アレッツォの戦いでは、攻撃の第一波がドイツ軍にはねかえされ、ハナの周囲は朝から晩まで傷、傷、傷で埋め尽くされた。三日三晩休みなしに働いたあと、とうとう床に倒れ、死体を置いたマットレスの横で、周囲の喧噪《けんそう》から遮断されて十二時間眠りつづけた。

目をさましたハナは、ほうろうのボウルから鋏《はさみ》を取り、前かがみになって髪の毛を切った。形や長さはどうでもいい。三日間感じつづけた髪へのいらだちをぶつけ、とにかく短く切りたかった。長い髪は患者の傷口にふれ、血がつく。死を思わせるもの、自分を死と結びつけるものは、なんであれごめんだった。切ったあと、長い髪が一本も残っていないことを手で確かめて、ふたたび怪我人でいっぱいの病室にもどった。そのあと、一度も鏡を見ていない。

戦局は暗くなり、知人の死亡の噂が耳に入るようになった。怪我人の顔から血をぬぐうとき、ハナはこわかった。いつか、そこに父の顔を見るのではないか。ダンフォース通りの食べ物屋でカウンター越しに知り合った、誰かの顔が現れるのではないか……。ハナは、自分にも患者にもとげとげしくなった。理性だけが救いだったろうが、その理性がすでになかった。寒暖計の血の赤がイタリア半島を駆けのぼり、ハナの心でトロントの意味も所在も不確かになった。すべては筋書きのないオペラ。人々は——兵隊も、医師も、看護婦も、民間人も——自分の心を囲い、かたくなになった。ハナはいっそう深く腰を折り、傷だけを見て手当をした。そして、兵士にささやきかけた。

誰にも「兄弟」と呼びかけ、あの文句を含む歌を聞くたびに笑った。

フランクリン・Dの口癖は
誰に会っても「やあ、兄弟！」

出血の止まらない腕に脱脂綿を当て、砲弾の破片を摘出した。その量は膨大で、北への行軍のあいだに、巨大な人体から一トンもの金属を取り出したような気がした。ある晩、看護していた兵隊の一人が死んだ。そのとき、ハナはすべての規則にそむき、その兵士の背嚢《はいのう》から一足のテニスシューズを盗んだ。少し大きかったが、はき心地はよかった。

ハナの顔はしだいに細く、強靭《きようじん》になり、のちにカラバッジョが出会う顔に近づいていった。過労から、体もやせた。いつも空腹で、患者に食事を与える時間は苦行だった。せっかく与えても、患者は食べられなかったり、食べたがらなかったりする。パンくずがこぼれ落ち、スープが冷めていく。私ならあっと言うまに飲み込んでみせるのに、と猛烈に腹が立った。珍味などいらない。ただのパンと肉でいい……。ある町の病院には、パン焼き施設が付属していた。休み時間にパン職人のあいだを歩き回り、パンの香りと食べ物の希望を胸いっぱいに吸い込んだ。のちに、ローマの東まで進軍したとき、誰かが贈り物にキクイモをくれた。

戦線はたえず北上をつづけ、怪我人の収容先もつぎつぎに変わった。各地のバジリカや僧院が使われ、そんな場所で寝泊まりするたびに妙な違和感をおぼえた。患者が死ぬと、ベッドのすそに立ててあるボール紙の小さな旗を折る。これが看護兵への合図になる。旗を折ると、ハナはきまって外へ出た。厚い石を積み重ねた建物の外は、ときには春、ときには冬、ときには夏。だが、季節の違いはもう時代遅れのように思えた。どの季節も老人のように腰をおろしたまま、ただ戦争をやり過ごしている。患者が死んだとき、ハナは天候にかまわず外に出た。人間の匂《にお》いのしない空気があればよかった。たとえ嵐《あらし》をともなっていても、月の光が見られればよかった。

こんにちは、兄弟。さようなら、兄弟。看病は短かった。それは死までの契約だから。気質的にも育ちからも、ハナは看護婦に向いていなかったのかもしれない。だが、髪を切ったときハナは契約し、その契約は、フィレンツェの北、サン・ジローラモ屋敷までつづいた。イタリア戦線はさらに北へ移り、ついていけない者が屋敷に残った。四人の看護婦と二人の医師と百人の患者がいた。

近くで小さな戦闘があり、この丘の町でも地味に勝利が祝われた。その祝いの時期に、ハナは、私の戦争は終わったと宣言した。もうフィレンツェにもローマにも、どこの病院にももどらない。「イギリス人の患者」とここに残る。あの火傷の患者は、四肢の骨がもろくて、とても動かせる状態にない。私がともに残り、目にベラドンナを貼《は》り、ケロイドになった皮膚と体中の火傷のあとを塩水で洗おう……。この病院に残るのは危険だと言われた。何か月もドイツ軍が立てこもり、連合軍の砲弾や照明弾を浴びたこの旧尼僧院は、とても危険だ、と。病院の資材はすべて引き上げるし、二人だけでは盗賊に襲われる危険がある、とも言われた。だが、ハナは聞かず、看護婦の制服をぬいだ。何か月も荷物に入れていたプリント柄の茶色のドレスを引っ張り出し、足にテニスシューズをはいた。ハナは戦争からおりた。命令のままに行ったり来たりするのをやめ、これからは、イギリス人の患者とこの屋敷に居すわることにした。尼僧らに、ここを返してほしいといわれるまでは……。イギリス人の患者には何かがあった。学びたい、ああなりたい、あそこに隠れたい――ハナにそう思わせる何かがあった。大人であることと向き合わずにすむ――そう思わせる何かが。イギリス人の患者がハナに話しかけるとき、ものを考えるとき、その話し方・考え方からはワルツが聞こえた。ハナはこの患者を助けたいと思った。北進中にハナの手にゆだねられた二百人余の患者の一人、名前も顔もないにひとしいこのイギリス人の患者を……。

プリント柄のドレスを着て、ハナは祝勝のざわめきに背を向け、他の看護婦と共同で使っている部屋にもどった。すわるとき、何か光るものが目につき、見ると小さな丸い鏡が転がっていた。ゆっくり立ち上がり、歩み寄って、それを拾い上げた。とても小さいが、この上ない贅《ぜい》沢品《たくひん》のように思えた。すでに一年以上、見るのは壁に映る影だけで、ハナは自分の顔を知らない。小さな鏡には頰だけが映っていた。ハナは腕を伸ばし、鏡をできるだけ遠くに押しやって、顔全体を見ようとした。手がふるえた。ロケットの中の写真を見るように、ハナは自分の顔を見つめた。これが私……。窓から、車椅子《くるまいす》の患者が日の光の中に出ていく物音が聞こえてくる。看護婦らと笑い合ったり、話したりしている。いま室内にいるのは、ほんとうに重傷の患者だけだ。ハナは鏡の顔に微笑《ほほえ》みかけた。オス、兄弟……！　鏡の中の顔を見つめ、知っている自分をそこに捜そうとした。

ハナとカラバッジョは、あいだに暗闇をはさんで庭を歩く。カラバッジョが、いつもの間延びした口調で話しはじめる。

「誰の誕生パーティーだったかな。ほら、ダンフォース通りの『夜の徘徊者《はいかいしゃ》』レストランでさ、もう夜も遅かったが、みんな一人ずつ立って歌を歌うことになった。ハナはおぼえているかな？　おまえのおやじに、おれに、ジャネッタに、仲間たち。そしたら、おまえも歌いたいって言いだしたんだ。初めてのことだったな。まだ学校に行ってて、どうやらフランス語の授業で歌を習ってきたらしい。

「おまえは全部正式にやったぞ。まず椅子の上に立って、そこからもう一段上のテーブルに乗って、皿だの燃えてる蠟燭だののあいだに足場を決めた。

「そして、アロン・ザンファン……！　だ。

「左手を胸に当てて、大きな声でな。アロン・ザンファン……！　なんの歌か知っていたのは半分もいなかったろうよ。おまえだって、歌詞の正確な意味は知っちゃいなかったはずだ。まあ、『ラ・マルセイエーズ』の名は知ってたんだろうが。

「窓から吹き込む風でスカートがなびいて、蠟燭の炎にふれそうだった。くるぶしが、燃える火みたいに白くてな。おやじさんが目を丸くして見上げてた。なんたって、奇跡みたいに新しい言葉で歌いだすんだから。それも革命の大義をだよ、明瞭《めいりょう》に、完璧《かんぺき》に、よどみなくだ。蠟燭の炎がゆれて、おまえのドレスのほうに流れるんだが、これがふれそうでふれない。歌いおわったら、みんなが立ち上がった。おまえは、テーブルの上からおやじさんの腕の中に飛びおりたっけ」

「ね、その手の包帯、もうはずさない？　看護婦としてはそう勧めるわ」

「してると気持ちがいいんだ。手袋みたいで」

「いったい、手をどうしたの」

「女の窓から飛びおりるところをつかまった。このあいだ話したろう。おれの写真を撮った女さ。いや、女が裏切ったわけじゃない」

ハナはカラバッジョの腕をつかみ、そっと筋肉をもみほぐす。「はずしてあげる」そう言うと、男の包帯した両手を上着のポケットから引き出した。日の光のなかでは薄汚れた灰色だが、暗いなかではほとんど発光しているように見えた。

ハナが包帯を緩めると、カラバッジョが後ずさりして、腕から白い布が手品のように繰り出されてきた。だが、やがて尽きた。ハナは子どものころから慕《した》ってきたおじさんに歩み寄り、その目が最後の瞬間を遅らせようと、必死でこちらの視線をとらえているのを見た。だから、目以外は見ずに近づいた。

カラバッジョは、両手を椀の形にかまえたまま動かない。ハナはその椀を両手につつみ、顔を相手の頰に寄せ、やがてそっと肩に乗せた。手のうちにあるものは、しっかりと固く、すっかり治っている感じがした。

「これだけ残してもらうんだって、交渉はたいへんだったんだぞ」

「交渉って、どうやって?」

「昔おれがもっていた技術のすべてを駆使してさ」

「なるほどね……。待って、動かないで。私から離れないで」

「みょうなものだな、戦争の終わりってのは」

「ええ。順応の期間っていうけど」

「ああ」

カラバッジョは、両手を空の半月にかざした。

「親指を両方ともとられちまった。ほら、見な」

両手を前に差し出す。さっき一瞬見えたものが、いま、ハナの目の前にある。カラバッジョは片手を裏返し、トリックではないことを示した。魚のえらのように見えるのは、切りとられた親指の跡。カラバッジョの手が伸びて、ハナの肩の下あたりでブラウスが浮き上がった。二本の指が布をつまみ、そっと引き上げていた。

「木綿にはこうやってさわる」

「私ね、子どものころ、おじさんこそ怪傑《かいけつ》紅はこべだと思ってたわ。夢の中で、いっしょに夜の屋根を飛び回ったものよ。うちに来るとき、おじさんはよく冷めた食事をポケットに入れてきたわね。私には筆入れとか……そうだ、楽譜ももってきてくれた。フォレスト・ヒルのどこかの家のピアノから失敬してきたやつ」

ハナは暗く隠れた顔に語りかける。カラバッジョの口元を、金持ち女のもつレースのような木の葉の影が覆っている。「おじさんは、女の人が好きよね。好きだったわよね」

「いまでも好きだよ。なんで過去形なんだ」

「もうどうでもいいようなことに思えて。戦争だとか、いろいろあったから」

カラバッジョがうなずくと、木の葉の模様が顔を上下して消えた。

「ね、夜しか絵を描かない絵描きがいたでしょう？　街灯が一本しかない通りで描いてる人たち？　おじさんは、あの人たちに似てたわ。それから、あのミミズ捕りの人たちにも。足首に空《から》のコーヒー缶を結わえて、ライトつきのヘルメットかぶって、草のあいだを照らしながらミミズ捕ってる人たち。市の公園には、どこにでもいたわよね。いちど、あのカフェに連れてってくれたじゃない。株の売買みたいに、ミミズを取引してるカフェ。ミミズの値段も上がったり下がったりするんだぞって、教えてくれたでしょう？　今日は五セント、明日は十セント。それで破産したり、大金持ちになったりする人がいるって。おぼえてる？」

「ああ」

「……もどりましょうか。冷えてきたから」

「すりの天才ってのはな、生まれつき人差指と中指の長さがほぼ同じなんだ。だから、ポケットに深く指を突っ込まずにすむ。たった半インチの違いが、天才すりと凡才すりを分ける」

二人は木の下を屋敷に向かって歩いた。

「いったい誰がそんなことを……?」

「どこかの女にやらせたのさ。男にやられるより苦痛が大きいと思ったんだろう。連中のところの看護婦らしかった。おれの手首を机の脚に手錠でつないでな、それでやらせた。切られたときは、まるで夢の中のことのようだった。なんにも力を入れてないのに、指が勝手に手から抜けていったみたいでな。女を呼んだあの男。あいつが責任者だ。ラヌッチオ・トンマゾーニ。女は、命令だからしかたがない。おれのことを何も知らない女だ。おれの名前も国籍も、何をしたのかも……」

二人が屋敷にもどると、イギリス人の患者が叫んでいた。ハナはカラバッジョから手を離し、階段を駆けのぼった。踊り場で、手すりにつかまってくるりと体の向きを変えるとき、見上げるカラバッジョの目にテニスシューズが白く光った。

叫び声は廊下じゅうに響いていた。カラバッジョは台所に入り、パンを一切れちぎってから、ハナのあとを追った。階段をのぼり、部屋に近づくにつれ、叫びは悲鳴に近くなった。だが、部屋に入ってカラバッジョが見たものは、イヌとイギリス人の患者のにらめっこだった。イヌは、あまりの叫び声におびえたように、腰を落としてのけぞっていた。ハナがカラバッジョを見て、ニコリとした。

「イヌなんて何年ぶりかしら。戦争中、一匹も見たことがなかったわ」

ハナはしゃがんでイヌを抱き、その毛と、そこにこもる丘の草の香りをかいだ。そして、パンの切れ端で誘うカラバッジョのほうへ押しやった。患者はカラバッジョを見て、ポカンと口をあけた。ハナの背中で一瞬見えなくなったイヌが、いつのまにか男に化けた。患者にはそう見えたにちがいない。カラバッジョはイヌを抱き上げて、部屋を出ていった。

ずっと考えていたのだが、やはり、これはポリツィアーノの部屋にちがいない、とイギリス人の患者が言う。私たちがいるこの家は、ポリツィアーノの屋敷だったのだろう。壁から湧《わ》き出してくる水をごらん。あの古い泉を。これは有名な部屋だ。みながここに集まった。

ここは病院だったのよ、とハナが言う。そのまえは……ずっとまえだけど尼僧院で、それを軍隊が占拠したって言うわ。

ここはブルスコリ屋敷だと思う。ポリツィアーノは、ロレンツォ・デ・メディチの寵《ちょう》を得た。一四八三年のことだ。フィレンツェのサンタ・トリニタ教会に、メディチ家の人々を描いた絵がある。赤いマントをはおって、前に立っているのがポリツィアーノだ。才気あふれる男、端《たん》倪《げい》すべからざる男。世に知られた天才だった。

真夜中をとうに過ぎているが、男は目が冴《さ》えていて、眠れそうにない。

いいわよ、聞いてあげる、とハナは思う。心には、まだカラバッジョの両手が生々しく残っている。いまごろ、このイギリス人の患者のいうブルスコリ屋敷の台所で、迷い込んだイヌに何か食べるものをやっているだろう。あの手で。

血にまみれた時代だった。短剣と陰謀の時代。三段重ねの帽子と、詰め物をした靴下と、かつらの時代だった。それも、絹のかつらだ。もちろん、遠からずサボナローラがやってくる。そして、「虚栄の焼却」が行われる。ポリツィアーノはホメロスを翻訳し、シモネッタ・ベスプッチについて偉大な詩を書いた。この女性を知っているかな?

知らないわ、とハナは笑いながら答える。

フィレンツェには、この女性の絵があふれているよ。二十三歳の若さで肺病で死んだが、ポリツィアーノの『馬上試合の詩篇』にうたわれて有名になった。ボッティチェッリもレオナルド・ダ・ビンチも、この作品にいたく感じ入って、いくつかの場面を絵に描いた。ポリツィアーノは、毎日、朝はラテン語、午後はギリシャ語で二時間ずつ講義した。ピコ・デッラ・ミランドラという友人がいた。野心的な社交家で、突然回心《かいしん》して、サボナローラの運動に加わった。ピコって、私の子どものころのニックネームよ。

ほう。ここで――この壁の泉のもとで――多くのことが起こったと思う。ピコ、ロレンツォ、ポリツィアーノ、若きミケランジェロ。片手に旧世界、片手に新世界をにぎっていた人々だ。キケロの最後の四作を捜し出して図書室に収め、キリンとサイとドードーを輸入した。トスカネッリは、商人との文通から世界地図を作成した。みな、この部屋でプラトンの胸像を前にすわり、夜を徹して議論した。

やがてサボナローラの声が通りに響いた。「悔い改めよ! 大洪水がやって来るぞ!」そして、何もかもが押し流された。自由意志も、優雅さを求める心も、名声も、キリスト同様にプラトンを崇拝する権利も――すべてだ。つぎに火が来た。大焼却の炎の中で、かつらも、本も、毛皮も、地図も燃えた。四百年余りたってから墓を開いたら、ピコの骨は形をとどめていたが、ポリツィアーノのほうは塵《ちり》になっていたそうだ……。

イギリス人は備忘録のページをめくり、あちこちに貼りつけてある他の本からの切り抜きを読んだ。焼かれた偉大な地図のこと、プラトンの胸像のこと。ハナは静かに聞いていた。胸像の大理石の表面は熱ではじけ、剝離《はくり》し、叡知《えいち》のひび割れる音が、谷を渡る短い砲声のように響いた。草の丘に立つポリツィアーノは、未来の匂いをかぎながらその音を聞き、どこか下のほう、灰色の小部屋にいるピコは、救いの第三の目ですべてを見ていた。

カラバッジョはボウルに水をくみ、イヌの前に置いた。老いた駄犬。生まれたとき、戦争はまだ始まっていなかったろう。

カラバッジョはワインの入った水差しをテーブルに置き、わきの椅子にすわった。水差しは、ハナが修道院の僧からもらったもの。そして、ここはハナの家。カラバッジョは何をするにも気をつけて行動した。家具一つといえど位置を変えてはならない。庭の雑草に咲く花も摘んではならない。それはハナからハナへの贈り物、ハナの文明世界の一部なのだから。草ぼうぼうに見える庭を歩いていると、看護婦の鋏で切りそろえられた一フィート四方の区画に出くわす。自分がもっと若かったら、きっとこの庭ゆえに恋をしていただろう、とカラバッジョは思った。

カラバッジョはもう若くない。手の傷と心の不安定をかかえ、首の後ろの縮れ毛が灰色に変わりつつある男。そんな自分を、ハナの目はどう見ているだろうか。年輪を加え、知恵をたくわえた自分というものを、カラバッジョは想像できない。たしかに世間並みに年をとった。だが、年齢相応の知恵が身についたとは、とうてい思えなかった。

イヌが水を飲んでいる。よく見ようと床にしゃがみこんだとき、バランスをくずして、思わずテーブルにつかまった。テーブルが大きく揺れ、水差しが倒れた。

おまえの名前はデイビッド・カラバッジョだろう。そうだな？

男たちはカラバッジョに手錠をかけ、カシの机の太い脚につないでいた。左手の出血がひどい。いちど机を丸ごとかかえて逃げようとしたが、薄いドアを破るまえに倒れた。女が剃刀《かみそり》を放り出し、もういやだと言った。机の引き出しが滑り出て、中身もろとも胸の上に落ちてきた。ひょっとして銃はないか……。カラバッジョは目で捜した。だが、剃刀を拾い、ラヌッチオ・トンマゾーニが迫った。

カラバッジョだな？　そうだな？

カラバッジョは机の下になり、手の血を顔にしたたらせていた。が、突然、明晰《めいせき》な思考がひらめいた。机の脚を噛《か》んでいる右の手錠を下にすべらせ、脚の先端から抜くと、その手で椅子を投げ飛ばした。一瞬、痛みを忘れた。そして、体を左へ傾け、もう一方の手錠も同様にして抜いた。血はいたるところに飛び散り、どちらの手ももう使いものにならなかった……。あのあと何か月ものあいだ、カラバッジョは出会う人の親指ばかりを見ていた。そして、あの出来事は自分を羨《うらや》ましがり屋に変えたと思った。だが、変わったのは、それだけではない。あれ以来、カラバッジョは老《ふ》けた。机に手錠でつながれていたあの夜、体に何かを注ぎ込まれ、それが体中の反射神経を鈍《にぶ》くしたかのようだった。

イヌと、赤ワインのしたたるテーブルをそのままに、カラバッジョは立ち上がった。頭の中であの夜の光景が渦を巻いていた。二人の衛兵に、女に、トンマゾーニ。そこへ鳴り出す電話。電話は鳴りやまず、トンマゾーニは剃刀を置いて、皮肉っぽく「ちょっと失礼」と言った。血まみれの手で受話器を取り、聞いている……。カラバッジョは、相手の聞きたがることに何も答えたつもりはない。それなのに解き放たれた。結局、自分は何かしゃべったのだろうか。

サント・スピリト通りを歩き、脳の片隅に隠しおおせたあの場所へ向かった。ブルネッレスキの教会を通り過ぎ、ドイツ会館の図書室を目指す。たどりつけば、かくまってくれる人物がいる。が、待て、と思った。それこそ連中の思うつぼかもしれない。泳がせて、誰かと接触するのを待っているのではないか。カラバッジョは、すぐにわき道にそれた。振り返るな、絶対に振り返るな……。どこかで焚《た》き火をしていないか、とも思った。火で血を止めたい。煮え立つタールに手をかざし、真っ黒な煙で手を覆いたい……。気がつくと、サンタ・トリニタ橋にいた。そして、人っ子ひとり見当たらないのに驚いた。橋のすべすべした欄干にすわりこみ、やがて横になった。なんの音もしない。さっき、ぐっしょり濡れたポケットに手を突っ込み、ここを歩いたときは、戦車やジープが狂ったように走っていたのに。

そのとき、橋に仕掛けられていた地雷が爆発した。寝ていたカラバッジョは、空中に放り投げられ、世界の終わりの一部になって落下した。目をあけると、横に巨大な首が転がっていた。ぎょっとした瞬間、肺に水が流れ込み、水中にいることを知った。そこはアルノ川の浅瀬。カラバッジョは髭面《ひげづら》の生首と並んで沈んでいた。首に手を伸ばしかけたが、つついてみる勇気さえなかった。水中が赤く光り、浮かび上がると、川面《かわも》のあちこちが燃えていた。

その夜、ハナはカラバッジョの話を聞いた。

「拷問《ごうもん》をやめたのは、きっと連合軍が来たからよ。ドイツ軍が町から逃げ出して、そのとき橋を爆破したんじゃないかしら」

「さあな。おれが何もかもしゃべっちまったのかもしれん。誰の首だったんだろう、あれは。部屋には、ひっきりなしに電話がかかってきていた。突然、部屋中が静まって、トンマゾーニがおれから離れて、そのあと、全員があいつを見ながら、電話の向こう側の声を聞いていた。聞こえるはずもないのに、沈黙に耳をそばだてていた。いったい誰の声だったんだ。そして誰の首だったんだろう」

「ドイツ軍が町を逃げ出していったのよ、おじさん」

ハナは『モヒカン族の最後』を開き、巻末の何も印刷されていないページに書き込みをした。

カラバッジョという人がいる。父の友人。小さいころから、私はこの人がずっと大好きだった。年上で、いま四十五歳くらい（かな）。人生の暗闇といえる時期にいて、すっかり自信をなくしている。でも、なぜか私のことを気にかけてくれている。父の友人のカラバッジョおじさん。

ハナは本を閉じ、図書室にもっていくと、高い棚の一つに隠した。

イギリス人は眠っていた。口で呼吸するのは、寝ていても起きていても変わらない。ハナは椅子から立ち上がると、患者の手から火のついた蠟燭をそっと取り上げ、煙が外に流れ出るように窓際《まどぎわ》までもっていって吹き消した。患者はよくこうやって手に蠟燭をもち、蠟が手首に垂れるのも知らずに、死体のように寝ている。それがハナには気に入らない。まるで予行演習しているみたい、と思う。死の雰囲気と光をまねて、そのままほんとうの死へすべりこんでいくことを願っているみたい、と。

ハナは窓際に立ち、額の髪を一束、指で強く握って引っ張った。暗闇では――いや、夕暮れ以後の弱い光のなかではいつでも――血管を切り裂くと、真っ黒な血が流れる。ハナは、いたたまれなくなって部屋を出た。突然、閉所恐怖症になり、疲れを忘れた。廊下を小走りに抜け、階段を駆けおり、屋敷のテラスに飛び出すと、二階を振り仰いだ。置き去りにしてきた少女の姿が、そこに見えるような気がした。また建物の中にもどり、水で膨れてきしむドアを押して図書室に入った。そして、部屋の奥のフランス戸まで歩いていき、それをふさいでいる板をはがしはじめた。板をはがし、戸をあけ、夜の空気を入れる。カラバッジョがどこにいるのか、ハナは知らない。近ごろはほとんど毎晩出かけていて、明け方間近にならないともどってこない。いまは影も形もない。

ピアノを覆っている灰色のカバーをつかみ、部屋の隅まで歩いていって引っ張った。死骸《しがい》に巻いた布をはがすように、漁網を引くように……。

真っ暗闇。遠くに雷鳴が聞こえる。

ハナはピアノの前に立ち、下も見ずに鍵盤《けんばん》に両手を置くと、いきなり弾きはじめた。メロディーを最小限に、ただ和音を鳴らす。音符を一組鳴らすたびに小休止する。何かをつかまえるたび、水中から手を引き上げて獲物を確かめる漁夫のように、しばらく手を見つめては、また鍵盤にもどり、つぎの一組の音符を演奏する。ハナの指の動きがいっそう遅くなった。二人の男がフランス戸から入り込み、ピアノの端に銃を置いて、ハナの前に立った。だが、ハナは頭をさげて弾きつづける。様相が急変した図書室で、和音の響きが空気をふるわせつづける。

ハナは両腕を体のわきにつけ、裸足《はだし》でベース・ペダルを踏みながら弾きつづけた。これは、母親に教わった曲。昔、平らな面さえあれば、どこででも練習した曲。台所のテーブルで、二階の壁で、眠りに落ちるまえにベッドでも。家にはピアノがなかった。日曜日の朝は市民会館へ行き、そこのピアノで練習した。だが、平日はどこででも練習した。母親が台所のテーブルにチョークで書き、しばらくすると消してしまう譜を暗記しながら……。ハナが屋敷のピアノを弾いたのは、この日が初めてだった。ピアノらしいものがあることは、すでに三か月まえ、ここに住みはじめた最初の日に、フランス戸越しに見て気づいていた。だが、弾いたことはなかった。カナダでは、ピアノが水を要求する。ピアノの裏をあけ、水をいっぱい入れたコップを置いておくと、一月後には空になっている。父親は、小人がいるんだ、と言った。バーには行かず、ピアノの中でしか飲まない小人がいる。そんな話は信じられなかったが、最初は、もしかしたらネズミかもしれないと思っていた。

谷に稲妻《いなずま》が光る。嵐の気配は夕方からあった。光の中で、二人の男の一方がシーク教徒であるとわかった。ハナは小休止し、微笑んだ。すこし意外だったが、それでもほっとした。二人の背後に生じた円形パノラマはほんの一瞬で消え、ハナにはターバンと濡れた銃しか見えなかった。ピアノの上蓋《うわぶた》は、もう何か月もまえからない。取り外され、病院のテーブルになった。だから、男たちはキーの並ぶ溝の向こうに銃をのせている。イギリス人の患者なら、ただちにその種別を特定できただろう。なんてことでしょう、とハナは思った。周りは外国人の男ばっかり。生っ粋のイタリア人なんて一人もいやしない。イタリア屋敷でのロマンスはどうなるの。一九四五年のこの劇的情景を、ポリツィアーノならどう表現したかしらね……。ピアノをはさんで男が二人と女が一人。戦争の終結は間近い。三十秒おきに光る稲妻が部屋を照らし、すべてを色と影で満たし、濡れた銃を輝かせる。また光った。谷で炸裂《さくれつ》する雷。ピアノの応答。和音の響き。あの娘《こ》をお茶に誘うとき……。

歌詞をご存じ？

男たちは動かない。ハナは和音から解き放たれ、指を複雑に動かしはじめた。これまで抑えていたものをほとばしらせ、ジャズのディテールを展開した。陳腐なメロディーを切開し、そこから音と表情をあふれさせた。

あの娘をお茶に誘うとき
みんながぼくに嫉妬《しっと》する
だから盛り場は敬遠さ
あの娘をお茶に誘うとき

二人の男は濡れた服のまま、ときどき部屋を照らす稲妻で女を見ていた。女の手が、稲妻と雷にもめげず、その中で演奏しつづけるのを見ていた。音は雷に逆らい、光と光のあいだの闇を満たした。女の顔は激しく集中し、きっと自分たちなど見えていないだろう、と二人に思わせた。ハナはテーブルに書かれた音符を必死に思い出そうとしていた。音符のケン・ケン・パ。それはすでに薄れかけている。そして、母の手がいま新聞紙をちぎり、台所の水道で濡らし、それでテーブルをぬぐおうとしている。ハナは、週一回、レッスンを受けに市民会館に行く。そこで練習する。幼いハナは、すわると足がペダルにとどかない。いつも立ったまま練習した。

サマー・サンダルを左ペダルにのせ、メトロノームをチクタクさせながらピアノを弾いた。まだ終わりたくない。古い曲の歌詞をもう少し手元に置いておきたかった。デートの二人は、盛り場を避けてどこへ行ったのだろう。観葉植物に囲まれながらお茶を飲めただろうか……。ハナは顔を上げ、二人の男にうなずいた。もう終わると合図した。

カラバッジョは一部始終を知らない。もどってくると、ハナと二人の工兵隊員が台所でサンドイッチをつくっていた。

Ⅲ　いつか、火

一九四三～四四年、中世最後の戦争がイタリアで戦われた。八世紀から幾多《いくた》の戦闘を見てきた丘の上の城塞《じょうさい》へ、新参の王たちが不用意な攻撃をしかけた。露出した岩の周辺はたちまち担架の往来する道となり、周囲の、少し掘ればまだ血のついた斧《おの》や槍《やり》が出土するというブドウ園は、戦車の轍《わだち》でずたずたに引き裂かれた。モンテルキ、コルトーナ、ウルビーノ、アレッツォ、サンセポルクロ、アンギアリ。そして、戦いはアドリア海の沿岸に達した。

イギリスも、アメリカも、インドも、オーストラリアも、カナダも、どの国の軍隊も北を目指した。北では砲弾が尾をひいて飛び、空中で炸裂《さくれつ》し、消滅した。だが、南を向く砲塔ではネコが居眠りをした。連合軍がサンセポルクロの攻撃に結集したとき、一部の兵士は町のシンボルの 弩《いしゆみ》 を手に入れ、いまだ落とせずにいるこの町の城壁越しに、夜、音もなく石をほうり込んだ。迎え撃つドイツ軍の総司令官、ケッセルリング元帥《げんすい》は、城壁から連合軍の頭上へ煮えたぎる油を注ごうかと本気で考えた。

オックスフォードのいくつものカレッジから中世学者が集められ、ウンブリア州に空輸された。平均年齢は六十歳。軍隊と同宿し、作戦司令部の会議に参加したが、飛行機が飛ぶ時代になっていることを忘れがちだった。学者の頭では、町の名と美術品がイコールで結びついている。モンテルキ？　あそこの墓地礼拝堂には、ピエロ・デッラ・フランチェスカの『出産の聖母』がある……。春の雨が降りしきる日、十三世紀の城塞はようやく陥落《かんらく》した。兵隊は教会の高い丸天井の下に宿泊し、ヘラクレスがヒドラを退治している石の説教壇の横で眠った。水が悪く、多くの兵士がチフスやその他の熱病で死んだ。アレッツォ？　ここにもピエロ・デッラ・フランチェスカがある。こちらは聖十字架伝説を描いたフレスコ画で……。兵隊はゴシック様式の教会に入ると、携帯している双眼鏡を上に向け、絵の中に故郷の隣人や知人の顔を見つけた。ソロモン王を訪ねるシバの女王。近くには、口に知恵の木の小枝をくわえて死んでいるアダム。後年、女王は、シロアム池にかかる橋がこの聖木で作られていることを知ったという。

毎日、冷たい雨が降った。審判・敬虔《けいけん》・犠牲への道しるべは偉大な絵画の中にしかなく、外ではすべてが無秩序だった。第八軍の行く手はいくつもの川でさえぎられ、どの川にも橋がなかった。工兵隊は敵の銃火をくぐり、縄ばしごで川岸をくだる。泳ぐか歩いて川を渡る。食糧やテントが水に押し流され、体に装備をしばりつけた兵士が水中に消えた。対岸にたどりついた工兵は、崖《がけ》をよじのぼる。壁面の泥に手首まで突っ込み、必死で崖にしがみつく。いますぐ泥が固まって、体を支えてくれないかと念じながらのぼる。

泥の壁に頬を押しつけた若いシーク教徒は、シバの女王の顔を思い出し、その肌のきめ細かさを想像した。川にはなんの慰めもなく、女王への欲望だけが工兵の体を熱くしていた。今度出会えたら、あの髪からベールをはがしたい、首すじとオリーブ色の衣のあいだをこの右手で触れたい――工兵はそう思いつづけた。二週間まえ、アレッツォで出会った賢王と罪ある女王は、疲れて悲しそうに見えた。工兵も疲れて悲しかった。

工兵の体は水の上に宙づりになり、両手は泥の壁に爪《つめ》を立てつづけた。戦場で過ごす日夜。人間らしくあるという繊細な芸術は、すでに兵士らのあいだから失われ、本や壁画の中だけのものになった。あの丸天井の壁画の中で、悲しみの深かったのはどちらだろう。工兵は上半身を傾け、女王の細い首を覆《おお》う皮膚に体をあずけた。そして、その伏せた眼差《まなざ》しに恋をした。橋の神聖さにやがて気づくという、あの女王の眼差しに……。

夜、折り畳みベッドの上で、工兵は両腕を伸ばすと、思い切り遠くへ突き出した。フレスコ画の王族を相手にしては、工兵に勝ち目はない。女王は最初から工兵に気づきもしない。その存在すら認めようとしない。たとえ暫定《ざんてい》協定を結んでも、女王はきっと工兵を忘れるだろう。雨の中、はしごにのぼり、後続部隊のためにベイリー仮橋を組み立てているシーク教徒のことなど……。だが、工兵のほうは、フレスコ画の物語をいつまでもおぼえていた。一月《ひとつき》後、激戦を生き抜いた連合軍は海に出て、沿岸の町カットリーカに入った。工兵隊が浜辺の地雷を除去する。誰もが裸で海に入れるよう、二十ヤード幅の安全ゾーンをつくる。それが終わったとき、シーク教徒は一人の中世学者を訪ねた。以前、自分に声をかけてくれた人。ブタ肉の缶詰めを分け合った人。親切にしていただいたお礼に、いいものを見せてさしあげましょう、と話しかけた。

工兵は、軍のトライアンフ・オートバイを借り出すと、腕に赤い非常灯をつけ、背中に老人をしがみつかせて、これまで来た道を逆にたどりはじめた。平穏をとりもどした町に入り、通りすぎ、さらにつぎの町にもどる。ウルビーノ、アンギアリ……。曲がりくねった尾根沿いにイタリアの背骨を走り、山脈西側の斜面をアレッツォに向かってくだった。

夜、到着した広場にはもう兵隊の影もない。工兵は教会の正面にオートバイを止め、中世学者をおろし、道具をもって中に入った。そこの暗闇《くらやみ》は外より冷たく、外よりうつろ。ブーツの音が響き、おぼえのある古い石と木の匂《にお》いがした。工兵は三本の発光筒に点火した。柱の並ぶ身廊の上に滑車一式を投げ上げ、ロープを通したリベットを高い梁《はり》に打ち込む。老人はあっけにとられ、工兵と頭上の暗闇をかわるがわるに見ていた。その老人の体に工兵はロープを巻きつけ、腰と両肩に回して結ぶと、火のついた小さな発光筒を一本、胸にとめた。

大きな足音をたてて階段を駆け上がる工兵。身廊の上に立ち、滑車に通したロープの端をにぎって、バルコニーから闇の中に踏み出した。聖体拝領台のわきに立っていた老人の体が宙に浮き、見る見る上昇する。工兵が着地したとき、老人は発光筒の光輪に包まれ、フレスコ画のある壁から三フィートのところに揺れていた。ロープをつかんだまま工兵が前に歩くと、老人が右へ移動する。そこには、敗走するマクセンティウス帝がいる。

五分後、工兵は老人をおろし、新しい発光筒に点火する。そして、今度は自分が丸天井の中へ飛び立った。人工の空の深い青色の中へ。輝く金色の星は、いつか双眼鏡でのぞいたもの。下には、疲労困憊《こんぱい》してベンチにすわる中世学者。工兵は、ふと、この教会の深さを思った。高さというより、これは深さ。液体の手触りがある。井戸のうつろさと暗さがある。手の発光筒が魔法の杖《つえ》のように光をまき散らす。工兵はロープをたぐり、悲しみの女王の顔に近づいた。そして、褐色の右手が小さく伸びて、女王の巨大な首に触れた。

工兵は庭の片隅にテントを張った。昔、きっとラベンダーが植えてあった場所だ、とハナは思う。いつか、あそこで乾いた葉を見つけた。指にとって、ラベンダーであることを知った。それに、雨のあとにはときどき香水の匂いがする。

工兵は、はじめのうち屋敷の建物に入ろうとしなかった。だが、地雷除去のあれこれで、そばを通りすぎることがある。いつも礼儀正しく、ハナに軽くうなずいて行く。ときどき水浴びをしているのを見かける。日時計の上に洗面器を置いておき、そこにたまった雨水を使う。庭には苗床に散水するための蛇口があるが、いまは涸《か》れて出ない。シャツをぬぎ、褐色の上半身に水を振りかける姿に、ハナは、水たまりで羽をふるわせる小鳥を思った。日中は、半袖《はんそで》の軍隊シャツから突き出している腕と、その腕にあるライフル銃がよく目にとまる。戦闘はもう終わっているのに、工兵は銃を放そうとしない。その銃でいろいろな姿勢をとる。半旗の位置に捧《ささ》げ持ったり、天秤棒《てんびんぼう》のように両肩にかついだり。そして、ハナの視線を感じて、突然、振り返る。工兵は無数の恐怖の体験者。少しでも危険と見れば、避けてとおる。ハナの視線を風景の一部のように平然と受け止めるのは、対処できるという自信の現れだろうか。

工兵は自立自存。他人の手を少しも必要としない。そんな工兵の存在が、ハナには救いになった。その思いは、カラバッジョも同じだったろう。もっとも、工兵がひっきりなしに口ずさむ、戦争の三年間でおぼえたというウェスタンには、いささか閉口ぎみのようだったが。嵐《あらし》の中を連れだってやってきたもう一人の工兵は、ハーディと呼ばれている。どこか、もっと町に近いところに寝泊まりしているらしい。シーク教徒といっしょに作業しているところをよく見かける。あちこちの屋敷の庭に入り込み、二人で地雷探知の道具を使って働いている。

若い工兵はときどきイヌと遊ぶ。道でいっしょに飛んだり跳ねたりしている。だが、イヌはカラバッジョのほうになついている。それは、工兵が絶対に餌《えさ》をやらないから。イヌといえど自力で生き抜くべきだと信じ、食べ物を見つければ、イヌにやるより自分で食べてしまう。工兵の礼儀正しさは、イヌにまでは及ばない。夜は、ときどき谷を見おろす胸壁で寝て、雨が降りだすと、テントに這《は》いもどる。

工兵は、カラバッジョの夜の徘徊《はいかい》に気づいている。二晩ほど、遠くから跡をつけたことがある。だが、その翌日、カラバッジョに呼び止められ、二度とするなと言い渡された。工兵は尾行を否定しようとしたが、目の前に突き出されたカラバッジョの手で言い訳を封じられ、この年長者に二晩とも気づかれていたことを悟った。工兵の尾行は、戦争中に身につけさせられた習慣のなごりにすぎない。ライフル銃の携行も同じこと。いまでも銃で何かを狙《ねら》い、正確に撃ち抜きたいという衝動に駆られる。何度も石像の鼻の頭を狙い、谷の上空を飛ぶ茶色のタカを狙って、撃つまねをした。

工兵は、まだ少年を残す若者だった。がつがつと食べ物を飲み込み、さっと立ち上がって自分の皿を片づける。昼食には三十分しかかけない。

工兵が果樹園や屋敷裏の荒れた庭園で働いているところを、ハナはじっと見ていたことがある。働きぶりは注意深く、時間の経過にはネコのように無頓着《むとんじやく》。腕輪の中を前後にすべる手首の皮膚が、ほかより濃い褐色に見えた。あの腕輪は、工兵がハナの前でお茶を飲むとき、ぶつかり合ってチリンチリンと音をたてる。

自分の仕事につきまとう危険のことを、工兵は一言も語ったことがない。ときどき爆発音がし、ハナとカラバッジョは急いで家から飛び出す。鈍《にぶ》い破裂音にも、ハナは心臓が止まりそうに緊張する。外に走り出すとき、あるいは窓に走り寄るとき、ハナの目の隅に、同じように走るカラバッジョの姿が映る。そんな二人に、花壇で働く工兵は振り向きもしない。屋敷に背を向けたまま、ものぐさそうに手を振って、だいじょうぶの合図を送る。

あるとき、カラバッジョが図書室に入ると、工兵が天井近くのだまし絵に張りついていた。カラバッジョでなければ気づかなかったろう。どんな部屋に入っても、まず隅々に目を配り、自分一人かどうかを確かめるカラバッジョでなければ。工兵は一点を見つめたまま片手を突き出し、指を鳴らしてカラバッジョを制した。入らないで。安全のため部屋を離れて。信管のワイヤのもつれをほぐし、切るところだから……。それは部屋の隅、窓のカーテン・レールの後ろに隠されていた。

工兵はいつも歌を口ずさんでいる。口笛を吹いている。ある夜、「あの口笛は誰だ」とイギリス人の患者が尋ねた。イギリス人は、新参の住人のことをまだ知らない。会ったことも見たこともない。工兵はいつものように胸壁に寝て、変化する雲を見上げながら口笛を吹いていた。

無人に近い屋敷では、工兵の存在そのものが騒々しい。屋敷でまだ制服を着ている唯一《ゆいいつ》の人間は、バックルを光らせ、左右対称にターバンを巻き、非の打ち所のない姿でテントから現れる。そして、磨き立てたブーツで屋敷の木や石の床を踏みならす。深刻な顔で何かの問題を考えているかと思うと、たちまち顔をほころばせ、大声で笑い出す。

工兵は、自分の肉体に無意識の誇りをもっている。何をするときも、体を動かすことに快感をおぼえているように見える。たとえば、かがんで一切れのパンを拾い上げるときも、こぶしで草をなでるときも。村にいる他の工兵に会いにいく途中、イトスギの下の道を歩きながら、何を考えているのかライフル銃を大きな棍棒《こんぼう》のように振り回しているときも。

屋敷が太陽系なら、工兵はその縁を回る放れ惑星だ。屋敷の人々とは即《つ》かず離れず。工兵に不満はない。戦争中の泥と川と橋の日々を思えば、いまは休暇中も同然。屋敷の建物には招かれたときしか入らず、仮の訪問者であることは、最初の夜と変わらない。あのとき、工兵はハナのおぼつかないピアノの音を聞きつけ、イトスギの並ぶ道を急いで、図書室にたどり着いた。

あの嵐の夜、工兵が屋敷に近づいたのは、音楽にひかれたからではない。弾き手の身の危険を思ったからだ。敗走するドイツ軍は、よく楽器の中に鉛筆爆弾を仕掛けていく。家にもどった所有者がピアノの蓋《ふた》を開け、両手を失う。大時計の振り子に動きをよみがえらせようとして、ガラス爆弾で壁の半分を吹き飛ばされ、そばにいた人々が巻き添えになる。

工兵は、ハーディと二人でピアノの音の出所《でどころ》を捜した。急ぎ足で丘をのぼり、石の塀を越え、屋敷に入った。ピアノの音がやまないうちは、危険は少ない。奏者が弾く手を止め、腕を前のメトロノームに伸ばすときが危ない。メトロノームの針を押さえている、薄い金属バンドを取り去るときが……。細いワイヤを垂直にハンダ付けするのに、メトロノームほどやさしい場所はなく、ほとんどの鉛筆爆弾はそこに隠されている。ほかには、水道の蛇口や本の背表紙。果樹の枝にもドリルで埋め込まれる。リンゴが落ちて下の枝にぶつかるとき、誰かの手がその枝をにぎるとき、木が爆発する。部屋や野原のどこにでも、工兵の目は爆弾が隠されている可能性を見た。

工兵はフランス戸の前で立ち止まり、いちど頭をドア枠に押し当てた。そして部屋に滑り込み、ときおり稲妻《いなずま》で照らされながら、暗闇にたたずんだ。自分を待ち受けていたかのように、女が一人立っている。だが、その目は下を向き、鍵盤《けんばん》を見ている。工兵の視線は、女に注がれるより先に、レーダーのように部屋全体を掃いていた。メトロノームはもう動いている。チクタクと無邪気に音を立てている。では、危険はない。細いワイヤはなかった。工兵は安心し、ずぶ濡《ぬ》れの制服のまま立ちつづけた。女が二人の侵入者に気づいたのは、それからしばらくあとのことだった。

工兵のテントのわきに立つ木には、鉱石ラジオのアンテナが張られている。夜、ハナがカラバッジョの双眼鏡をテントのほうに向けると、ラジオのダイヤルが放つ緑の燐光《りんこう》が見える。やがて工兵が寝返りをうち、体がハナの視線をさえぎって、燐光は消える。昼間も、工兵はそのポータブル・ラジオを持ち歩いている。イヤホーンは二つあるが、耳に当てているのは一つだけ。もう一つは顎《あご》の下にぶら下がっている。重要な音は、ラジオ以外の世界からも聞こえてくる。工兵はそれを聞き取るため、いつも片耳をあけておかなければならない。何か新情報を仕入れ、屋敷の人間も興味をもちそうだと思うと、それを教えにくる。ある日の午後、バンド・リーダーのグレン・ミラーが死んだと言いにきた。乗っていた飛行機が、イギリスとフランスのあいだのどこかに落ちたそうだ、と。

工兵はそうやって屋敷に出入りする。屋敷の外でハナが見る工兵は、いつもどこかの荒れ果てた庭の隅にいて、探知機を操作している。誰かが残していった危険物を見つけ出し、信管やワイヤの塊《かたまり》を解きほぐしている。

工兵は一日に幾度《いくど》となく手を洗う。カラバッジョはそれを見て、はじめは神経質すぎると思った。「戦争中はどうしてたんだ」と笑った。

「ぼくはインド育ちですよ、おじさん。インドじゃ、とにかくみんな手を洗うんです。食事の前はもう当然。癖ですよ、パンジャブ生まれだから」

「私は北アメリカの生まれよ」とハナが言う。

工兵は、体の半分をテントの中、半分をテントの外に出して眠る。手が耳からイヤホーンをはずし、膝《ひざ》の上に落とした。

それを見届けたハナは双眼鏡を置き、窓から離れた。

兵士らは巨大な丸天井の下にいた。軍曹が火のついた発光筒をもって立ち、工兵は床に転がって、ライフル銃を天井に向けていた。照準器をのぞき、人混みにまぎれた弟を捜すように、黄土色《おうどいろ》の顔の群れを見ていた。照準器の十字線が、聖書の中の人物をつぎつぎにとらえていく。光の中に浮かんでくる人物の服と肉体は、何百年分もの油と蠟燭《ろうそく》の煙ですすけ、暗く変色している。そこへ、いま、発光筒のこの黄色い煙！　とんでもない行為であることはわかっていた。きっと、ここからつまみ出されるだけではすむまい。聖所の拝観を許されながら、信頼を裏切る文化的野蛮を犯した一団として、後世にまで非難されるかもしれない。だが、兵士らの背後には長く苦しい道のりがあった。橋頭堡《きょうとうほ》から上陸し、一千の戦闘とモンテ・カッシーノの爆撃を生き抜き、ラファエロ・スタンツェを粛々《しゅくしゅく》と行進して、ここまでやって来た。シチリアに上陸し、イタリアの足首を攻め上がってきた十七人の兵士。ようやくたどり着いたこの地で招き入れられたのが、ほぼ真っ暗やみのこの聖所とは……。入れてもらえるだけでありがたいと思え、と言わんばかりに……。

「くそっ。もっと光が欲しいですね、シャンド軍曹」一人のその声に応《こた》え、軍曹が発光筒のピンを引き抜いて、頭上高く差し上げた。こぶしから流れ落ちる光のナイヤガラ。筒が燃え尽きるまで、軍曹はそれを高くかかげつづけた。兵士らはその場で仰向き、光の中に現れた天井の、群がる人の姿と顔を見上げた。だが、若い工兵だけはいち早く床に寝転び、銃を構えていた。その目はノアとアブラハムの髭《ひげ》に触れんばかりに近づき、多くの悪魔をためつすがめつした。そして、一つの顔に行きあたり、そこで凍りついた。偉大な顔がそこにあった。槍のような顔。知恵にあふれた容赦のない顔……。

入り口で守衛が叫び、走り寄る足音が聞こえた。発光筒に残された光は三十秒。工兵は起き上がり、軍隊付きの牧師にライフル銃を渡した。「あれは誰です。北西三時の方向。あの顔は？　早く。あと三十秒です」

牧師が銃を構え、指し示された方角に向けた瞬間、発光筒が燃え尽きた。

牧師は工兵に銃を返した。

「システィーナ礼拝堂で戦場の照明を使うとは……知れたらおおごとだわい。私はついてくるべきではなかったな。だが、シャンド軍曹には礼を言わねばなるまい。よくやった。偉いやつだ。さいわい、これといった損傷もないようだし……」

「見えましたか、あの顔？　あれは誰です」

「うむ。じつに偉大な顔だな」

「じゃ、見えたんですね」

「あれがイザヤだ」

第八軍が東海岸のガビッチェに到着したとき、工兵は夜間警邏《けいら》班の班長になった。二日目の晩、海上に敵の動きがあるという無線が入り、とくに狙いもつけないまま、威嚇弾《いかくだん》を一発発射した。何にも当たりはしなかったが、海面に水柱が立ち、その白いしぶきの向こうに、なにやら黒ずんだ影が動いているように見えた。工兵は銃を構え、水上を漂うその影を照準器にとらえた。一分間は見つづけただろうか。撃つか撃つまいか迷い、結局、撃たずにおいた。敵はここよりずっと北、リミーニの町外れに陣取っている。撃つのは、ほかにも動きがあるかどうか見極めてからでよい、と思った。ふたたび照準器をのぞき込んだとき、突然、聖母マリアの顔が浮かび上がった。光輪をいただき、海中から聖母が出現した！

聖母マリアは船上にいた。二人の男が聖母を支え、二人の男が船を漕《こ》いでいた。船が浜辺に着くと、町の人々が明かりのない窓を開け、いっせいに歓声を上げた。

四人の男は船をおり、五フィートの聖母を腕に抱え上げた。町と海のあいだのトーチカにいた工兵には、石膏《せっこう》像のクリーム色の顔と、豆電球の光輪がよく見えた。男たちは地雷を気にするふうもなく、浜辺に上がってくる。足を砂にめり込ませ、ためらいもなく歩いてくる。たぶん、ドイツ軍が地雷を埋めるのを見ていて、場所を知っているのだろう。ガビッチェ・マーレ。一九四四年五月二十九日。聖母マリアをほめたたえる海の祭りの日。

大人と子どもが通りにあふれ、制服の鼓笛隊《こてきたい》が現れた。夜間の外出禁止令に敬意を表し、演奏はしない。だが、儀式には鼓笛隊が欠かせない。全員が、しみ一つなく磨き上げられた楽器をもって現れた。

工兵はそっと闇の中から近づいた。ロケット砲を背負い、ライフル銃を手に持ち、頭にターバンを巻いたその異形に、町の人々は驚いた。無人のはずの浜辺から現れたのだから、いっそう驚いた。

工兵はライフル銃を構え、照準器で聖母の顔を見た。年齢もなく、性別もない顔。頭にいだく光輪は、優雅に揺れる二十個の豆電球。ときおり、像を支える男たちの黒い手が、光輪の明るさの中に突き出される。聖母像は薄青い外套《がいとう》をまとい、左膝をわずかに引き上げて、あるかなきかの襞《ひだ》を衣によせていた。

これまでファシストに支配され、イギリス人、ガリア人、ゴート人、ドイツ人にも支配され、それでも参らなかった人々。あまりにも頻繁に他民族に支配され、それが当たり前になった人々。決してロマンチストではあるまい。だが、その人々がこの薄青色とクリーム色の石膏像を海から招き、花をいっぱいに敷き詰めた手押し車に乗せて、静かな鼓笛隊の先導で町を練り歩いている。工兵の警邏班は、この町を守る任務を帯びている。だが、こんな武器をもった姿で、どうして任務が遂行できようか。この恰好《かっこう》では、白い着衣の子どもらといっしょに歩くことすらできないではないか。

工兵は、聖母像の行進と同じスピードで、一つ南の通りを進んだ。交差する道路に同時に差しかかり、そのたびに銃を構えて、向こうの通りを行く聖母の顔を見た。行進は、海を見おろす岬《みさき》で終わり、人々は聖母像を安置して、家に帰っていった。工兵がまだその辺をうろついていることは、誰も知らなかった。

聖母の顔はまだ光輪で照らされている。船にいた四人が、歩哨《ほしょう》のように像を取り囲んですわっている。像の背負う電池はしだいに弱りはじめ、朝の四時半頃には尽きかけた。工兵は腕時計で時刻を確かめ、照準器で男たちの様子をうかがった。二人がすでに眠っている。銃を上に向け、聖母の顔をもう一度よく見た。衰弱した光輪のもとで、さきほどとは表情がちがっている。工兵の知っている誰かに似ていた。妹？　いずれ生まれてくるかもしれない娘？　何か手放せるものをもっていれば、工兵は親愛の情を込めてそれを聖母に捧げていたかもしれない。だが、工兵にも工兵の信仰があった。

カラバッジョは図書室に入った。最近、午後はたいていここで過ごしている。だが、いつまでたっても本にはなじめない。本はいつも不可解な生き物だった。適当に一冊抜き取って、表題のページを開いた。五分ほどたったころ、かすかなうめき声が聞こえた。

振り向くと、ハナがソファーで眠っていた。カラバッジョは本を閉じ、本棚の下から突き出している、腿《もも》の高さの出っ張りに浅く腰かけた。ハナは、ほこりだらけのブロケードに左頬を押しつけ、小さく丸まって眠っている。右腕を顔のほうに曲げ、こぶしを顎に当てて、眉《まゆ》をしきりに動かしている。眠りの中でも集中している顔だ。

この屋敷に捜し当てたときのハナは、切れそうに張りつめていた。その体は戦争のまっただなかにあり、恋の中の乙女のように消耗していた。戦争を効率よく乗りきれるよう、不要な部分をすべてそぎ落としていた。

カラバッジョは、床に着くほど頭を前に投げ出して、大きなくしゃみをした。起き直ると、ハナが目をさまし、まっすぐこちらを見つめていた。

「いま何時だか当ててみな」

「四時五分くらい。いえ、四時七分ね」ハナが答える。

男と少女が昔よくやったゲーム。カラバッジョは、時計を見に部屋を出ていった。その確かな足取りと落ち着きぶりから、モルヒネを打ったばかりだとわかる。元気そうな顔色、めりはりのきいた動作、昔に帰ったような自信……。カラバッジョが、しきりに頭をひねりながらもどってくる。あまりの的中ぶりにあきれ返っている。ハナは起き上がり、ニコリと笑った。

「生まれつき体に日時計がついてるのよ。当たったでしょ?」

「夜中はどうするんだ」

「月時計かしら。そんなものあったっけ。でも、お屋敷を設計する建築家って、きっと泥棒用にどこかに月時計を隠していると思うわ。泥棒に納める十分の一税ってわけ」

「金持ちはうかうかできんな」

「こんどは月時計で会いましょう、おじさん。弱い者が強い者に入り込める場所よ」

「あの患者とおまえみたいにか」

「私ね、一年まえに、もう少しで赤ん坊を生むところだったの」

薬のおかげで、カラバッジョの心は軽く、明敏《めいびん》になっている。ハナがどんなに飛躍しても、ついていける。即座に反応できる。ハナのほうは、いま不用意なほど開けっぴろげになってい る。目覚めて誰かと話をしていることが、まだぴんとこない。いまだに夢の中で話している気分。カラバッジョのくしゃみが、夢の中のくしゃみだったような感じ……。

カラバッジョには見慣れた意識状態だった。月時計のそばで出会う人は、みんなそんなふうだ。夜中の二時。うっかり寝室の食器棚をひっくり返す。大音響で目覚めた家の主人は、あまりの驚きに恐怖も感じず、殴りかかる気も起こさない。盗みの途中で住人に見つかることもある。そんなとき、カラバッジョは音高く拍手し、必死で話しかける。高価な置き時計を空中に投げ上げては受け止め、投げ上げては受け止め、質問を浴びせかける。あれはどこ……? じゃ、あれの隠し場所は……?

「結局、だめだったけどね。というか、だめにしなくちゃならなかったの。赤ん坊の父親はもう死んじゃってたから。戦争だもの」

「イタリアに来てからのことか」

「そう、シチリアで。そのあと、軍隊のあとにくっついて、アドリア海の沿岸を北上しながら、ずっと赤ん坊のことを考えたわ。いつも赤ん坊相手に話してた。どの病院でも人一倍働いて、周りをすべて締め出して、赤ん坊とだけ話すの。赤ん坊とはなんでも話し合えた……頭の中でね。患者の体を洗ったり看病したりしながら、頭の中では赤ん坊に話しかけてるの。ちょっと狂ってたのね」

「で、おまえのおやじが死んだ」

「そう、あとで。知ったのはピサにいるとき」

ハナはすっかり目覚め、ソファーに起き直った。

「どうやって知った」

「家から手紙が来たもの」

「それでこの屋敷へ来たのか。おやじさんが死んだと知ったから……？」

「ううん、そうじゃない」

「よかった。おまえのおやじは、通夜《つや》だのなんだの陰気なことは嫌いだったからな。死んだら、女を二人呼んで二重奏をやらせてくれって言ってたっけ。アコーディオンとバイオリンの二重奏だ。それだけでいいって。おセンチなやつめ。パトリックはそういうやつだった」

「そうね。求められれば何でもやる人だったわ。何か悩みを抱えた女性でも連れてきてごらんなさい。そうしたら、もうたいへん……」

　谷から丘に風が吹き上がり、礼拝堂わきの三十六段を取り巻くイトスギがざわめいた。さっき降って枝に取りついていた雨粒が、風に揺さぶられてポタポタと落ち、石段近くの胸壁にいる二人を濡らした。真夜中はとうに過ぎている。ハナは、コンクリートの張り出し部分に横になった。カラバッジョはその辺を歩き回り、ときどき胸壁に寄りかかって、谷を見おろした。聞こえるのは、枝から払い落とされる雨粒の音だけ。

「いつから赤ん坊と話すのをやめたんだ」

「急にめちゃくちゃに忙しくなってから。モロ橋の戦いから、ウルビーノに入ったあたりかしら。たぶん、ウルビーノね。あそこはすごかった。いつ撃たれてもおかしくないって気になったわ。兵隊だけじゃなくて、牧師も看護婦も。あの町はまるでウサギ小屋だもの。通りは狭いし、坂になってるし。兵隊がね、みんなもとの体の一部分だけになって、どんどん運ばれてくるの。そして、一時間だけ私に恋をして、死んでいくの。名前をおぼえてあげるのが精いっぱい。最初は、私、すっかり参っちゃって、兵隊が死ぬたびに赤ん坊に話しかけてたわ……。なかにね、よほど息苦しかったんでしょう、いきなりベッドに起き上がって、体じゅうの包帯を引きちぎりはじめる兵隊がいた。そうかと思うと、ほんの小さなひっかき傷なのに、腕の傷を気にしながら死んでいく人もいたし……。でも、みんな最後には口から泡を吹くのよ。ちっちゃく、ポンって。ある兵隊が死んで、私がそっとまぶたを閉じてやったの。そうしたら、いきなり両目をあけて、『そんなに早くおれを殺したいのか、この売女《ばいた》!』って怒鳴るの。ものすごいけんまくでよ。で、ベッドに起き上がって、私のもっていたトレーの上のものを全部床に払い落としたり……。あんな死に方、誰だってしたくないわ。怒り狂って、売女! なんて怒鳴りながらよ。そんな死に方、誰が……。だから、それからは、口が泡を吹くまで待つことにしたの。

「私、死のことならもうなんでも知っているわよ、おじさん。いろんな臭《にお》いも全部知ってる。どうやったら苦痛を忘れさせてやれるか。いつ大静脈にモルヒネを打ってやればいいか。死ぬまえに塩水で腸を空《から》にしてやる方法もね。あんな仕事、軍のお偉方にもやらせればいいんだわ。一人一人、全員に。川越えの命令を出す人間は、看護の経験をもつ者に限るべきよ。こんな責任を押しつけて、いったい私たちをなんだと思ってるの。看護婦は牧師じゃないのよ。誰も行きたがらないところへ導いてやって、おまけに苦しまないようにもしてやれ、なんて。そんな方法を、私たちがどうして知ってるっていうの。軍隊が死者のためにやってる葬式なんて、私には信じられない。あのくだらない演説！ よく言えるわよ。人の死をよくあんなふうにぬけぬけと……」

すべての明かりは消え、周囲に光はない。空もほぼ雲に覆われた。夜間には、屋敷に文明が存在することを公言しないほうがよい。二人とも、暗がりの中で屋敷の敷地を歩くことには慣れていた。

「軍隊がなんでおまえたちにここにいてもらいたくないか、理由はわかってるんだろう？ あの患者とおまえにさ……？」

「結婚でもされたら困るから？ それとも私の父親コンプレックスかしら？」ハナはカラバッジョに笑いかけた。

「あいつの調子はどうだ」

「イヌのことは、まだ安心できないみたい」

「おれが連れてきたイヌだって、言ってやれ」

「おじさんがいつまでもここにいるかどうかだって、あの人は怪しんでるのよ。そのうち、お皿でもかっさらって逃げるんじゃないかって」

「あいつ、ワインを飲むかな。今日、一本手に入れてきたんだが……」

「どこから」

「飲むのか、飲まんのか」

「じゃ、いま二人でいただきましょう。あの人のことはほっといて」

「おっ、事態に新展開だな」

「べつに新展開じゃないわよ。ただ、なんだか大酒食らってみたいだけ」

「二十歳だもんな。おれが二十歳のころは……」

「はい、はい、そうでした。こんどは、どこかから蓄音機でも見つけてきてよ。でも、そういうの略奪っていうんじゃないかしら。ねえ、おじさん？」

「全部、祖国が教えてくれたことだ。戦争中、お国のためにやってたことをつづけているにすぎん」

カラバッジョは、爆撃された礼拝堂を通り抜け、屋敷へ入っていった。

ハナも起き上がった。少しめまいがして、上体がふらついた。「そのせいで、そんな体にされちゃったんじゃない」ハナはぽつりと言った。

戦争中、いつも顔を突き合わせている看護婦仲間とも、ハナはほとんど口をきかなかった。ハナに必要だったのは、おじさん……あるいは家族の誰か。いま、この丘の町で、ハナは何年ぶりかで酔っ払おうとしていた。屋敷の二階では火傷《やけど》の男が四時間の眠りにつき、ワインをとりにもどった父親の旧友が、ハナの薬箱をかき回している。アンプルの首を折り、腕に靴紐《くつひも》をきつく巻いて、モルヒネを注射しようとしている。手慣れていて、一瞬後ろを向いたほどの時間しかかかるまい……。ハナは、赤ん坊の父親がほしいと思った。

この丘陵地では、夜十時になっても、暗いのは足もとの地面だけだ。周囲の丘は緑。空は灰色に澄んでいる。

「飢えた男はごめんだし、ただ欲しがられるのはいやだった。だから、デートも、ジープでのドライブも、付きまとわれるのも、いっさい断ったの。死ぬまえのラスト・ダンスを断られて、兵隊はみんな私をお高くとまってると思ってたわ。でも、私は誰よりも働いた。交代なしの連続勤務でも、弾が飛び交う中でも、兵隊のためになんでもした。誰のおまるでも片づけた。それなのに、デートしないから……兵隊のお金を使ってやらないから……私はお高くとまってるってわけ。ほんとうは家に帰りたかったけど、家に帰ったって誰がいるわけでもなし。ヨーロッパにはうんざり。女だからってちやほやされることにもうんざり。で、ある男を口説いたの。そしたら、その人は死んじゃって、赤ん坊も死んじゃった。いいえ、赤ん坊は死んだんじゃない。私が殺したんだわ。そのあとは、それまで以上に引きこもって、誰にも近づかせなかった。お高くとまってるなんて噂《うわさ》も耳に入らないほど、誰が死んでも関係ないほど、遠くに引きこもってた。真っ黒焦《くろこ》げのあの人に出会ったのは、そんなときよ。近づいてみたら、イギリス人だってわかった。

「どういうふうにせよ、男の人のことをちらとでも考えたのは、ほんとうに久しぶりだったの、おじさん」

工兵が居着くようになって一週間。屋敷の人間は、その食事習慣にも慣れた。丘にいても村にいても、工兵は十二時半頃に屋敷にもどり、ハナとカラバッジョの食卓に仲間入りする。ショルダーバッグから青いハンカチの包みを取り出し、二人の食事に並べてテーブルに広げる。中身はタマネギと、食べられる草。きっとフランシスコ会修道院のものだ、とカラバッジョは思う。あそこの庭で地雷捜しをしていて、ついでに失敬してくるのだろう。工兵は、信管のワイヤからゴムをはがすナイフを使って、タマネギの皮をむく。食べおわると、つぎは果物に移る。シチリア上陸以来、こいつは軍の食堂で食ったことなんてないんじゃないか……。カラバッジョは疑っている。

だが、実際はちがう。行軍中、工兵はいつも夜明けとともにきちんと行列し、大好きなイギリス風の紅茶をカップに注いでもらう順番を待った。注がれた紅茶に配給のコンデンスミルクを加え、周囲の兵隊の鈍い動きを見ながら、日の光の中でゆっくり飲んだ。移動日でない午前九時ともなれば、兵隊たちはもうトランプを持ち出し、カナスタにふけっていた。

サン・ジローラモ屋敷での工兵は、毎朝、夜明けに起き出し、爆撃された庭に出て、傷ついた木々の下に立つ。水筒の水を口に含み、歯ブラシに歯磨き粉を振りかけ、十分間もかけてのんびり歯磨きをする。ついでに、あたりを散歩する。まだ霧に埋まっている谷を見おろすが、ながめに感嘆するというより、いまいる場所の下がどうなっているか知りたいという気持ちのほうが強い。物心がつくころから、工兵の歯磨きは屋外の活動だった。

周囲の風景は仮のものにすぎず、どこにも永続性がない。雨が降りそうな気配、そばに立つ灌木《かんぼく》の匂い。工兵は異をとなえず、すべてを承認する。その心は、無意識のうちにレーダーのように働く。小火器の殺傷半径は四分の一マイル。だから、目は周囲四分の一マイルの静物をとらえ、その位置関係を把握する。敗走する軍隊は庭にも地雷を仕掛けていった。だから、地中から注意深く二個のタマネギを引き抜いたあとも、それを念入りに調べることを忘れない。

昼食時。カラバッジョは肉親の目つきになって、青いハンカチの上の物体をながめる。そして、この世のどこかには、きっと同じものを食う珍獣がいるにちがいない、と思ったりする。若い兵隊はそれを右手で食べる。指でつかんで口に運ぶ。ナイフは、タマネギの皮むきと、果物の切り分けにしか使わない。

工兵とカラバッジョは荷車を引いて坂をくだった。これから小麦粉一袋を受け取りにいく。工兵はサン・ドメニコの司令部にも顔を出し、地雷の撤去状況を記した地図を提出しなければならない。道中、互いに相手のことは尋ねにくく、話題はハナに集中した。カラバッジョはいくつもの質問で追い詰められたあと、ようやく、戦前からの知り合いであることを白状した。

「カナダで?」

「ああ。あれが小さいころからな」

道の両側のあちこちで焚《た》き火が燃えていた。カラバッジョは、工兵の注意をそちらにそらそうとした。

工兵の愛称は「キップ」という。「キップを呼んでこい」「キップが来たぞ」ひょんなことからそう呼ばれるようになった。まだイギリスにいたとき、初めて提出した爆弾処理の報告書にバターのしみがあった。受け取った将校が、「なんだ、これは。キッパー油か?」と言い、周囲がどっと笑った。工兵自身は「キッパー」の何たるかを知らなかったが、「燻製《くんせい》ニシン」と「若造」を意味するこの呼び方は定着し、一週間もたたないうちに本名の「キルパル・シン」は忘れられた。サフォーク卿《きょう》と爆弾処理班の面々に「キップ」と呼ばれることは、少しも気にならなかった。イギリス風に名字で呼ばれるより、そのほうがよいとさえ思った。


その夏、イギリス人の患者は補聴器をつけ、屋敷内の出来事をすべて感じ取っていた。耳の中で、琥珀《こはくいろ》色の筒が音を翻訳する。雑然としたかすかな音が、廊下で椅子《いす》と床がきしる音に変わり、部屋の外でイヌが歩く音になる。ぎょっとしてボリュームを上げると、いやらしい息遣《いきづか》いさえ聞こえる。テラスにいる工兵の声も入る。ハナは、二人を会わせまいとしていた。おそらく互いによい感情はもつまいから……。だが、若い兵隊がやってきてから数日のうちに、イギリス人の患者は屋敷内外にその存在を感じ取っていた。

ある日、ハナが患者の部屋に入ると、そこに工兵がいた。ライフル銃を両肩に渡し、両腕をその銃身にかぶせて、ベッドのすそに立っていた。そんな無造作な銃の取り扱いが、ハナの気に障《さわ》る。銃が肩から腕に沿って伸び、手首の中に縫《ぬ》い込まれているように見える。工兵がハナのほうにのんびり振り向いたとき、腕と銃が体を軸にしてぐるりと回転した。

イギリス人はハナに顔を向け、「すっかり意気投合しているよ」と言った。

キップが勝手に部屋に入り込んだことに、ハナは腹をたてていた。自分を出し抜いて、あちらにもこちらにも出没することにむっとしていた。

キップは、患者が銃に詳しいことをカラバッジョから聞いていて、地雷探知の話題を持ち出した。そして、イギリス人が連合軍の武器にも敵方の武器にも精通し、底なしの知識をもっていることに驚いた。イタリア製のばかげた信管のことも知っている。トスカーナ州のこの辺の地理にも詳しい。二人はたちまち爆弾を分解し、あれこれの回路について意見を交わしはじめた。

「イタリア製の信管は、どうも垂直に取り付けられているみたいですね。それに、いつも弾底にあるとはかぎらない……」

「いや、どこで作られたかによるぞ。ナポリのものはそのとおりだが、ローマの工場はドイツ方式を採用している。もちろん、ナポリといえば、かつて十五世紀に……」

患者と話すことは、いくつもの脱線に堪えることを意味する。患者は思考の流れに勢いをよみがえらせるため、話の途中でときどき小休止し、沈黙する。だが、若い兵隊は、黙って聞いていることに慣れていない。患者の沈黙が終わるまで待ちきれず、何度もそこに割り込もうとする。首を後ろにそらせ、天井を見上げたりもする。

「病人用のハンモックを作ろうか」部屋に入ってきたハナに、キップはそう話しかけた。「そうすれば、家の中を運んで回れるよ」

ハナは二人を見つめ、いちど肩をすくめると、部屋を出ていった。だが、廊下でカラバッジョとすれちがったとき、ハナの顔には笑みがあった。二人は廊下に立ったまま、部屋の中の会話を聞いた。

ウェルギリウスが人間をどうとらえていたか、話したことがあったかな？　じつはな、キップ……。

補聴器はちゃんと入ってるの？

なんだって？

もっとボリュームを……。

「あの人にも友だちができたようね」ハナがカラバッジョに言う。

ハナは、陽光が射《さ》す庭に出た。正午になると屋敷の上水道に水が通い、二十分間だけ噴水が生き返る。ハナは靴を脱ぎ、噴水の乾いた水溜《みずた》めに入り込んで、その瞬間を待った。

この時刻には、一面に牧草の匂いが立ちこめている。キンバエが飛び回り、人間の体にぶち当たる。壁に激突したような衝撃かと思うのに、また平然と飛び去る。二段になった水溜めの、上のほうのボウルの裏側にミズグモの巣を見つけた。のぞき込むハナの顔を、ボウルの影が覆う。この石の揺りかごは、ハナがすわるのにとてもぐあいがいい。近くの、まだ空っぽの噴水口から、中に隠れていた冷たく暗い空気が漂い出る。晩春に初めてあけた地下室の空気に似て、それは外の暑さを際《きわ》だたせる。ハナは腕と足のほこりを払い、ついでに靴でできた爪先《つまさき》のしわも払って、大きく伸びをした。

この屋敷は男ばっかり……。ハナは、むき出しの腕に口をつけ、肌の匂いをかぐ。なつかしい匂い。自分だけの味と匂い。はじめてこの匂いに気づいたのは、十代のいつ……いや、どこでだったろう。時間より場所だったように思える。自分の前腕に吸いついてキスの練習をし、手首の匂いをかぎ、かがんで腿に鼻を寄せた。両手をカップにして息を吹き込み、跳ね返ってくる自分の息をかいだりもしたっけ……。投げ出した裸足《はだし》が、まだらの石の上で白く見える。ハナはその足をさすりながら、工兵が戦争中に見てきたというあちこちの石像のことを思った。あるとき、半男半女の美しい嘆きの天使像の横で眠った、と言っていた。寝ころんでその像を見上げながら、戦争中はじめて平穏な気分になれた、とも。

ハナは石に鼻を近づけ、その匂いをかいだ。冷たいガの匂いがした。

父は苦しみながら死んだのだろうか、静かに逝《い》ったのだろうか。あのイギリス人の患者のように、ベッドに悠然と横たわっていただろうか。見知らぬ人に看病されたのか……。感情は、ふだん、肉親より赤の他人のことに一喜一憂する。だが、大切な鏡は、他人の手に渡らないと大切だったことがわからないという。屋敷にいる工兵とちがい、父にはどこか世の中にとけ込めないところがあった。気恥ずかしさから、話の途中でいくつかの音節が消え、語尾が濁《にご》る。母がよくこぼしていた。パトリックの話ったら、いつも、大事な言葉を二つ三つ落としてるんだから……。だが、ハナはそんな父が好きだった。封建的なところのまったくない父が。イギリス人の患者にさえ、世の男のもつ封建的な雰囲気がある。封建的なところのまったくない父が。イギリス人の患者にさえ、世の男のもつ封建的な雰囲気がある。だが、父だけはちがった。周囲の人間が自信たっぷりに振る舞うのを歓迎し、騒ぎ立てるのも気にしなかった。父はおなかをすかせた幽霊。曖昧《あいまい》で不確かな存在。それが、父のもろい魅力だった。

父はどのように死に臨んだのだろう。いつもの父らしく、事故に巻き込まれた者の諦念《ていねん》でか。それとも激怒でか。父ほど怒らなかった人を、ハナは知らない。論争も嫌った。誰かがルーズベルトやティム・バックを悪く言い、トロント市長のだれそれをほめ始めると、黙って部屋を出ていった。誰かに考えを変えさせようとしたことなど、人生で一度もあるまい。周囲で起こったことを、あるときは覆って見えなくし、あるときは祝福する。いつもそれだけだった。小説は街道を行く鏡……。イギリス人の患者から勧められた本のどこかに、そんな文句があった。記憶の断片にある父にはぴったりの言葉だ、と思う。たとえば、夏の真夜中のトロント。ポッタリー・ロードの北にある橋の下に車を止め、ムクドリとハトの話をしてくれた。鳥たちは、この橋の垂木《たるき》を分かち合って夜を過ごす。どちらも相手がいやで、居心地は悪いがしかたがない……。そして、二人は車の窓から首を突き出し、しばらく、鳥の大騒ぎと眠そうなさえずりを聞いていた。

パトリックはハト小屋で死んだそうだ、とカラバッジョが言っていた。

父は、自分の発明物である町を愛していた。友人たちといっしょに、道路と壁と境界を自分で描き上げた町を。そして、その世界から一歩も踏み出すことがなかった。現実世界についてハナが知っていることは、すべて独力で学んだか、カラバッジョから教わったこと。あるいは、いっしょに暮らしていたころに、継母のクララから学んだことだ。父から教わったことは何もない。

もと女優だったクララは能弁な人で、誰も彼もが戦争に行ってしまったとき、その能弁で怒りをぶちまけた。イタリア各地を転戦した去年一年、ハナはいつもクララからの手紙を持ち歩いた。それが、ジョージアン湾に浮かぶ島の、ピンクの岩で書かれたことをハナは知っている。湖面を渡る風でノートのページがめくれ上がり、書くのは苦労だったはずだ。だが、クララはなんとか書き上げ、ページを破りとって、ハナあての封筒に入れた。どの手紙にも、その風とピンクの岩の痕跡《こんせき》がしみついている。ハナはそれをスーツケースに入れて持ち歩いた。だが、返事は書かなかった。懐《なつ》かしいクララのことを思うと胸が痛んだが、自分の身に起こったことのあまりの大きさに、手紙は書けなかった。父の死についてはまだ語れない。死を認めることさえもできない。

戦争はこの大陸のどこかに移動し、臨時の病院に変えられていた尼僧院《にそういん》や教会には、いま、人の姿がない。世界から遮断され、トスカーナとウンブリアの丘に立っている。戦争社会の痕跡は、大氷河のあとに残るわずかな堆石《たいせき》のよう。周囲はすべて神聖な森に変わった。

ハナは、両足を体に引きつけ、薄いドレスで覆うと、両の腿に腕を乗せた。動くものは何もない。ごろごろという、いつもの水音が聞こえる。噴水の中央に立つ柱の下で、水が動きはじめた。また、静寂。突然、大きな音を立てて、ハナの周囲に水が噴き上がった。

ハナはイギリス人の患者に本を読み聞かせた。『キム』の年老いた放浪僧や、『パルマの僧院』のファブリーツィオとの旅。それは、渦巻く軍勢とウマと車で二人を酔わせた。戦いから逃げ去る軍勢と、戦いに馳《は》せ参じる軍勢があった。患者の寝室の片隅には、ハナがすでに読み終えた本が積み重ねてある。二人が通りすぎた多くの風景がそこにある。

本のなかには、著者が秩序を保証して始まるものがある。読者はオールの音もたてず、静かに水面に漕ぎ出せる。

私は、セルウィウス・ガルバが執政官だった時代から書き始めよう。……ティベリウス、カリグラ、クラウディウス、ネロの歴史は、その生存中は恐怖からゆがめられ、死後は新たな憎しみのもとに書き直された。

タキトゥスは、『年代記』をそう書きはじめた。

だが、小説はためらいか混沌《こんとん》で始まる。読者には、まだ身構えができていない。ドアがあき、錠がはずれ、堰《せき》が開き、読者は奔流に放り出される。片手で船べりにしがみつき、片手で帽子を押さえながら、連れ去られる。

新しい本にかかるとき、ハナは一段高く設けられたドアから大きな中庭に入る。そこには、パルマが――パリが――インドが、それぞれの絵模様の絨毯《じゅうたん》を広げている。

彼は市の条例に逆らい、煉瓦《れんが》造りの台の上に鎮座するザム・ザンマーの砲身にまたがっていた。それは、現地の人々がアジャイブ・ゲール――驚異の館《やかた》――と呼ぶ、古いラホール博物館の真向かいにある。ザム・ザンマーは火を吹く竜。それを手にするものは、パンジャブを手中に収める。この地に乗り込んだ征服者は、誰もが、まずこの巨大な青銅の砲を自分のものだと宣言した。

「もっとゆっくり読みなさい、娘や。キプリングはゆっくり読むのが正しい。句読点の位置に注意すれば、自然な息継ぎの場所がわかる。キプリングは、ペンとインクで書いた作家だ。そのページを書きながら、何度も原稿から顔を上げただろう。きっと、窓の外をのぞき、鳥のさえずりを聞いたはずだ。ほとんどの作家は、一人のとき、そうする。鳥の名前を知らない作家もいるだろうが、キプリングは知っていたぞ。君の目は、速く動きすぎる。やはり北アメリカ人だな。キプリングのペンの速度を思いなさい。同じ速度で読むのでなければ、おそろしく下手くそで、カビがはえたような書き出しになってしまう」

イギリス人の患者の、最初で最後の朗読指導だった。それ以後、ハナの朗読を止めたことは一度もない。患者が眠りに落ちても、ハナは先へ進む。自分が疲れるまで、顔も上げずに読みつづける。たとえ、患者が最後の三十分を聞き逃しても、物語に小さな暗室が一つ残るにすぎない。それに、患者はすでに物語を知っているだろう。その頭の中には、きっと物語の舞台の地図がある。東にベナレス、パンジャブの北部にチリアンワーラ……。すべては、工兵が現れるまえのことだ。工兵は、突然、屋敷に出現した。ハナの手が、夜、魔法のランプをこするようにキプリングのページをこすったからか、それとも奇跡の薬のせいか。工兵は小説の中から飛び出し、二人の生活に入り込んできた。

ハナは、『キム』の繊細で崇高な結末を——そして、いまでは意味のよくわかる文章を——読みおえると、それをわきにおき、つぎに患者の手帳を取り上げた。炎の中から危うく持ち出された手帳。綴《と》じた側にくらべ、開く側は二倍の厚さにふくれ上がっている。聖書から切りとった薄い紙が、本文に貼《は》りつけてあった。

爰《ここ》にダビデ王年邁《としすす》みて老い寝衣《よぎ》を衣《き》するも 溫《あたたま》らざりければ、其臣僕等《そのしもべら》彼にいひけるは王わが主のために一人の若き處女《をとめ》を求めしめて之《これ》をして王のまへにたちて王の左右《とも》となり汝《なんぢ》の 懷《ふところ》に臥して王わが主を暖めしめんと。彼等乃《すなは》ちイスラエルの四方《よも》の境に美しき童女《をとめ》を求めてシユナミ人《びと》アビシヤグを得て之を王に携《つ》れきたれり。此《この》童女甚《はなは》だ美しくして王の左右となり王に事《つか》へたり然《され》ど王之と交はらざりき焼けただれた飛行士を救った——族は、一九四四年、男をシワのイギリス軍基地に送り届けた。男は病人輸送の夜行列車でチュニスに移され、そこから船でイタリアに送られた。当時、記憶を喪失した兵士は何百人。偽装患者もいたが、それ以上に本物の患者がいた。自分の国籍を忘れた兵士は、ティレニアの海辺の病院に収容される。焼け焦げた飛行士も、そこに運《こ》ばれた。謎《なぞ》の人物。身分を証明するものは何もなく、顔すらもわからない。近くには戦争犯罪者を収監する施設があり、アメリカの詩人エズラ・パウンドが囚《とら》われていた。反逆者パウンドは、逮捕の日、庭にかがんでユーカリの双葉を摘《つ》み、施設内でもそれを隠しもっていた。そうすることが安全だと信じ、体へ、ポケットへ、毎日その隠し場所を変えた。「ユーカリは記憶を保《たも》つため……」

「私をひっかけるような質問をせねばなるまいに」焼け焦げた飛行士は取調官を挑発した。「うっかりドイツ語を話すようにしむけるとか……。だが、先に言っておこう。私はドイツ語が話せるよ。どうする。ドン・ブラッドマンのことでも尋ねるかね。オーストラリアの名クリケット・プレーヤーだ。あるいは、マルミット鍋《なべ》のことか。偉大な造園芸術家ガートルード・ジキルのことはどうだ……」男は、ヨーロッパ中のどこにどのジョット作品があるかを知り、どこのどの屋敷に精巧なだまし絵が描かれているかを知っていた。

海辺の病院は、もと海水浴客目当ての海の家の集まりだ。前世紀末から今世紀初頭にかけて、観光客がよく利用していた。どのテーブルにも、中央にパラソル用の受け穴がある。日差しが強くなると、そこに古いカンパリ・パラソルが立てられ、病人と怪我人《けがにん》と昏睡者《こんすいしゃ》のために影をつくる。患者らは海風の中にすわり、ある者はのろのろと語り、ある者は何かをじっと見つめ、ある者はひっきりなしにしゃべりつづけた。火傷の男は、若い看護婦に目をとめた。他の看護婦から一人だけ離れている。その生気のない眼差しは、看護婦というより患者のもの。男には見慣れた眼差しだった。男は、用事ができると、その看護婦にだけ話しかけた。

取り調べが繰り返された。肌が黒く焼け焦げている以外は、どうもイギリス人らしい……。取調官は、仲間うちでそう話し合った。歴史の泥炭地《でいたんち》から掘り出された男だな、と。

取調官は、イタリアでの戦況を知っているかと尋ねてみた。連合軍がフィレンツェを攻略した頃だろう、と男は答えた。だが、北には丘の町が並ぶ。あのゴシック線で足どめをくらうのは必至だ、とも言った。「君らの部隊はフィレンツェで身動きならない。フィエソーレやプラートの基地を突破するのは、容易ではあるまい。ドイツ軍は、丘の屋敷や僧院に陣取っている。守りは堅固だ。昔からそうだった。十字軍はサラセン人相手に同じ過《あやま》ちを犯した。君らはあの丘の上の城塞がほしいだろうが、あれは、コレラが蔓延《まんえん》したとき以外、明け渡されたことのない町だ」

男はいつまでもしゃべりつづけ、取調官を煙《けむ》に巻いた。敵なのか、味方なのか。取調官は、男をどう判断してよいかわからなかった。

それから数か月後。フィレンツェの北、サン・ジローラモ屋敷。木々とあずま屋を描いた寝室で、男は、ラベンナの死せる騎士像のように横たわり、オアシスの町のこと、後代メディチ家のこと、キプリングの文体のこと、自分の体に歯をたてた女のことを断片的に語っていた。ヘロドトス『歴史』の一八九〇年版が、男の備忘録。そこにも多くの断片がある。地図、日記、さまざまな言語での書き込み、他の本からの切り抜き……なんでもある。ないのは、男の名前と、何者なのかを示す手掛かりだけ。名前も階級も、所属の中隊も大隊もわからない。書き込みの内容は、すべて戦前の出来事を指している。一九三〇年代のエジプトとリビヤの砂漠のこと。合間に、洞窟《どうくつ》の壁画や美術館の絵画のこと、そして日常の覚え書き。それらが、男の小さな文字でびっしりと書き込まれている。「フィレンツェの聖母マリアには、ブルネットが一人もいない」いま、自分の上にかがみ込むハナに、イギリス人の患者はそう教えている。

手帳は患者の手ににぎられている。ハナは、眠る患者の手からそれを取り上げ、開いたまま、わきの小テーブルに置いた。そばに立ち、見おろして読む。つぎのページはめくらない、と自分に約束する。

一九三六年五月

詩を読んであげましょう、とクリフトンの妻が固い口調で言う。固いのは外見も同じだが、間近に寄ると、印象が変わる。ここは、南のキャンプ地。全員が火明かりの中にいる。

私は砂漠を歩く
そして叫ぶ

「ああ、神よ、われをこの地より連れ去りたまえ」

声が言う。「そは砂漠にあらず」

私は叫ぶ、「いえ、でも……

この砂は、暑さは、からっぽの地平線は……」

声が言う。「そは砂漠にあらず」


誰も何も言わない。

クリフトンの妻が言う。これはスティーブン・クレーンです。彼は砂漠へ来たことがありませんでした。

砂漠へ来たことがあるよ、とマドックスが言う。

一九三六年七月
戦時の裏切りなど、人間が平時に行う裏切りに比べれば、子どもだましのようなものだ。新しい恋人が、彼《か》の人の習慣に入り込む。すべてを叩《たた》きつぶし、すべてを新しい光で照らす。それを行うのは、ときに臆病《おくびよう》で、ときに優しい言葉。だが、心では火が燃えさかっている。
恋愛物語は、心を見失う二人の物語ではない。無口なもう一人の住人の物語だ。横たわる住人に蹴《け》つまずくとき、その住人は言う。だまされないぞ、誰も、何も、と。眠りの叡知《えいち》はだまされない、上品な社会習慣もだまされない、と。恋愛物語は、自己と過去の消耗の物語。

緑の部屋は、ほぼ真っ暗やみ。ハナは体の向きを変え、はじめて首すじがこわばっていることに気づいた。厚い紙質のこの手帳は、まるで海のようだ。地図と文章を詰め込み、小さなシダの葉さえ飲み込んでいる。ハナは、そこに書き込まれた読みにくい文字に集中し、その判読に浸《ひた》りきっていた。ハナは『歴史』を閉じない。ベッドわきの小テーブルに載せたまま、手も触れずに歩み去る。

屋敷の北側の山腹で、キップは大きな地雷を見つけた。果樹園を横切っていくとき、危うく緑のワイヤを踏みそうになった。最後の瞬間に身をよじったが、バランスを失い、地面に膝をついた。ワイヤを手にとり、ぴんと張るまで持ち上げると、それをたどって木々のあいだをジグザグに進んだ。

ワイヤの大もとにたどりついたとき、キップは、ズックの鞄《かばん》を膝に乗せてすわりこんだ。それは驚くべき地雷だった。コンクリートで固められている。誰かが爆発物を埋め、生のコンクリートを塗りつけて、構造も爆発強度もわからないようにした。四フィート向こうに裸の木が立っている。十ヤード向こうにも一本。二か月も伸びつづけた草が、コンクリートの塊を覆っている。

キップは鞄をあけ、まず、鋏《はさみ》で周辺の草を刈った。つぎにコンクリート塊をロープでぐるぐる巻きにし、木の枝に滑車を取りつけて、ゆっくりと空中に引き上げた。そのまますわりこみ、木に背中をもたれさせる。コンクリートから地面に垂れる二本のワイヤを見つめる。いま、スピードは問題ではない。キップは鞄から鉱石ラジオを引っ張りだし、イヤホーンを二つとも耳に入れた。AIF局に合わせると、すぐに、アメリカ音楽が体中に流れ込んでくる。歌やダンス・ナンバー。平均すると、一曲が二分半。背景音楽として無意識に聞き流すが、『真珠の首飾り』や『Cジャム・ブルース』を一つ一つさかのぼっていけば、経過時間も計算できる。

この際、雑音は問題ではない。この種の地雷には、危険を知らせるかすかなチクタクもカチカチもない。気を散らせるはずの音楽が、明晰《めいせき》な思考をもたらす。思考は雑念を逃れて、地雷の構造に集中し、敵の人物像におもむく。ワイヤの密集に生のコンクリートを注いだ敵——それはどのような人格の持ち主なのか。

キップは、空中のコンクリート塊を二本目のロープで強く締め上げた。塊をいくら叩いても、二本のワイヤがはずれないように。そして立ち上がり、地雷を覆うコンクリートの衣をのみで削りはじめた。削り屑《くず》を息で吹き飛ばし、羽根で払い、さらに削る。集中がとぎれるのは、鉱石ラジオが局の波長を見失うとき。ダイヤルを回して、局をとらえなおす。スイング音楽を呼びもどす。徐々に、ワイヤが現れてきた。全部で六本。それが雑多に並び、結ばれている。どれもこれも黒く塗られている。

キップは、ワイヤが乗る配線盤のほこりを払った。

六本の黒いワイヤ。子どものころ、父が手の指を束ねて、その先端だけを見せ、どれが中指か当ててごらんと言った。これと思う指に小指で触れると、父は手を広げ、キップの間違いに嬉《うれ》しそうに笑った。赤いワイヤをマイナスにするくらいのことは、誰でも考える。だが、この敵は地雷をコンクリート詰めにした。それだけでは足りず、すべてのワイヤを真っ黒く塗った。敵の望むのは神経戦だ。キップは、いま、そこに引きずり込まれようとしていた。ナイフでワイヤのペンキをはがす。赤が一本、青が一本、緑が一本。このワイヤも入れ替えてあるのだろうか。これは、やはり、こちらも黒ワイヤでU字の迂回路《うかいろ》を組み立てねばなるまい。できたループ回路のプラス・マイナスをテストし、電流の消えるところを捜す。それで、危険の所在がわかる。

ハナは背の高い鏡をかかえて、廊下を歩いている。それは重く、ときどき休んでは、また前進する。古い廊下の暗いピンク色が、鏡に反射している。

イギリス人が体を見てみたいと言った。

部屋に入るとき、ハナは注意深く鏡を裏返した。窓からの光が鏡で跳ね返り、患者の顔を直射することを恐れた。

患者は、黒い皮膚の内側に横たわっている。唯一、青白く見えるのは耳の補聴器。そして、枕《まくら》に反射して炎のように立ちのぼっている光。患者は手でシーツを押し下げた。手の届くかぎり押し下げて、ほら、あとを頼む、とハナに声をかけた。ハナはシーツをめくり、足元まで引きおろした。

ハナはベッドのすそに椅子を置き、その上に立つ。患者のほうへゆっくり鏡を傾ける。腕をいっぱいに伸ばし、鏡を支えていると、かすかな呼び声が聞こえた。

最初の何度かは無視した。屋敷には、ときどき谷からの物音がのぼってくる。イギリス人の患者と二人だけで住んでいたころ、よく、掃討部隊の使うメガホンの音が響いてきて、身のすくむ思いがした。

「鏡を動かさないでおくれ、娘や」

「誰かが叫んでいるような気がするけど、聞こえない？」

患者の左手が補聴器のボリュームを上げる。

「キップだな。なんだろう。行ってみたほうがいい」

ハナは鏡を壁に立てかけ、廊下を走った。外に出て、つぎの叫び声を待った。それが聞こえたとき、庭を抜け、屋敷の上の山腹に駆けのぼった。


キップは、巨大なクモの巣を支えるように、両腕を差し上げて立っていた。しきりに頭を振っているのは、耳からイヤホーンをはずそうとしているのだろう。ハナが駆け寄るのを見て、左へ回れと怒鳴った。あたりは地雷のワイヤだらけだから……。ハナは立ち止まった。ここは何度もとおった場所なのに。これまで、いちども危険だとは思わずに歩いていた場所なのに。ハナはスカートをたくし上げ、前進した。丈高い草に踏み込んでいく自分の足を、一歩一歩見つめながら進んだ。

ハナが横に並び立ったとき、工兵はまだ両手を空中に差し上げていた。工兵はだまされた。まだ生きているワイヤを二本つかまされた。そして、おろせない。これは、デスカント和音で安全を確保せずには下げられない音。ワイヤを切断する三本目の手がいる。それに、もういちど信管頭部にもどらなければならない。だが、すべては、両腕に血行をとりもどしてからだ。

キップはワイヤを慎重にハナの手にゆだね、ほっと腕をおろした。

「少しのあいだ、頼む。またすぐに代わるから」

「かまわないわよ」

「できるだけじっとしてて」

キップは鞄をあけ、テスターと磁石を取り出した。ハナの手にあるワイヤに沿って移動させてみたが、マイナス側へは振れない。手掛かりはない。何もない。キップは一歩さがり、どこにトリックがあるのかと考えた。

「とにかくワイヤをテープで木にとめよう。君は帰ってくれ」

「だめよ。私がもってる。木まではとどかないわよ」

「だめだ」

「キップ、私ならだいじょうぶ。もっていられるわ」

「こいつは袋小路だ。ジョーカーだな。ここからどう行っていいかわからない。このトリックがどれだけ完璧《かんぺき》なものか……」

キップはハナを残し、最初にワイヤを見つけた地点まで駆けもどった。ワイヤを持ち上げ、こんどはテスターをあてながら、その全長をたどった。ハナから十ヤードほどのところでしゃがみ込み、しきりに考えている。ときどき目を上げるが、その目はハナの体を素通りして、手にある二本のワイヤだけを見ている。しゃがんだまま、キップは声に出して、わからない、と言った。ゆっくり、わからない、と。おそらく君の左手のワイヤを切らなければならないと思う、君はここを離れてくれ、とも。キップは、ラジオのイヤホーンを耳に突き刺した。圧倒的な音が復活し、体を明晰さで満たす。ワイヤが作るあれこれの道に沿って、キップは考えをめぐらす。複雑な結び目に回転しながら入り込み、突然現れる曲がり角に面くらい、プラスをマイナスに変える隠れたスイッチを捜す。それは、一触即発の火口箱《ほくちばこ》。小皿のように大きな目をもつイヌのことが、ふと、心に浮かんだ。キップの目はハナの手から一瞬も離れない。だが、その心は音楽といっしょにワイヤの中を駆けめぐっている。ハナの手は、ワイヤをにぎってぴくりとも動かない。

「君は行ったほうがいい」

「切るのに、もう一本手がいるんでしょ?」

「木に固定すればいいんだから」

「私がもってるわ」

キップは、細い毒蛇をつまむように、ハナの左手のワイヤを引き取った。つぎに、右手のワイヤも。だが、ハナは立ち去らない。キップも、もう何も言わない。いまは明晰に考えるとき。

ハナの存在を消し去り、一人で考えるとき。ハナが近寄り、奪われたワイヤを一本取り返したが、キップは気づかない。この仕掛けを演出した敵の考えをなぞりながら、地雷の信管の道をたどっている。すべての要点をおさえ、X線写真を見ながら進んでいる。ワイヤの外は、バンドの音楽に満ちた世界。

理論が浮かび上がる。が、急速に消え去ろうとする。キップは急いでハナに歩み寄り、その左手のワイヤをこぶしのすぐ下で切断した。歯で何かを嚙《か》み切る音がして、地雷が死んだ。目の前にハナの肩と首。そこにはりついているドレスの暗いプリント柄。生身の人間に触れたい思いに突き動かされ、キップはカッターを捨て、ハナの肩に手を置いた。ハナが何かを言っているが、聞こえない。ハナの手が伸びて、イヤホーンを引き抜き、静けさが襲ってきた。そよ風とざわめき……。ワイヤの切断音など聞こえたはずがない、とキップはそのとき気づいた。ただ感じただけなのだ、あのプツンは。ウサギの小骨をへし折る音は……。キップはハナに触れたまま、手をその肩から腕へすべらせた。探り当てたこぶしは、まだ固く握られている。そこに残る七インチのワイヤを、キップはそっと引き抜いた。

ハナがいぶかしげに見つめている。さっき言ったことへの答えを待っている。だが、キップには聞こえていなかった。ハナはしかたなく首を振り、すわり込む。周囲に散らばった道具を拾い集め、鞄にしまうキップ。ハナは木を見上げ、また地面を見おろした。そして、偶然に、キップの手の震えを見た。それは、てんかん発作を起こした人の手のように、こわばり、震えていた。深く速い一瞬のあえぎ。キップは地面にしゃがみ込んでいた。

「私がさっき言ったこと、聞いてくれたの」

「いや……なんだろう」

「私、死ぬのかと思った。いえ、死にたいって思った。死ぬなら、あなたといっしょに死にたいって。あなたのような人と。私と同じくらい若い人と……。この一年間、すごくたくさんの人が周りで死んでいった。でも、いまは、少しもこわくなかったわ。もちろん、私が勇敢だったわけじゃないけど。私ね、屋敷があって、草原があるのにって考えてたの。死ぬまえに、あなたを腕に抱いて、いっしょに眠りたかったなあって。あなたの首の、その鎖骨にさわりたかった。皮膚の下に隠れているその骨。小さくて固い翼みたいな骨。この指でさわりたいなあって。私は、川や岩の色をした肌が好きよ。昔から、スーザンの目模様の色の肌が好き。スーザンって、どんな花か知ってる？　見たことあるかしら……。私、とってもくたびれたわ、キップ。眠りたい。この木の下で眠りたい。あなたの鎖骨にこの目を押し当てて、ほかのことを何も考えずに目を閉じたい。木の幹に窪《くぼ》みを見つけて、そこにすっぽり入り込んで眠りたい……。あなたは、なんて注意深いのかしら。どのワイヤを切るかわかるなんて。どうやってわかったの。わからない、わからないって言ってたけど、でも、わかったんでしょう？　ね？　震えないで。あなたはベッドよ。びくともしない私のベッド。平気で抱きつけるおじいさんのような人。あなたに寄り添って、丸まって眠りたい。『丸まって』っていい言葉だわ。ゆっくりした響きだもの。急いでは言えない言葉……」

女の口は、男のシャツに押し当てられていた。二人は地面に横になっている。男は、言われたとおり身動きもしない。その目は澄み、木の枝を見上げている。女の深い呼吸が聞こえる。肩に腕を回したとき、女はもう眠っていた。だが、眠りの中で男の腕にすがり、それをしっかりと自分の体に巻きつけた。下に目をやると、いつのまに拾い上げたのか、女の手にまた七インチのワイヤがにぎられていた。

女の体でいちばん生き生きしているのは、その呼吸だ。体重は信じられないほど軽い。男にあずけているのは、ほんの一部なのだろう。男は、立つこともできず、動くこともならず、このままとどれくらい我慢できるだろうかと思った。だが、じっとしていてやらねばならないことも知っていた。海岸線を北上したあの数か月、男自身が、みじろぎしない石像にすがって寝ていたから。部隊は一つの城塞からつぎの城塞へと進撃し、ついには、あの町もこの町も見分けがつかなくなった。どれも同じ狭い通り。そこを血の下水が流れくだる。男は、そこで足をすべらせる夢をよく見た。赤い液体の中に倒れ、斜面を滑り落ち、崖から空中へ放り出される夢。男は、毎晩、占領した町の教会の冷たさの中に歩み入り、見つけた石像に夜の張り番を頼んで寝た。信頼できるのは、石の種族しかない。暗闇の中で石の人々に近づき、まとわりついた。完全無欠の女の腿をもつ嘆きの天使。その輪郭《りんかく》と影が無上に柔らかく思えた。男は石の生き物の膝に頭をあずけ、自分を眠りの中に解き放った。

女の体重が突然増し、呼吸がチェロの音のように深く広がった。男は、眠る女の顔を見つめた。地雷の信管を殺したとき、女は立ち去らなかった。そのことに、男はまだ困惑していた。

任感が、地雷処理のしかたに影響を――それも、いい影響を――及ぼしたと言われたような気分。あのときは、そんなことを思いもしなかったが……。

男は、いま、自分が何かの中にいるように感じていた。この一年のあいだに見た、どこかの絵の中だろうか。安心しきった二人が野原に立っている絵。眠りの怠惰《たいだ》さをひきずり、仕事の必要もこの世の危険も念頭にない二人。そんな二人を、これまで何組見てきたことだろう。横に眠るハナの寝息の中で、何かがネズミのように動いた。抗議のためにつり上がった眉に、夢の中の小さな怒りが見える。男は目をそらし、木と、白い雲の浮かぶ空を見上げた。男にすがりつく女の手は、モロ川の川岸にへばりつく泥のよう。いま越えたばかりの急流に引きもどされまいと、濡れた土に突き立てられた男自身のこぶしのよう。

男が絵画の中の英雄なら、当然の眠りを要求できよう。だが、女の言うとおり、男は岩の茶色。嵐で濁り、泥を含んで流れる川の茶色。他意のない無邪気な言葉にも、男の中の何かがひるむ。地雷は信管を抜かれ、小説ならそれで終わる。慈父をイメージさせる白人は、そこで握手を交わし、功績をたたえられ、足を引きずりながら退場する。緊急事態の発生に、とくに請《こ》われ、孤独の中から不承不承やってきた主人公なら。だが、男は専門家。しかも外国人。それもシーク教徒だ。男が人間的・個人的に接触する相手は、この地雷をつくった敵ただ一人。退却しながら、木の枝で丁寧に足跡を消していった狡猾《こうかつ》な敵一人。

男はなぜ眠れない？　なぜ女のほうに向き直れない？　何を見ても半分火がついた遅発弾だ

と疑う癖を、なぜやめられない？　男の想像力に描かせれば、横たわる二人を包む野原はいま火の海になっている。かつて、男は偶然に双眼鏡で見たことがある。ある工兵が小屋に入っていった。小屋のテーブルの縁に一箱のマッチがあり、それを工兵の手が不用意に払い落とした。爆発の轟音《ごうおん》が耳に達するまでの半秒間、その工兵は光に包まれていた。一九四四年の稲妻のすさまじさ。この伸縮性のバンドは、女のドレスの袖《そで》の飾り？　深い川底に石が転がるような音は、女のくつろいだ呼吸音？　あの稲妻を見てしまった男が、どうしてにわかにそれを信用できようか。

イモムシがドレスの襟から女の頰に移動したとき、女は目覚めた。目をあけて、自分の上にかがみ込んでいる男を見た。男は、女の皮膚に触れないよう注意して、イモムシをつまみあげ、草の上に放した。地雷処理の道具は、もうしまい込まれている。男は後ずさりし、木にもたれて、女を見た。女はゆっくりと仰向けになり、大きく伸びをした。そして、しばらく動かない。もう午後になる。太陽はあそこ。女は、男のほうへ頭を反り返らせた。

「私を抱き止めていてくれる約束だったでしょ」

「いたよ。君のほうが離れていくまでは」

「どのくらい抱いていてくれたの」

「だから、君が自分から動くまで。動かずにはいられなくなるまで」

「私が眠っているあいだ、へんなことをしなかったでしょうね」そして、男の顔が赤くなるのを見て、「冗談よ」と付け加えた。

「そろそろ屋敷にもどろう」

「そうね、おなかがすいちゃった」

太陽はまぶしく照りつけ、脚は綿のように疲れている。女は、すぐには立ち上がれなかった。どれほどの時間そこにいたのか、わからない。だが、いまの眠りの深さと、眠りに落ちていくときの軽さを、女は忘れることができない。

カラバッジョが、どこからか見つけてきた蓄音機を披露した。
「こいつを使ってダンスを教えてやるよ、ハナ。そこにいる、おまえの若い友人が知ってるような踊りとはちがうぞ。おれもいろんなダンスを見てきてな、ごめんだと思うのもいくつかあったが、この『いつからこうなの』はいい。何がいいって、イントロのメロディーが歌自体よりずっときれいなんだ。そういう意味でまれな歌だな。そのことに気づいたジャズメンは、数こそ少ないが、みんな偉大な連中ばっかりだ。さて、このパーティーをどこでやるかだ。テラスでもできる。その場合は、イヌも招待できるな。それとも、あのイギリス人の領地に侵入して、二階の寝室でやるか。おまえの若い友人は殊勝なやつだ。自分じゃ飲まんのに、きのうサン・ドメニコでワインを何本か仕入れてきた。だから、お楽しみは音楽だけじゃないぞ。さ、腕をこう構えな。おっと、まずステップを練習しておかなくちゃな。基本は三ステップだ。床にチョークで書いておこう……一……二……三、と。さあ、腕を構えて。今日は何があったんだ」

「キップが大きな爆弾を取り除いたの。とてもむずかしいやつ。キップに聞いてごらんなさい」

工兵は肩をすくめた。謙遜《けんそん》というより、説明するには複雑すぎるという動作。夜は急速にやってくる。谷を埋め、山を覆い、三人はまたランプの明かりの中にいた。

三人はかたまり、ステップを踏みながら、イギリス人の患者の寝室へ向かう。カラバッジョが蓄音機を抱え、片手でアームと針をつかんでいる。

「さて、あんたがまた歴史にとりかかるまえに、『マイ・ロマンス』を一曲どうかな」カラバッジョが、ベッドの上の動かない体に話しかける。

「一九三五年、ロレンツ・ハート作詞、だと思う」イギリス人がつぶやく。キップは、もう窓《まど》際《ぎわ》にすわっている。ハナは、キップと踊りたいと言った。

「おっと、ダンスをおぼえるのが先だろう、ミミズちゃん?」

ハナは奇妙な目つきでカラバッジョを見上げた。それは、父が使っていた愛称だったから。カラバッジョは、白い毛の混じる太いけむくじゃらの腕にハナをだきかかえ、「ミミズちゃん」と繰り返した。そして、レッスンを開始した。

ハナは、アイロンこそかけていないが、洗いたてのドレスを着ている。回転するたびに、キップのほうを見る。キップは、レコードのあとについて歌を口ずさんでいる。電気が通っていれば、ラジオもほしい。ラジオがあれば、どこかで戦われている戦争のニュースも聞けるのに。だが、いま屋敷にあるのはキップの鉱石ラジオだけ。それも、パーティーの邪魔にならないよう、今夜はテントに置いてきている。イギリス人の患者は、ロレンツ・ハートの不幸な一生について語っている。『マンハッタン』のために書いた最良の詩のいくつかを、誰かが勝手に書き替えたと言う。そして、もとの詩を暗唱する。
海水浴ならブライトン
海の魚をフライ？　とん
でもない、ぼくら泳ぐだけ
君の水着がすけすけで
アサリ・ハマグリどきどきで
君を見つめてあえぐだけ

「コミックで、エロチックで、なかなかいい。だが、もっと威厳がほしいと考えた人間がいる。おそらく、作曲したリチャード・ロジャーズだろうな」

「おれの動きを読まなくちゃだめだぞ、ハナ」

「おじさんこそ、私の動きを読んでくれたらどうなの」

「おまえが踊れるんならそうするさ。だが、いまのところ、踊れるのはおれしかおらん」

「きっとキップは踊れるわ」

「踊れるかもしらんが、あいつは踊らん」

「ワインを少しくれないか」イギリス人の患者が言う。工兵は水の入ったグラスをとると、中身を窓の外へ捨てて、ワインを注いだ。

「ここ一年で初めてのワインだ」

そのとき、くぐもった音が聞こえ、工兵がさっと振り向いた。窓の外に顔を突き出し、暗闇の中を見つめている。全員が動きを止めた。地雷……？　工兵は部屋に向き直り、「だいじょうぶ。地雷じゃない」と言った。「もう撤去ずみの方角だったから」

「じゃ、レコードを裏返してくれないか、キップ。さて、いよいよ『いつからこうなの』をやるぞ。作詞・作曲は……」カラバッジョはイギリス人の患者のために間を置いたが、患者は虚をつかれ、首を振った。口にワインを含んだまま、にやりと笑った。

「きっと命取りになるな、このアルコールは」

「そんなことであんたが死ぬものか。もともと百パーセント炭素なんだから」

「カラバッジョ！」

「アイラとジョージ。ガーシュイン兄弟だ。始まるぞ」

スローテンポで切々と吹かれるサキソホン。その悲しい音色に合わせて、ハナとカラバッジヨが床をすべる。カラバッジョの言うとおり。奏者は、序奏の小部屋を離れたがらない。歌の大広間には行きたがらない。その思いが、ハナにも伝わってきた。プロローグで美しいメイドに魅せられ、そこで足が止まったまま、いつまでも本題に入らない物語。こういう序奏を「バードドン」と呼ぶ、とイギリス人が言う。

ハナは、カラバッジョの肩の筋肉に頬をのせた。洗いたてのドレス越しに、あの恐ろしい手が背中を抱いている。二人が動ける空間はわずか。ベッドと壁のあいだ、ベッドとドアのあいだ、ベッドとキップのすわる出窓のあいだ。二人はそこを踊ってまわった。ターンのたびにキップの顔が見える。両膝《りょうひざ》を立て、そこに腕をのせてじっとすわっている。ときどき、背後の窓から外の暗闇を見つめている。

「誰か、ボスポラス・ハグというダンスを知らないか」とイギリス人。

「なんだ、それは」とカラバッジョ。

大きな影が天井をすべり、壁画に移動する。それを見ていたキップは、やがて、もがくように立ち上がり、イギリス人の患者のところへ行った。そして、空のグラスにワインを満たした。グラスの縁に軽く瓶を打ち当てたのは、乾杯のつもりか。そのとき、部屋に西風が吹き込み、工兵が怒りの顔つきで振り返った。これはコルダイト火薬だ。空気中に何分の一パーセントかのコルダイト火薬の臭いがある。キップは身振りで疲れを訴え、ハナをカラバッジョの腕に残したまま、そっと部屋を出た。

明かりもたず、キップは暗い廊下を走る。途中、鞄をすくいあげ、屋敷の外に出て、礼拝堂わきの三十六段を駆けおりる。道路に出て、さらに走る。体中から疲労の感覚を消し去って走る。工兵だったろうか、民間人だったろうか……。道路沿いの塀から草花が匂う。わき腹に痛みが始まった。事故だったのか、方法の誤りだったのか……。

工兵隊は閉じた集団だ。どの工兵も性格的には風変わりで、宝石の細工職人に似ている。うちに冷徹さと確信を秘め、そのくだす決断には、ときに同業者さえ恐れおののく。宝石職人のそんな特質が自分にもあるのかどうか、キップにはわからない。だが、あると他人が思っていることは知っている。工兵どうしに親密な交わりはない。話すときは、主として情報交換。新しい装置のこと、敵の癖のこと。町の公会堂に五人で宿泊しているとき、中に歩み入って三人の顔を見れば、四人目の不在を思う。四人そろっていれば、どこかの野原に転がっている老人や少女の死体を思う。だが、語らない。

軍隊に入って、キップは秩序というものの仕組みを学んだ。青写真に描かれた爆弾という秩序。学ぶにつれ、それはどんどん大きな結び目になり、ますます複雑な楽譜になっていった。学ぶなかで、自分に三次元視の技術があることにも気づいた。それは、仲間外れを見抜く眼力。物体または情報片を一目見て、それを再編成する能力。誤った和音にたちまち気づく能力。生まれつき控え目な性格ながら、キップは最悪の仕掛けを想像することができた。いかなる事故でも思い描ける。たとえば、テーブル上のプラムに子どもが近づき、毒を仕込んだ種を口に含む。暗い部屋の中、妻の待つベッドへ夫が急ぎ、途中、ネジのゆるんだ灯油ランプを腕木から払い落とす。どんな部屋にも、そうした仕掛けが満ちている。キップの三次元視は、表面を見て、その下に埋められているワイヤを知る。結び目が視界の外でどう曲がりくねるかを知る。推理小説には、いつもいらいらさせられる。犯人を見つけだすのがやさしすぎるから。いっしょにいて落ち着ける人は、抽象への狂気をもちつづける独学の人。たとえば、かつての指導者サフォーク卿。あるいは、いまのイギリス人の患者。

キップは、まだ本を信頼していない。最近、よくイギリス人の患者の横にすわっているのを見かける。そのたびに、ハナは『キム』とは逆だと思う。この屋敷では、若い弟子がインド人、賢い老師がイギリス人。だが、毎夜その老師につきしたがい、山を越え、聖なる川まで供をするのはハナ自身だ。『キム』を二人で読みさえした。吹き込む風で蠟燭の炎が水平になびき、一瞬、ページが暗くなる。そのなかを、ハナの声がゆっくり読みすすんだ。

待合室はガンガンとやかましい。だが、その待合室の片隅で、彼は騒音を忘れて夢中で考えつづけた。手が膝の上で組まれ、瞳《ひとみ》が針の先ほどに収縮している。あと一分で——いや、あと三十秒で——巨大なパズルの解が訪れる。彼にはその予感があった。

夜中の朗読に費やした長い時間は、ある意味で、ハナとイギリス人が若い兵士を迎え入れるための準備期間だった。小説の中の少年が成長し、二人の前に現れるまでの準備期間、とハナは思う。だが、一方で、自分こそ物語の中の少年ではないのか、とも思う。登場人物になぞらえるなら、キップはむしろクレイトン大佐ではないのか、と。

一冊の本。結び目の図解。信管の配線盤。四人がかたまっている部屋。その部屋は見捨てられた屋敷にあり、その屋敷を照らすのは蠟燭の炎と、ときどきやってくる嵐の稲妻と、たまに爆発する地雷の光。周囲には、山と、丘と、電気を奪われた盲目のフィレンツェ。蠟燭の光は五十ヤードも届かない。それを越えた外界に属するものは、ここには何もない。今夜、四人はイギリス人の患者の部屋で束の間《つかま》のダンス・パーティーを開き、それぞれの単純な冒険を祝った。ハナは深い眠りを祝い、カラバッジョは蓄音機の「発見」を祝い、キップは難物だった地雷の信管除去を祝った。もっとも、キップは祝い事や勝利にはなじめない人間で、除去の瞬間のことも、ほとんど忘れてしまっていたが。

五十ヤード向こうの世界に、この四人の消息を伝えるものは何もない。ハナとカラバッジョの影は壁を縦横に動き回り、キップは出窓の窪みに心地よさそうにすわり、イギリス人の患者はワインをすすっている。だが、谷の目にはその光景が見えない。運動とは無縁になった患者の体でアルコールが沸騰《ふっとう》し、たちまち患者を酔わせる。患者は砂漠のキツネの鳴き声をまね、その鳴き声に驚くモリツグミの羽ばたきをまね、このモリツグミはラベンダーとニガヨモギの近くにしか住まず、したがってエセックス州でしか見られないと解説する。だが、谷の耳にはその声が聞こえない。

火傷の男の欲望はすべて脳の中にある――工兵が出窓の窪みの中でそう考えているとき、くぐもった音がした。反射的に顔を外に向けはしたが、そのとき、工兵はすでにすべてを悟っていた。部屋の中に向き直り、生まれて初めて嘘《うそ》をついた。「だいじょうぶ。地雷じゃない。もう撤去ずみの方角だったから」と。そして、コルダイトの臭いが漂ってくるまで待とうと思った。

数時間後。キップは、また、出窓の内側にすわっている。いま、イギリス人の患者の部屋を七ヤード横切って行けば、ハナに触れられる。触れて正気を保てる。部屋にはほとんど光がない。ハナのいる小テーブルに蠟燭が一本。今夜のハナは読書をしていない。少し酔っているようだ、とキップは思う。

地雷の爆発現場からもどったとき、図書室のソファーで、カラバッジョが腕にイヌを抱いて寝ていた。戸口にたたずむ工兵を、イヌがじっとにらみつけた。目覚めていて、この場所を守っている。それをわずかな体の動きで伝えてきた。カラバッジョのいびきの合間に、静かな威嚇の唸《うな》り声が聞こえた。

工兵はブーツをぬぎ、両方の紐《ひも》を結び合わせて振り分け荷物にすると、肩にかけて二階にのぼった。雨が降りはじめていて、テントに防水シートが必要だった。廊下に立ったとき、イギリス人の患者の部屋にまだ火がともっているのが見えた。

女は椅子にすわっていた。ちびた蠟燭がわずかな光を放つ横で、テーブルに片肘《かたひじ》をつき、仰向いて天井を見ていた。男はブーツを床に置き、三時間まえのパーティー会場にそっと入った。空気中に、まだアルコールの匂い。入ってきた男に向かい、女はくちびるに指を当て、つぎに患者のほうを指した。だが、はだしの歩行なら聞こえはすまい。男はかまわず入っていき、また出窓の窪みにすわりこんだ。このまま部屋を横切って行けば、女に触れられる。触れて正気を保てる。だが、いまの二人のあいだには、見当のつかない広い空間がある。それは予測のつかない危険な旅だ。そして、わずかな音にも目をさます患者がいる。眠るあいだも補聴器のボリュームをいっぱいに上げ、何事も聞き逃すまいとしているイギリス人の患者が。女の目は部屋中を駆けめぐり、窓の四角の中にいる男と向き合ったとき、静止した。

男は、今夜、突然に死が襲った場所と、そこに残されたものを見てきた。そして、部下だったハーディを埋葬してきた。午後の女の振る舞いが衝撃的によみがえり、女のために恐怖した。女が身を危険にさらしたことを怒った。なんと気軽に命を投げ出そうとしたことか……。女がこっちをにらんでいる。くちびるに当てられた指が、女からの最後の意思表示。男は上体を前に倒し、肩の銃紐で頬をぬぐった。

男は村を通って帰ってきた。雨が降りそそぐ広場の木々は、戦争が始まってから刈り込みもままならない。その下を通り、騎乗の二人が握手している奇妙な像のそばも通り、いまここに帰りついた。蠟燭の光がゆらめき、女の表情を変化させ、その奥にある考えを読みにくくしている。そこにあるのは思慮か、悲しみか、好奇心か。

女が読書していれば、あるいはイギリス人の上にかがみ込んでいれば、男は女に軽くうなずくだけで、そのまま立ち去っていただろう。だが、女は何もせずにすわっていた。目の前のハナに、男は若い孤独な女を見ていた。

今夜、地雷の爆発現場にたたずみながら、男は、午後の信管除去に女を立ち会わせたことを恐れはじめていた。立ち会う女を排除しなければならないと思っていた。そうしないと、これからは信管に近づくたびに、女がつきまとう。体内に女が住み着く。これまで、仕事中の男には明晰さと音楽が満ち、人間世界を消し去っていた。なのに、そこに女が居着く。女が肩におぶさる。以前、水を流しこもうとしていたトンネルの中から、一人の将校が生きたヤギを肩にかついで出てくるのを見た。あのヤギのように、女が肩にしがみつく。

いや、そうではない。

それは正しくない。女の肩が必要なのは男のほうだ。今日の午後、日の光の中で女が眠り、男も女の肩をだいて横になった。誰かに照準器でのぞかれているような居心地の悪さを感じながら、男は女とともに、架空の画家が描く風景画の一部になった。いまも、女の肩にこのてのひらを置きたいと思う。自分の安心がほしいのではない。女を安心で包み、この部屋から外へ導いてやりたいから……。男は、自分に弱さがあるとは信じたくなかった。だが、女にも、自分が補ってやれる弱さが見つからなかった。どちらも、すすんで弱さを相手にさらけだす人間ではない。女はじっとすわり、男を見ている。蠟燭が揺れ、その表情を変化させる。女からは、男がただのシルエットにしか見えない。その細身の体と皮膚は暗闇の一部。男はそのことに気づかない。

数時間まえ。男が出窓の窪みから抜け出すのを見たとき、女は激しく憤《いきどお》った。地雷だとはひとことも言わず、子どもみたいにただ守ってやろうだなんて……。それは侮辱。女はいっそう強くカラバッジョにしがみついた。その興奮がつのり、今夜は読書をする気になれない。カラバッジョは寝ると言って去った。途中で薬箱をかき回していったことだろう。イギリス人の患者は骨張った指を突き出し、先をちょいと曲げて女を呼ぶと、かがみ込む女の頬にキスをした。そのあと、女は読書をする気になれない。

ベッドわきの小テーブルの一本を残し、ほかの蠟燭をすべて吹き消して、女はただすわりつづけた。イギリス人の体が女のほうを向いている。さっきまで酔っ払い、ひとしきり戯れ言《ざれごと》をわめいていた。「私はいつかウマになる。いつかイヌになる。ブタになる。頭のないクマになる。いつか私は火になる」そして、静かになった。蠟が溶け、肘の横の金属の受け皿に滴《したた》り落ちる音が聞こえる。男は村を通り、爆発のあったどこかの丘に行って、帰ってきた。男の無用の沈黙が、女をいっそう怒らせる。

女は読書する気になれない。永久に死につづける男の部屋に、ただすわっている。カラバッジョと踊りながら、うっかり壁に打ちつけた腰が痛んだ。きっと、あざになっているだろう。

男が近寄ってきたら、にらみつけて追い返す。男の沈黙には、同じ沈黙を返す。さあ、どうするの。つぎの一手は何？　兵隊の誘いの手口には慣れているのよ……。

だが、男の行動は女の意表を突いた。男は部屋の半ばまで歩いてきた。肩からまだぶら下がっている鞄があき、そこに男の手が手首まで沈む。歩行には音がない。男は向きを変え、ベッドのわきで立ち止まる。イギリス人の患者が長い吐息を終えた瞬間、男の手がカッターを取り出し、補聴器のワイヤを切断した。カッターを鞄に放り込み、女にニコリと笑いかけた。

「朝になったら、また耳をつないでやらなくちゃ」

男は女の肩に左手をのせた。


「デイビッド・カラバッジョ……もちろん、君には似つかわしくない名前だ」

「だが、少なくとも、おれには名前がある」

「たしかに」

カラバッジョは、ハナの椅子にすわっている。午後の太陽が部屋に射し込み、空中に舞う塵《ちり》を浮かび上がらせている。黒く細い顔と尖《とが》った鼻をもつイギリス人は、シーツにくるまれて身じろぎしないタカのよう。タカのミイラだ、とカラバッジョは思う。

イギリス人がカラバッジョに向き直る。

「カラバッジョの晩年の作品に『ゴリアテの首をもつダビデ』という絵がある。若い武人が、伸ばした腕の先にゴリアテの首をつかんでいる。老いさらばえたゴリアテの首だ。だが、この絵の真の悲しさはそこにはない。ダビデの顔は、若かったころのカラバッジョの肖像だと言われている。ゴリアテは、もちろん、老いたカラバッジョ、実際にその絵を描いたときのカラバッジョだ。若さが、伸ばした腕の先にある老いに審判をくだしている。自分の限りある命を断罪している。キップがベッドのすそに立っていると、私は、あれが自分のダビデだと思うよ」

カラバッジョは、あたりを舞う塵を目で追いながら、とりとめのない考えにふけっている。戦争で心の平衡を失い、モルヒネが与える義手の幻想に頼っているカラバッジョ。いまのままでは、平時の世界にはもどれない。中年のカラバッジョは、これまで家族というものをよく知らない。永続的な親密さをずっと避けてきた。悪い夫で、よい恋人。恋人たちが混沌を逃れ、泥棒が無一物の屋敷を去るように、この戦争まで、そっと行方をくらます男だった。

カラバッジョは、ベッドの中の男を見つめている。砂漠からやってきたイギリス人は、いったい何者。知らなければならないと思う。ハナのために、その正体を暴《あば》いてやらなければならないと思う。それとも……赤むけの顔をタンニン酸で覆っている男のために、新しい皮膚を発明してやるか。

戦争初期のカイロで、カラバッジョは二重スパイをでっちあげる訓練を受けた。それは、幽霊に肉付けする訓練だ。たとえば、「チーズ」という架空のスパイを操った。何週間もかけて、そのスパイに事実の皮膚をまとわせ、適当な人格を与えた。チーズの場合は強欲で、酒好き。酔わせて、敵に偽《にせ》の噂をばらまかせるための幻のスパイ。カイロ時代の上司のなかには、砂漠にまるまる一小隊を発明した男もいる。周囲は嘘ばかり。カラバッジョは、そんな戦争の一時期を過ごしてきた。部屋の暗がりのなかで、小鳥の鳴きまねをしているようなものだと思った。

だが、この屋敷では、誰もが自分の皮膚を脱ぎ捨てている。自分の正体以外にまねるものがない。他人の真実を探る以外に、身を守るすべがない。

ハナは、図書室の棚から『キム』を引っ張りだし、ピアノを台にして、最後の何ページかの余白に書き込みをした。

大砲はいまでもラホール博物館の外にあるよ、と彼は言う。もとは二門あった。市内のすべてのヒンズー家庭から、ジジャ（税金）として金属のカップやボウルが徴発され、溶かされて、二門のザム・ザンマーにつくりかえられた。十八世紀と十九世紀の多くの戦いで使われたが、ある戦いで、チェナブ川を渡るときに一門が失われた。

ハナは本を閉じ、椅子の上に立つと、下からは見えないいちばん高い棚にそれを隠した。

ハナは新しい本をかかえ、木々とあずま屋のある寝室に入って、書名を告げた。

「いまはやめておこう、ハナ」

ハナは患者を見る。いまでも美しい目をしている、と思う。暗黒からの灰色の凝視。あのなかで、すべてのことが起こる。見られた者に、一瞬、無数の視線がきらめいたと錯覚させ、また灯台の光のように遠ざかる。

「もう本はいい。ヘロドトスをとってくれないか」

ハナは、厚い、汚れた本を患者の手に渡す。

「表紙にヘロドトスの肖像を刻んだ版を見たことがある。フランスのどこかの美術館にある像らしいが、私の想像するヘロドトスとはちがう。私のヘロドトスは、あの砂漠のやせた男たちのようだ。オアシスからオアシスへ旅し、種子を交換するように伝説を交換し、どんなものでも疑わずに消化して、幻を紡《つむ》ぎ出していく。『私の歴史は、最初から本論の補遺《ほい》を目指したものだ』とヘロドトスは言っている。ここにあるのは、歴史の広がりの中に隠された無数の袋小路だ。国のために人々がどうだまし合うか、どのように恋に落ちるか……君はいくつだと言ったかな」

「二十歳よ」

「私が恋に落ちたのは、もっとずっと年をとってからだった」

ハナはしばらく沈黙し、「その人は誰？」と尋ねた。

だが、患者の目は、いま、ハナを見ていない。

鳥は枯れ枝の多い木を好むんだ、とカラバッジョが言う。「どの枝にとまっても、周りを全部見渡せるからな。それに、どの方向にも飛び立てる」

「私のこと言ってるの、おじさん?」とハナが言う。「だったら、私は鳥じゃないわよ。ほんとうの鳥は、二階のあの人よ」

キップは、鳥になったハナを想像しようとした。

「なあ、教えてくれ。自分ほど頭のよくない人間を愛するってことは、できるのかな」カラバッジョは、モルヒネで昂揚《こうよう》している。口調は挑発的。論戦を望んでいる。「おれの性的人生を通じて、ずっと頭を悩ませてきた問題なんだ。まあ、おれの性的人生なんてたいしたものじゃない。ずいぶん遅く始まったことは、諸氏に白状しておかにゃならん。会話に性的喜びがあるなんて知ったのも、同様に遅かった。結婚したあとのことだ。それまでは、言葉がエロチックだなんて、考えたこともなかった。だが、いまじゃ、一発やるより話をしているほうがいいと思うことさえある。ほんとうだ。言葉だな。あれをぺちゃくちゃ、これをぺちゃくちゃ、またあれをぺちゃくちゃ。ただな、言葉で問題なのは、話しつづけているうちに、いつの間にか、のっぴきならん立場に追い込まれちまうことだ。一方、やりまくったからって、それで困ることは起こらん」

「男の勝手な言いぐさよ」ハナがつぶやく。

「まあ、おれの場合は、なかった。おまえはどうなんだ、キップ? 山の中からボンベイにおりてきたとき、軍事訓練にイギリスへ渡ったとき。えっ? いったい、やりまくって都合が悪くなった人間なんて、いるのかな。キップは、いま、いくつだ」

「二十六」

「私より年上ね」

「ハナより年上だ。で、聞きたいのは、もしハナがおまえより頭がよくなかったら、おまえはハナを愛せるか、だ。もちろん、ハナはおまえほど頭がよくないかもしれん。だが、少なくとも、相手が自分より頭がいいって考えることが、愛するうえで重要ではないのかな。考えてみろ。ハナはあのイギリス人にいかれてる。それは、あいつがものを知ってるからだ。あいつと話をするときは、世界がうんと広がる。だいたい、イギリス人かどうかさえわからんしな。たぶん、ちがうだろう。で、あいつを愛するほうが、おまえを愛するより簡単なんだ。なぜだ。こっちも、ものを知りたいからさ。ものごとの辻褄《つじつま》がどう合うのか知りたい。話のうまいやつは誘惑者だ。言葉がおれたちを支配する。成長と変化。すばらしき新世界。おれたちは何よりもそれがほしい」

「そうは思わないわ」

「おれもそうは思わん。だがな、おれの年齢になると、いいかげん人格ができ上がったろうと誰でも思う。これが困る。中年になれば、もう完成されたとみなされる。これが最悪だ。ほら、見ろ」

カラバッジョは両手を上げ、広げてハナとキップの目の前に突き出した。ハナが立ち上がり、カラバッジョの後ろへ回って、腕を首にからめた。

「そんなことしないで。ねっ、おじさん」

ハナは、自分の両手でそっとカラバッジョの手を包んだ。

「気が変になるようなおしゃべりは、二階の一人だけでたくさん」

「こんなとこにすわって、おれたちは何をしてる。ここはな、町が暑くなりすぎたとき薄汚い金持ち連中が逃げ込んでくる、薄汚い丘の上の、くそ屋敷だ。いま、朝の九時。二階のお方はまだ眠ってる。ハナはあいつが気になってしかたがない。おれは、ハナが気になってしかたがない。ハナが正気かどうかな。それに、おれ自身の心の『平衡』も気になる。キップは、たぶん、近いうちに粉々に吹き飛ばされちまうだろうし……。なぜだ。誰のためにこうなんだ。キップは二十六歳。イギリス軍が技術を教え込み、アメリカ軍がもっと技術を教え込んだ。工兵隊に講義をして、勲章《くんしょう》をくれて、金持ち連中の丘に送り出した。おまえはいいように利用されてるんだぞ、ぼうず。おれは、もう、ここはごめんだ。おまえを家へ連れて帰りたい。ドッジ・シティとはおさらばしたい」

「やめて、おじさん。キップは死なないわ」

「パーティーの夜に吹き飛ばされた工兵な、あいつの名前はなんだっけ」

　キップは答えない。

「あいつの名前だよ」

「サム・ハーディ」キップは会話から離れ、窓際に行って外を見た。

「要するに、おれたちはお門違いの場所にいる。それが問題なんだ。アフリカだとか、イタリアだとか。そんなとこで、おれたちは何をしてるんだ。キップが果樹園で地雷を捜すだなんて、いったいなんでだ。キップがなぜイギリスの戦争を戦う。西の前線じゃ、農夫が木の剪定《せんてい》もできん。のこぎりの歯がぼろぼろになっちまう。なぜだ。このまえの戦争で、木が弾の破片だらけになってるからさ。おれたちが持ち込んだ病気で、自然の木さえだめになってる。軍隊なんて、おまえを洗脳して、ここに残して、自分はどっかほかへ行って、また面倒を起こすんだ。よお、黒ちゃん、こんちは……だ。おれたちはここを出よう」

「あのイギリス人を置いてはいけないわ」

「イギリス人なんて、もう何か月もまえにいなくなってんだぞ、ハナ。あいつはベドウィンといっしょか、それでなきゃ、フロックスだかクロックスだかの咲いてるイギリスの庭にいるのさ。いつも、誰か女のことを言いかけちゃやめ、言いかけちゃやめしてるがな、たぶん、その女のことだって覚えてるかどうか。いったい自分がどこにいるのか、少しもわかっちゃいないんだ。

「おれがおまえに腹を立ててるって思ってんだろう、えっ？　おまえが恋をしてるから、おれが怒ってるって？　えっ？　やきもち焼きのおじさんだって？　おれはおまえが心配なんだ。あのイギリス人を殺したいくらいだよ。おまえを救い出すには、ここから連れ出すには、それしか方法がないんだから。それなのに、おれはあいつを好きになりかけてる。何をやってるんだ、おれは。みんな職場放棄だ。ハナ、キップに職場放棄させろ。命を危険にさらすようなまねをやめさせることもできんで、それだけの頭もなくて、どうやってキップに愛してもらえると思うんだ」

「それは……それはキップが文明社会を信じてるからよ。キップが文明人だからよ」

「それが第一のまちがいだ。正しいやり方はな、まず汽車に乗ることだ。どこかへ行って、そこでいっしょに赤ん坊をつくる。なんなら、これからイギリス人のところへ行って、あの小鳥ちゃんが何て言うか聞いてみるか。

「なんでもっと利口にならん？　利口になれないのは、金持ちだけでたくさんだ。あいつらにはもう望みがない。長年、特権にどっぷり浸りきってるからな。自分の持ち物を守らなきゃならん。金持ちほどけちん坊はいないぞ。おれを信じろ。あいつらは、自分たちのくだらん文明世界の規則に従わなきゃならん。戦争を宣言して、名誉を重んじて、だから立ち去ることができん。だが、おまえたち二人は……おれたち三人はちがう。自由だ。いったい何人の工兵が死ねば気がすむんだ。おまえはなぜまだ死んでいない。もっと無責任になれ。運がいつまでもつづくとはかぎらんのだぞ」

ハナはカップにミルクを注いだ。注ぎおわると、水差しの注ぎ口をキップの手の上にもっていき、その茶色の手にミルクをこぼしつづけた。前腕に、そして肘に。そこで止まる。キップは腕を動かさない。


屋敷の西にある細長い庭は、二段になっている。下は正式なテラス、上は影のさす暗い庭。

上の庭には飛び石が置かれ、コンクリートの像が立つが、どちらも、雨で増殖した緑色のカビの下に消えかけている。工兵はそこにテントを張っている。雨が落ち、谷からは霧が立ちのぼる。山腹をなかば切り開いたこの空間には、イトスギやモミの枝から、雨のあとにさらに雨が降る。

上の庭は木の影で覆われ、いつも濡れそぼっている。ここを乾かそうと思えば、焚き火をするしかない。砲撃された屋根の垂木、枯れ落ちた木の枝、ハナが毎日午後にむしる雑草、鎌《かま》で刈ったイラクサ……。すべてをここに運び、午後が夕方に変わるころに焚き火をする。湿ったたきぎが燃えて、白い煙を立てる。植物の香りを含んだ煙は、わきの藪《やぶ》に流れ込み、木をのぼり、屋敷の前のテラスで消えていく。イギリス人の患者の部屋の窓にもはい上がる。患者の耳は、煙った庭から届く話し声の断片を拾い、ときには笑い声を聞く。鼻は匂いをとらえ、燃された植物を割り出す。これはマンネンロウ。トウワタに、ニガヨモギに……ほかに何かある。あまり匂いの強くないこれは、たぶん、野生のスミレ。それとも、この丘の土地はいくぶん酸性だから、ニセヒマワリか……。

イギリス人の患者は、庭に何を植えればよいかハナに助言する。「君のイタリア人の友人に頼んで、種や苗木を捜してもらうといい。そちらの方面では有能のようだからな。まず、プラムの葉を茂らせよう。そして、ナデシコ系統の花を咲かせる。ファイア・ピンクとインディアン・ピンクはどうだろう。君のラテン民族の友人がラテン名を知りたいと言ったら、シレネ・ウィルギニカと教えてやりなさい。レッド・セイボリーもいいな。フィンチに飛んできてもらいたければ、ハシバミとチョークチェリーが欠かせない」

ハナはすべてを書きとめる。書きおわって、万年筆を小テーブルの引き出しにもどす。そこにあるのは、読みさしの本と、二本の蠟燭と、ベスタ・マッチ。医薬品のたぐいはない。薬を捜し回るカラバッジョに、患者の眠りを邪魔させたくない。だから、薬だけは別の部屋に隠してある。カラバッジョに渡す植物の名前を書いた紙切れを、ハナはドレスのポケットにしまう。肉体的魅力への関心が頭をもたげたいま、ハナは、三人の男のなかにいて気恥ずかしさを感じることがある。

肉体的魅力への関心？　それは、キップへの愛と無関係ではあるまい。いまのハナの喜びは、キップの二の腕に顔を押しつけて眠ること。褐色の川のような腕にうずもれ、皮膚の下に隠された血管の拍動を頰に感じながら目覚めること。もしキップが死の床についているのなら、ハナはその血管を探り当て、塩水注射をしてやらなければならないはず。その血管の拍動がハナにはうれしい。

午前二時、三時。イギリス人の部屋を出たハナは、庭をとおり、聖クリストファー像まで歩く。像の腕には、工兵のカンテラがぶら下がっている。途中は真の闇。だが、ハナは、すべての植え込みと茂みを知っている。焚き火の場所もとおる。いま、火はピンク色の熾《おき》になり、もうすぐ燃え尽きる。カンテラにたどりつくと、たいていは、ガラスの通気口を手で覆って炎を吹き消すが、なんとなく、燃えるままにしておくこともある。カンテラの下をくぐり、あいている入り口からテントに這い込む。男の体を手探りして、いとしい腕を見つける。そして、男を眠らせる。綿の代わりに舌、針の代わりに歯、コデイン液を垂らしたマスクの代わりに口を使い、チクタクが鳴りやまない工兵の脳を減速させて、眠りのなかに導く。そのあとで、着ているペイズリー柄のドレスを折りたたみ、テニスシューズの上に乗せる。工兵の世界は、いくつかの重大な規則で成り立っている。そのことをハナは知っている。TNTを蒸気で乳化させ、そして抜き取り、そして……。キップの頭には、いつもそれがある。そんな工兵のわきに横になり、ハナは妹のように貞淑《ていしゅく》に眠る。

テントと暗い森が二人をつつむ。

オルトーナやモンテルキの仮設病院で、ハナは兵士に最後の安らぎを与えていた。最後のぬくもりにはハナの体温、最後の慰めにはハナのささやき、最後の眠りにはハナの注射針。二人は、いまも仮設病院をほんの一歩出たところにいる。だが、工兵の体は、別の世界のものが入り込むことを許さない。女に恋をしながら、その女の捜してきた食べ物を拒否する。女は男の腕に針を刺し、薬を注入できる。カラバッジョはそれを望むが、男はほしがらず、必要ともしない。イギリス人は、砂漠で発明された泥膏《でいこう》を渇望する。ベドウィンがしてくれたように、泥膏と花粉で体を再生させたいと願う。ひとときの安らかな眠りが得られれば……と。だが、男にはそれもいらない。

キップの身の回りは、いくつかの品で飾られている。ハナからもらった何枚かの葉っぱ。使いかけの蠟燭。テントの中には鉱石ラジオと、仕事の道具が詰まるショルダーバッグ。キップは、心の平穏を失わずに戦闘から抜け出せた。たとえ仮の平穏でも、それは秩序と習慣の賜物《たまもの》だと思う。だから、いまでも戦闘中の厳しい習慣をくずさない。谷の上空に舞うタカを見れば、それを照準器のV字にとらえて追いかける。地雷を開いたときは、中心にある危険から絶対に目をそらさない。時間がかかり、途中で飲み物をとることもあるが、魔法瓶を手元に引き寄せるときも、蓋をはずすときも、金属カップに注いで飲むときも、目は地雷だけを見つづけている。

キップの目に映るのは危険物。その耳に聞こえるのは、短波に乗ってくるヘルシンキやベルリンの出来事。あとはすべて末梢《まつしょう》のこと、とハナは思う。キップが優しい恋人として振る舞うとき、ハナの左手は男の腕輪の上をつかみ、前腕の筋肉の動きを感じている。だが、そのときでさえ、男の視線の中心には自分がいないと思う——やがてうめき声が聞こえ、男の頭が自分の顔の横に落ちてくるまでは。男の目に見えるのは危険物だけ。それ以外は、すべて末梢のこと……。ハナは、男に音をたてることを教えた。声をたてることを望んだ。戦争以後、男が少しでも心の緊張を解く瞬間があるとすれば、それはこのときだ。暗闇での隠れ場所をようやく明かす気になったかのように、一瞬の喜びを人間の声でおもてに表すこのときしかない。

男への愛がどれほどのものか、女への愛がどれほどのものか。どこまでが秘密をめぐるゲームなのか。周囲にはわからない。親密になるにつれ、日中の二人の距離は大きくなっていく。男が女とのあいだに保《たも》とうとする距離が、女には好ましい。その空間は二人の権利。その空間から、それぞれが自分だけのエネルギーを引き出す。他の工兵に会いに、男が半マイル先の町へ出かける。途中、女の窓の下をとおって行くが、ひとことの言葉もかけない。その無言の暗号が女には好ましい。男が、食べ物をのせた皿を女の手に渡す。女が、男の茶色の手首に一枚の葉をのせる。二人が、カラバッジョをあいだにはさんで、崩れかけた壁にしっくいを塗りなおす。男が、いつもどおりウェスタンを口ずさむ。カラバッジョはそれを楽しんでいるが、迷惑そうなふりをする。

「ペンシルバニア、シックス・ファイブ・オー・オー・オー……」若い工兵は息を切らしながら歌う。

ハナは、男の皮膚のさまざまな黒さを学ぶ。前腕と首すじの色の対比。てのひら、頬、ターバンの下の色。赤いワイヤと黒いワイヤをより分ける指の色と、皿代わりの砲金板からパンを取り上げるときの手の黒さ。そして、テーブルからいきなり立ち上がる男の黒さ。その自立自存の振る舞いは、周囲には無作法とも見える。だが、男自身は、度を過ぎるまでの礼儀正しさと感じているにちがいない。

女が愛するのは、水を浴びている男の濡れた首すじの色。女におおいかぶさり、女の指の下で汗を浮かべている胸。テントの暗がりの中で見る、黒く強い腕。いちどだけ、女自身の部屋で見た男の体の色。谷の町の消灯令がようやく解除され、立ちのぼる光が女の部屋にまで射し込んで、薄暮《はくぼ》となって男の体を浮き上がらせた。

男は女に負い目を感じたくない。女にも感じさせたくない。男のその気持ちを、女はのちに理解した。小説の中でその言葉に出会い、じっと見つめたあげく、辞書にもっていって調べた。「負い目。返してない借金。果たしてない約束」。男が拒否するはずだと納得した。暗い庭を二百ヤード歩き、男のもとへ通うのは、女自身の意思だ。男は関係なく、負い目には思わない。訪ねても、男は眠っているかもしれない。愛がないからではなく、眠る必要があるから。明日、どんな危険物に出会うかもしれない。それに明晰さで立ち向かうため、男には眠っておく必要があるから。

男は、女をすばらしいと思う。目覚めて、ランプの光で見る表情の清新さ。夕方、カラバッジョの愚行を叱《しか》りつけている声の愛らしさ。夜、テントにそっと忍び込み、体を寄せてくるしぐさの細やかさ。男は、女を聖人のようだと思う。

二人は話をする。柔らかく単調な男の声が、テントのズック臭の中に響く。このテントは、イタリアを北上するあいだ男が使ってきた。男は細い指を伸ばし、体の一部になったテントに触れる。それはカーキ色の翼。夜、男は翼を折りたたみ、その中で眠る。それは工兵の完結した世界だ。だが、ハナは毎晩落ち着かない。カナダから遠く離れていることを意識する。なぜ眠れない、と、世界を容易に遮断できる男が尋ねる。その自存ぶりにいらだちながら、女は横たわる。ほしいのは、雨に打たれるトタン屋根。窓の外でざわめく二本のポプラ。眠りにいざなってくれる何かの音。ハナは、トロントのイーストエンドで育った。そのあと、父とクララといっしょにスクータマッタ河畔《かはん》で二年を過ごし、あとはジョージアン湾。どこにも、眠るための木と眠るための屋根があった。なのに、この屋敷では、庭の木々の多さにもかかわらず、ハナはまだ眠るための木を見つけていない。

「キスして。私が純粋に愛しているのは、あなたの口よ。あなたの歯」しばらくして、男の頭が女の顔のわきに落ちる。テントの入り口を向き、新鮮な空気を吸おうとする。そこへ女がささやく。「おじさんに聞いてみようかしら。昔、父が言ってたわ。カラバッジョはいつも恋してる男だって。恋しているだけじゃなくて、恋におぼれている男だって。いつも混乱して、いつも幸せで……。聞こえる、キップ？　私は幸せよ。こんなふうにあなたといられるのが幸せ」だが、そのささやきは女にしか聞こえない。

いちばんほしいものは二人で泳げる川。泳ぎには、舞踏会場にいるような形式性がある、と女は思う。だが、静寂の中をモロ川に入り、折り畳み式ベイリー仮橋のケーブル・ハーネスを引っ張ったことがある男は、川に別の感情をもっている。突然、ボルトでとめてあるはずの鋼板がはずれ、生き物のようにくねりながら、男の背後にすべり落ちる。空が砲火で照らされ、川のなかほどに立つ男の横で仲間が沈む。鉤《かぎ》と格闘し、水中に没した滑車を捜して、何度も何度も川に潜る。空で黄燐《おうりん》爆弾がはじけ、周囲の泥と水面と兵隊の顔を照らす。

あの夜。兵隊たちは、一晩中、互いに叫び合い、泣き合って、狂気に陥るのを防いだ。服が冬の川水を吸い、重く、冷たかった。そして、頭上で橋がようやく道になった。二日後。また川があった。行き着く川には、一つとして橋がない。橋という言葉がかき消されていた。橋のない川など、星のない夜空。ドアのない家。工兵隊はロープをもって川に入り、ケーブルを肩にかつぎ、ボルトをスパナで締めつけた。そのボルトには、金属が悲鳴をあげないよう、グリースが塗りつけてあった。水中の工兵の頭上を軍隊が行進していく。工兵を橋の下に残し、軍隊がプレハブ橋を越えて前進していく。

川の中で、何度砲撃に見舞われたことだろう。砲弾は川岸の泥を燃え上がらせ、鉄鋼を瓦礫《がれき》に変える。そんなとき、工兵を守るものは何もない。茶色の川は薄い絹も同然。降りそそぐ金属片は水を容易に切り裂いて沈む。

男は川の思い出に目をつぶった。横には、自分の川をもち、それを懐かしむ女がいるが、男は早眠りの芸当でその女から逃れる。

尋ねれば、カラバッジョは教えてくれるだろう。どうしたら恋におぼれられるか。用心深くおぼれる方法さえ教えてくれるかもしれない。「あなたをスクータマッタ川に連れていきたいわ、キップ」女が言う。「スモーク湖を見せてあげたい。父が愛した女の人がいる。車に乗り込むより、カヌーに乗り込むほうが簡単な人よ。雷がなつかしい。一瞬で停電させてしまう雷が……。カヌーのクララに会ってほしいわ。私に残された最後の家族だから。ほかには、もう誰もいない。父がクララを捨てて、戦争を選んだから」

ハナは、キップのテントに歩いていく。足取りには、つまずきもためらいもない。木々の葉でふるわれた月の光は、ダンス・ホールのミラーボールのようにハナをつつむ。ハナはテントに入り、眠るキップの胸に耳を当てる。キップが地雷の時計の音を聞くように、心臓の鼓動を聞く。いまは午前二時。すべてが寝静まり、起きているのはハナただ一人。

へロドトス以後の二千数百年間、西欧世界は砂漠への関心を失っていた。紀元前四二五年から二十世紀初頭まで、砂漠から目をそむけ、黙していた。だが、川の探検の時代だった十九世紀を経て、一九二〇年代になると、地球上のなかば忘れられていたこの地域の歴史に、ようやく新たな補遺《ほい》が書き加えられる。個人的に組織されたいくつもの探検隊が砂漠に向かい、その成果が、ロンドンのケンジントン・ゴアにある地理学協会で謙虚に報告された。報告する人々の国籍はさまざま。いずれも日に焼けて、疲れはてた外見をしている。コンラッドの描く水夫と同様、タクシーに乗るときのエチケットや、バスの車掌が連発する駄洒落《だじゃれ》には、不慣れなようすだった。

講演者は、郊外からナイツブリッジ方面への列車に乗り、協会に向かう。途中、よく乗り継ぎをまちがえ、切符をなくした。後生大事にもっているものは、古い地図と、苦労して書き上げた講演用のメモ。それを、いまでは体の一部になったナップザックに入れて持ち歩く。ケンジントン・ゴアには、夕方の六時頃に到着する。それは、ロンドンじゅうが帰途についている中途半端《はんぱ》な時刻で、協会へ直行するのははばかられ、ひとまずライオンズ・コーナーハウスで食事をとる。のち、おもむろに地理学協会へ行くと、階上の廊下に陳列されているマオリ族の大型カヌーのわきにすわり、講演用のメモを読み直す。講演開始は八時。

地理学協会では、一週間おきに講演がある。誰かが講演者を紹介し、講演が終わると、別の誰かが謝辞を述べる。そのとき、たいてい講演内容に触れ、批評する。講演者の主張にはやや批判的。だが、決して無礼なほどの反論はしない。講演は事実に即して行うものという暗黙の了解があり、講演者がひそかに執念を燃やしている仮説も、ここでは穏やかに開陳される。

私は、地中海沿岸のソクムから出発し、リビヤ砂漠を縦断して、スーダンのエル・オベイドに至りました。この縦断路を取り巻く地域には、地理学的に興味深い問題が数多く見られ、その種類も多様です。その意味で、地球上でも特異な場所の一つと言えましょう。

どの探検にも、準備と研究と資金集めの長い年月が先行する。だが、そのことは、協会のカシ張りの部屋では決して語られない。先々週の講演者は、南極大陸の氷の中に失われた三十人の命に触れた。酷暑と砂嵐《すなあらし》の中でも、それくらいの犠牲者は出る。だが、その犠牲者には最小限の悔やみの言葉しか捧《ささ》げられない。語るべきはあくまでも「地理学的に興味深い問題」。それにくらべれば、人間や金銭にまつわる問題はとるに足りない。

この地域には、よく知られているラヤンの涸《か》れ谷のほかに、ナイル・デルタの灌漑《かんがい》・排水に利用できそうな凹地《くぼち》が何かありましょうか？　オアシスの掘抜き井戸の水脈は枯渇《こかつ》しつつあるのですか？　謎《なぞ》の「ゼルジュラ」は、いったいどこに……？　まだ発見されていない「失われた」オアシスは、ほかにも存在しますか？　プトレマイオスの言った「カメの沼地」はどこにあるのでしょう？

エジプト砂漠調査会長ジョン・ベルがこんな問いを発したのは、一九二七年のこと。一九三〇年代に入ると、発表される論文はいっそう謙虚になり、ある講演者は、「『有史以前のハルガ・オアシス地形』で指摘されたいくつかの興味深い問題について、二、三、私見を述べさせていただきます」と話しはじめた。だが、一九三〇年代半ば、ラディスラウス・ド・アルマーシとその一行が、失われたオアシス「ゼルジュラ」を発見した。

一九三九年、リビヤ砂漠探検の偉大な十年間が終わり、この広大な沈黙の地域は戦場となった。

ラベンナの死せる騎士の像は、石の枕《まくら》で頭を高くし、街路をはるか彼方《かなた》まで見通している。その大理石の体は息づき、ほとんど液体かと見まがう。木々とあずま屋の寝室に横たわるイギリス人も、騎士と同じ姿勢で遠くを見つめる。その視線は、アフリカが待ちこがれる雨より遠くへ旅をする。視線の先にあるのはカイロ。カイロでの仕事、カイロで過ごした日々……。ハナは枕もとにすわり、騎士の従者のように旅の供をする。

一九三〇年。私たちは、ジルフ・ケビール高原の調査を開始した。失われたオアシス、アカシアの茂る町、ゼルジュラを捜していた。

私たちはヨーロッパの砂漠人種だ。ジョン・ベルがジルフ・ケビールを遠望したのが、一九一七年。それにケマル・エッディンがつづき、バグノルドがつづいた。バグノルドは、南下して砂海に出る道を見つけた。マドックス、砂漠調査会のウォルポール、ワスフィ・ベイ殿下、写真家のカスパリウス、地理学者のカダール博士、そしてベルマン。誰もがジルフ・ケビールを目指した。リビヤ砂漠の大高原。マドックスの口癖を借りれば、スイスほども大きい。東と西は切り立つような急斜面で、北はなだらかにくだる。ナイル川の西方四百マイルの砂漠に、突如立ち上がる台地。それが、ジルフ・ケビールだ。

エジプト人は、昔、オアシスの町以西には水がないと考えていた。世界はそこで終わり、砂漠の内奥部《ないおうぶ》には水がない、と。だが、からっぽのはずの砂漠に立つと、そこは失われた歴史に満ちている。かつて、テブ族やセヌッシ族が縦横に歩き回っていた。この人々は隠し井戸をもち、重大な秘密として守っていた。砂漠の中央部に肥沃《ひよく》な土地が抱かれている、という噂《うわさ》もあった。十三世紀のアラブ人が、ゼルジュラのことを「小鳥のさえずるオアシス」、「アカシアの茂る町」と書き残している。秘宝の書『アル・キターブル・クヌージ』には、ゼルジュラが

「ハトのように白い」町とある。

リビヤ砂漠の地図を見てごらん。多くの名前が書き込まれているだろう？　ケマル・エッディン。一九二五年に、ほぼ単独で現代初の砂漠探検に乗り出した。一九三〇～三二年にはバグノルド。一九三一～三七年にはアルマーシとマドックス。北回帰線のすぐ北まで行った。

大戦のあと、いまの戦争が始まるまで、砂漠には私たち砂漠人種の国があった。探検と地図作りと再探検にいそしむ国。バグノルドの言うオアシス社会。まるでバーかカフェに集まるような気軽さで、私たちはダフラやクフラに集まった。お互いの能力も、弱点も、プライバシーに属することまで知りつくした仲間だった。砂丘のことを書いたバグノルドの文章を読めば、あの男に何をされても許せる。「砂にできる溝と波形は、イヌの口蓋《こうがい》の窪《くぼ》みに似ている……」バグノルドの面目躍如だな。あいつは、ほんとうにイヌの口に手を突っ込んで調べるんだから。


一九三〇年。私たちの探検の初年度だ。ジャグブブから南下して、ズワヤ族とマジャブラ族の領域に分け入った。エル・タジまで七日間の旅。マドックスと、ベルマンと、ほかに四人。ラクダ数頭に、ウマとイヌが一頭ずつ。出発のとき、見送る人々が昔ながらの気休めを言った。「出発時の砂嵐は運がいい」と。

初日は、南へ二十マイルのところでキャンプした。翌朝。五時に目覚めて、テントから這《は》い出た。寒くて、寝てなぞいられるものではない。焚《た》き火まで這っていって、大きな暗闇《くらやみ》の、小さな火明かりの中にすわった。頭上には最後の星。日の出までまだ二時間。コップに熱いお茶を注ぎ、全員で回し飲みした。ラクダに餌《えさ》をやると、半分眠ったまま、ナツメヤシを種ごと噛《か》みくだいていた。私たちも朝食をとり、お茶をあと三杯飲んだ。

数時間後。私たちは砂嵐のまっただなかにいた。よく晴れた朝だったのに、いったいどこから湧《わ》いたのか。初めは心地よかった風が、いつのまにか強風になり、下を向かないと歩けなくなった。砂漠の表面が変化した。本を取ってくれないか——そう、ここだ。ハッサネイン・ベイの美しい砂嵐の記述がある。一九二三年の探検で世に知られた男だ。

地面の下に蒸気管が通っているかのようだ。そこにあけられた何千という穴から、細かな蒸気流が噴出してくるかのようだ。砂が小さくほとばしり、渦を巻く。風の力が増すにつれ、一インチ、また一インチ、砂の乱れが上昇してくる。地中の巨大な力に突き上げられ、砂漠の全表面が隆起してくるように見える。大きな砂粒はすねを打ち、膝《ひざ》を打ち、腿《もも》を打つ。小さな砂粒は体を這い上がり、顔を打ち、頭を越えて飛び去る。空は遮断され、間近の物体さえ視界から消え、宇宙が砂でいっぱいになる。

砂嵐に出くわしたら、動きつづけなければならない。立ち止まれば、砂が積もる。砂に閉じ込められて、一巻の終わりとなる。砂嵐は、ときに五時間もつづく。のちにトラックを使う時代になるが、トラックだって動きつづけなければならない。とにかく、やみくもに運転しつづけるだけだ。最悪の恐怖は夜中にやってくる。いちど、クフラの北で、午前三時の闇夜に嵐に襲われた。突風でテントが根こそぎ吹き飛ばされた。もちろん、中で寝ていた私たちもだ。浸水して船が沈むように、テントは砂で沈む。私たちは溺《おぼ》れ死にそうになった。ラクダ使いがテントを切り裂いてくれて、やっと命拾いをした。

九日のうちに三度の嵐に襲われた。途中、立ち寄るはずだった砂漠の町を見失い、食料を補給しそこなった。ウマがいなくなり、ラクダが三頭死んだ。最後の二日間は食べるものがなく、お茶だけを飲んだ。火で黒くなった湯沸かし器、長柄のスプーン、朝の暗がりの中を回し飲みされるコップ。それだけが、私たちに残された外界とのつながりだった。三日目の夜を過ぎたあと、私たちはしゃべることもやめた。火と、わずかばかりの褐色の液体——それだけを思いつづけた。

砂漠の町エル・タジにたどり着けたのは、幸運というよりほかない。私はスークを——野外市場を——歩き回った。時計の鳴り響く路地、気圧計の並ぶ通り、弾薬を売る露店。いろいろな店があった。イタリアのトマト・ソース、ベンガジからの缶詰め、エジプトのキャラコ、ダチョウの尾羽根で作った飾り、青空歯医者、本屋……。私たちはまだ黙ったまま、思い思いに歩き回った。溺れた者が意識をとりもどすように、この新しい世界をゆっくりと受け入れていった。そして、エル・タジの中央広場にすわり、子羊の肉とライスとバダウィ・ケーキを食べ、アーモンドの果肉入りのミルクを飲んだ。旅のあいだ儀式のように三杯ずつ飲んでいたお茶が——琥珀《こはく》とミントの風味の、あれほど待ち遠しかったお茶が——いまは嘘《うそ》のように思えた。

一九三一年。私は、ベドウィンのキャラバンに加わった。探検家がほかにも一人いると聞き、詳しく尋ねてみると、フェヌロン＝バーンズだとわかった。さっそくテントを訪ねたが、その日は、化石木の調査に出かけていて留守だった。テントの中には、地図の束と、いつも持ち歩いている家族の写真。どれも私には見慣れたものだ。帰ろうとしたとき、革製の壁の高いところに、鏡がかかっているのに気づいた。そこにベッドが映り、カバーが小さく盛り上がっているのが見えた。イヌでもいるのかと思った。近寄ってジャラーバをめくると、アラブ人の少女が手足をしばられ、窮屈な姿勢で眠っていた。

一九三二年。バグノルドが調査を終え、マドックスと私とほかの仲間はあちこちに散っていた。カンビュセス王の埋没した軍勢を捜す者、ゼルジュラを捜す者……。三二年、三三年、三四年は、そうやって過ぎた。仲間の顔を一度も見ずに、何か月も過ごすことがあった。四十日の道を行き来するのは、私たちとベドウィンだけ。砂漠の民は、川のように砂漠を流れる。私の人生で出会った最高に美しい人々だった。私たちはドイツ人、イギリス人、ハンガリー人、アフリカ人と名乗る。だが、砂漠の民には国籍など意味がない。私たちもしだいに国籍を忘れ、私自身は国を憎むようになった。国は人をいびつにする。国などがあるから、マドックスも死んだ。

砂漠は風に舞う布。誰のものでもなく、誰も所有できない。石でつなぎとめることもできない。砂漠は古い。カンタベリーが生まれたとき、西洋と東洋が戦争と条約で結ばれたとき、砂漠はすでに何百という名前をもっていた。砂漠のキャラバンは、不思議な文化だ。連夜の饗宴《きょうえん》のあとに何も残さない。火の燃え残りすらない。私たちはみな、国という衣を脱ぎ捨てたいと思うようになった。遠いヨーロッパに家や子どもをもつ者もいたが、その人々も例外ではない。砂漠は信仰の場。人はオアシスの港を出て、火と砂の風景に消える。オアシスは水が立ち寄る場所……アイン、ビウル、ワジ、フォッガラ、ホッタラ、シャードゥーフ。じつに美しい。その美しい響きの横に、醜《みにく》い人名をさらすのは恥ずかしい。人の名前を消せ。国名を消せ。私は、砂漠からそれを教えられた。

だが、やはり、自分の足跡を残したがる者もいる。スーダンの北西、キレナイカの南。広大な砂漠のあの涸れ谷に、この砂丘に、ちっぽけな虚栄のしるしを残したがる者もいる。フェヌロン＝バーンズは、発見した化石木に自分の名前をつけたがった。ある部族に自分の名前を名乗らせたくて、一年間もそのための交渉をした。ボーシャンはさらにうわてだ。ある種の砂丘を、自分の名前で呼ばせることに成功したからな。だが、私は名前も国も消し去りたかった。戦争が始まったとき、私はもう十年も砂漠にいた。誰にも、どの国にも属さない私には、国境を越えることなど簡単だった。

一九三三年か三四年。どちらだったか忘れた。マドックス、カスパリウス、ベルマン、私。それに、スーダン人の運転手二人とコック。当時の私たちは、箱形車体のA型フォードで移動していた。タイヤには、初めて低圧タイヤを使ってみた。バルーン・タイヤと呼ばれる大きなやつ。石や岩のかけらの多い場所でどの程度もつかは賭《か》けだが、砂の上を走るには、ほかのタイヤよりぐあいがいい。

三月二十二日にハルガを発《た》った。ベルマンと私は、一つの仮説を検証しようとしていた。ウィリアムソンが一八三八年に書き残した説。三つのワジが——涸れ谷が——ゼルジュラをつくっていたという説。

ジルフ・ケビールの南西の砂漠に、三つの山塊がそびえ立っている。ほぼ十五マイル間隔で並ぶ巨大な花崗岩《かこうがん》の塊《かたまり》は、ジャバル・アルカヌ、ジャバル・ウエイナット、ジャバル・キッス。よい水の流れる谷間もいくつかあるが、ジャバル・アルカヌの湧き水だけは苦くて、非常のとき以外は飲めない。ウィリアムソンは、三つのワジがゼルジュラをつくると言った。だが、どこのどのワジかを言わなかった。だから、一般には作り話だとみなされていたが、この噴火口のような形の山に、降雨オアシスが一つでもあると仮定してみよう。すると、いくつもの謎が解ける。たとえば、カンビュセス王とその軍勢は、いったいなぜ、こんな砂漠を行軍しようと考えたのか。大戦中のセヌッシ族の襲撃もそうだ。水も草もないと考えられていた砂漠を、黒い巨人の襲撃隊が駆け抜けた。ここは、何世紀ものあいだ文明が存在し、一千の街道と小道をもつ世界だった。

アブ・バラスで、古代ギリシャ式の両手のついた壺《つぼ》を見つけた。ヘロドトスも、この種の壺のことを書いている。

エル・ジョフの要塞《ようさい》で、ヘビのような男と出会った。テブ族の不思議な老人。キャラバンのガイドで生活しているという。かつて偉大なセヌッシ首長の図書室だったという石造りの部屋で、ベルマンと私は老人にいろいろと尋ねた。強い訛《なま》りのあるそのアラビア語こそ、ヘロドトスの言う「コウモリのキーキー声のような」言葉ではなかったか、とベルマンが言った。昼も夜も尋ねつづけたが、結局、老人からは何も聞き出せなかった。セヌッシ族の決意はまだ固い。外部の者に砂漠の秘密を明かすな――その教えはまだ生きている。

ワジ・エル・メリクで新種の鳥を見かけた。

五月五日。岩壁をよじのぼり、新しい方角からウェイナット高原に近づいてみた。すると、どうだろう。私は、アカシアの林立する広いワジの中にいた。

新しく旅をした場所に、自分の名前でなく恋人の名前をつけた時代がある。砂漠のキャラバンの隊列の中で、水浴びをしている女がいる。片腕を前に突き出し、その手にもつモスリンの布で体を隠しながら、革製のバケツで水を浴びている。それは年老いたアラブ詩人の愛妾《あいしょう》。詩人は、ハトのように白い女の肩に目を射《い》られ、瞬間、女の名前でオアシスをうたう。やがて、女は手にしていた布で身をくるむ。視線をさえぎられた老詩人は、またゼルジュラの歌にもどる。

砂漠を旅する人間は、こうして、一つの名前の中にとらえられることがある。それは、発見した井戸の中におりてみるようなもの。あまりの涼しさに、その陰った空間にいつまでも埋もれていたいと願う。私も、あのアカシアの木々を離れたくなかった。そこは決して前人未到の地ではない。何世紀ものあいだ、人が急に住み着いては、たちまち去っていった場所だ。十四世紀の軍勢、テブ族のキャラバン、一九一五年にはセヌッシ族の襲撃隊。だが、そんなまれな瞬間を除いては、無人の地だった。雨が降らなければ、アカシアは枯れ、ワジは干上がる……五十年後、あるいは百年後につぎの雨が降るまではな。不規則に現れては、また消える。歴史を流れる伝説や噂に似ている。

砂漠でもっとも愛される水は、恋人の名のように両手に青くたたえられ、喉《のど》に注がれる。人は、そうやって恋人の不在を飲み込む。カイロに一人の女がいた。白い体をしならせてベッドから起き上がり、窓から身を乗り出して、裸の全身に雷雨を受け止めた。

ハナは、患者の心がさまよいはじめたのを感じ、上体を前に傾ける。何も言わずに、患者を見つめつづける。それは誰なの？　その女は……？

植民主義者は、地図上の世界の端を一所懸命向こうに押しやって、勢力圏を拡大しようとする。こちら側には、召し使いと、奴隷《どれい》と、権力の盛衰と、地理学協会との書簡のやりとりがある。向こう側には、大河に踏み込む白人の第一歩があり、太古の昔から存在する大山脈の、白人による新発見がある。だが、世界の果てというものは、そんな地図上の話ではない。

若いころは、誰も鏡など見ない。鏡を見るのは、年をとってからだ。年をとると、名前や評判が気になりはじめる。自分の人生が将来にどんな意味をもつのか、考えるようになる。名前が自慢の種になる。われこそ最初の発見者、われこそ最強の軍隊、われこそ最高の商人……。ナルキッソスも、老いると自分の像を刻んでもらいたがる。

だが、私たちの関心は、未来にはなかった。重要なのは過去。自分の人生が、過去にどんな意味をもつかだ。私たちは若く、権力や財力が一時のものであることを知っていた。「先の時代に偉大だった都市は、いま衰えて小さくなり、私の時代に偉大である都市は、先の時代には小さかった……人の幸運は、決して同じ場所にとどまらない」私たちはヘロドトスに共感した。

ジェフリー・クリフトンという若者がいた。一九三六年、私たちの仕事をオックスフォードで友人から聞き込み、私に接触してきた。翌日結婚して、二週間後には、新妻を連れてカイロに飛んできた。

私たちは四人。ケマル・エッディン王子、ベル、アルマーシ、マドックス。その四人の世界に、クリフトン夫妻が入り込んできた。当時、私たちの口にのぼる名前は、相変わらずジルフ・ケビール。ジルフのどこかに、ゼルジュラが抱かれている。アラブ人には十三世紀の昔から知られていたゼルジュラ。その探索は遠い過去への旅になる。おそらく、飛行機は欠かせまい。若いクリフトンは裕福で、飛行機をもち、それを操縦できた。

ウェイナットの北、エル・ジョフまで、クリフトンは私たちに会いに飛んできた。二人乗りの飛行機が着陸し、私たちはベースキャンプから歩いて、飛行機を出迎えた。操縦席のクリフトンが立ち上がり、小瓶の中身を少し地面にこぼすと、「この地をビウル・メッサハ・カントリークラブと命名しよう」と言った。横に新妻がすわっていた。

新妻の人なつこい顔に、不安が読み取れた。革製のヘルメットを脱ぐと、中からライオンのようなたてがみが現れた。

二人とも若かった。私たちの子どもと言ってよいほどに……。飛行機をおりてきて、私たちと握手をした。

あれは一九三六年。すべてはそこから始まる……。

二人は飛行機の翼から飛びおりた。クリフトンが小瓶を差し出しながら歩いてきて、私たちは生ぬるいアルコールを回し飲みした。儀式ばることの好きな男だった。愛機を『ルーパート・ベア』と名づけていた。べつに、砂漠が好きだったわけではあるまい。おそらくは、怖いもの見たさ。砂漠生活の厳しさに驚き、畏怖《いふ》し、あこがれたのだ。嬉《うれ》しさいっぱいの新入生が、大学図書館の静寂にあこがれるようなものかな。新妻まで連れてきたのは意外だったが、誰もあからさまに文句は言わなかった。新妻は、たてがみのような髪に砂を積もらせながら、わきに立っていた。

若い二人にとって、私たちはなんだったのだろう。私たちが書く本といえば、砂丘の生成のこと、オアシスの消失と出現のこと、砂漠の失われた文明のこと。話すことは、緯度がどうのこうの。七百年まえの出来事に、探検理論。ズークのオアシスでラクダの放牧をしていたアブドゥル・メリク・イブラーヒームル・ズワヤが、あの部族で初めて写真というものを理解した男だったこと……。すべては、売り買いできないもの、外部世界には無意味な事柄。私たちは、そんなことにしか興味をもてない人種だったのに。

クリフトン夫妻は新婚旅行を兼ね、最後にアフリカに飛んできたのだと言った。私は二人のもてなしを仲間にまかせ、クフラに出かけた。仲間にも秘密にしていた理論があって、その検証のため、ある男に会う必要があった。エル・ジョフのキャンプには、三日後の夜にもどった。私たちはキャンプの焚き火を囲んでいた。クリフトン夫妻、マドックス、ベル、私。火明かりは弱く、数インチ後ろに背をそらせるだけで、体が闇にとけこむ。キャサリン・クリフトンが何やら暗唱を始めたとき、私の頭は、もう、焚き火の光の中にはなかった。

顔立ちに、由緒《ゆいしょ》正しい家柄が見てとれた。両親は法制史の研究家だという。おそらく、有名な人々なのだろう。私は詩など好まない人間だった……あの夜、キャサリンの声が暗唱するのを聞くまでは。あの砂漠で、キャサリンが学生時代の日々を私たちの真ん中に持ち込み、星を語ってくれるまでは。アダムが優雅な隠喩《いんゆ》に託し、イブに説き聞かせたままを教えてくれるまでは……。

なればこそ、
夜の闇に見る人はなくとも、

星の輝きが虚《むな》しいとは言えぬ。
人はおらずとも、
天に観客は不足せず、
神に讃美《さんび》は不足せぬ。
われらが目覚めるときも眠るときも、
われらの目には見えずとも、
幾百万の霊なるものが地上を歩み、
神の御業《みわざ》を讃《たた》えながら、
昼も夜も仰ぎ見るゆえ。
こだまする山腹からも繁《しげ》みからも、
あるいはひとり、あるいは他者と調べを合わせ、
霊なるものの声が大いなる造り主を讃え、
夜空に響きわたるを、
われらは絶えず聞かざりしか。

あの夜、私はキャサリンの声に恋をした。声だけにだ。私は立ち上がって、その場を去った。あの声よりほかには、何も聞きたくなかった。

キャサリン・クリフトンは柳。冬になり、私の年齢《とし》になったら、どうなってしまうのかと思う。私はいつも――いまでも――アダムの目でキャサリンを見ている。飛行機からおりてくるぎこちないあの脚。私たちに交じり、かがんで焚き火をつついているあの腕。水筒から水を飲むとき、私に向けて鋭く曲げられたあの肘《ひじ》を。

数か月後。カイロのダンス・パーティーで、キャサリンとワルツを踊った。いくぶん酔っていたのに、毅然《きぜん》とした表情で、近寄りがたかった。あれが――まだ恋人どうしではなく、二人とも半分酔っ払っていたあのときの表情が――ほんとうのキャサリンをいちばんよく表していた……と、いまでも私は思っている。

あの表情は何を言おうとしていたのだろう。私は長いあいだ考えてきた。さげすみか？　最初はそう思えた。だが、いまは、私という人間を推し量ろうとしていただけだと思う。私の中の何かに驚き、それが何なのか、無邪気に知ろうとしていただけなのだと思う。私自身はいつものバーで、いつもどおりに振る舞っていたにすぎない。だが、相手がいつものような相手ではなかった。ふだんの私は、相手によって振る舞い方を変える。だが、あのときは、相手が自分の子どものように若いことを忘れていた。

私をじっと観察していた。それだけのことだったのだ。なのに、キャサリンの彫像のような視線に、私は見当ちがいの動きを読み込んでいた。心のうちをさらけ出してくれるような何かを捜していた。

私に地図をくれ。町をつくってみせよう。鉛筆をくれ。南カイロのあの部屋を描いてみせよう。壁に塗られていた砂漠の地図も含めて、そっくりに。二人のあいだには、いつもあの砂漠があった。目覚めると、地中海沿岸の町が目に入る。古くから人が住み着いたガザラ、トブルク、メルサ・マトルー。南には手書きのワジがあり、そのワジを取り囲んで、さまざまな色合いの黄色がある。私たちが侵略した場所、飲み込まれたいと望んだ場所……。

「私に与えられた任務は、数度にわたるジルフ・ケビール遠征を手短にご説明申し上げることです。そのあとで、ベルマン博士が、皆様を数千年まえの砂漠にご案内いたします……」ケンジントン・ゴアに集まった地理学者の前で、マドックスはそう話しはじめた。だが、地理学協会の議事録のどこを捜しても、密通の詳細はない。協会のカシ張りの部屋では、あらゆる砂丘、あらゆる歴史上の出来事が報告されたが、二人のあの部屋はどの報告にもない。

カイロには、羽根のはえた大通りがある。輸入オウムが何列にも並ぶ通り。そこを歩く人は、能弁な鳥に怒鳴られる。罵《ののし》られ、口笛でひやかされる。オウムは、小さな籠《かご》で砂漠を運ばれてくる。どの部族が、どの絹の道またはラクダの道を運んできたのか、私にはわかる。鳥は奴隷の手でつかまえられ、赤道直下の楽園で花のように摘《つ》まれ、竹籠に入れられ、交易という川の流れに乗って四十日の旅をしてくる。中世の花嫁のように。

二人はオウムに囲まれて立っていた。キャサリンには初めての町。私は案内人。キャサリンの手が私の手首に触れた。

「私の命をあげると言ったら、あなたはどうなさる？　きっと捨ててしまうわね」

私は何も言わなかった。

Ⅴ　キャサリン

初めてあの男の夢を見たとき、女は夫の横で絶叫しながら目覚めた。

そこは夫婦の寝室。女は口をあけたまま、大きく見開いた目でシーツの一点を見つめていた。

その背中に、夫が手を置いた。

「どうした。悪い夢でも見たか」

「ええ」

「水でも持ってこようか」

「お願い」

女はみじろぎしない。横になると、あの男のいるあの空間にもどりそうな気がする。

夢の中の出来事は、この部屋で起こった。男の手が首にかかり（女はそこに触れてみた）、男の怒りが自分に向けられていた。最初数度の出会いですでに感じていたあの怒り。いや、怒りというより、強い無視。仲間うちに人妻が入り込んできたことへの苛立《いらだ》ち。二人は獣のように、前のめりに重なり合っていた。首にかかった男の手が後ろに強く引かれ、女は昂《たか》ぶりのうちに息を詰まらせた。

夫がコップに水を満たし、皿にのせて持ってきた。だが、女は腕を持ち上げられない。ふるえて、力が入らない。夫が慣れない手つきでコップを妻の口もとに運び、塩素臭い水を流し込んだ。一部が顎《あご》を伝い、胸から腹へ垂れた。ふたたび横になった女は、いま見たことを思い返すひまもなく、たちまち深い眠りに落ちた。

あれが最初だった。翌日、ちらりと思い出したが、そのときは忙しかった。意味をあれこれと考える気にもならず、心から追い出した。あれは、混雑した夜に起きた偶然の衝突。それ以上のことではないわ……と。

そして一年後。もっと危険な夢が連続してやってきた。今度は安らかな夢。だが、そんな夢の中でさえ、女は首にかけられた男の手を思い出し、二人をつつむ静けさが暴力的激しさへ急旋回することを予感していた。

誘惑の餌《えさ》をまいたのは誰？　思いもしない人のところへ誘ったのは？　それは、一つの夢。そして、また一連の夢。

近さのせいだ、と男はのちに言った。砂漠の近さのせいだ。ここではそういうことが起こる、と。近さのせい——男はよくそう言う。水の近さのせい。砂海を六時間も車で行くときの、乗り合った者どうしの近さのせい。女の汗ばんだ膝《ひざ》が、トラックのギアボックスのわきにある。それは左右に揺れ、砂の隆起に合わせて上下する。砂漠には、四方八方どこでも見るだけの時間がある、と男は言う。周囲のあらゆるものを見て、万物のありようを理論づけられる、と。

そんな話し方をする男を、女は憎んだ。表情こそ穏やかに保《たも》つが、心では男を張り倒している。ひっぱたきたい気持ちはいつでもある。だが、その気持ちにさえ性的なニュアンスがある。女はそれに気づいている。

男にとって、すべての社会はヘロドトスの歴史で解き明かされる。同様に、すべての関係はパターンに分類される。近いか、そうでなければ遠い関係。それだけのこと。男は、世間のことに経験が深いつもりでいる。だが、その世間からは、もう何年もまえに足を洗ったも同然。いまは砂漠の、半ばでっちあげられた世界の探検にうつつを抜かしている。そのことを男は忘れている。

三人の男は翌朝出発する。カイロ空港で、一行は車に装備を積み込んだ。そのあと、夫は飛行機の燃料系統の点検に残り、マドックスは電報を打ちに大使館へ行った。男は、これから町に酔っ払いに行く。カイロでの最後の夜は、いつもそうする。まず、マダム・バディンのオペラ・カジノ。そして、パシャ・ホテルの裏通り。だから、すべての荷造りを夜になるまえにすませておく。つぎの朝、二日酔いのままトラックに這《は》い込めばいいように。

男は、女を乗せて町に向かった。だが、この時刻には道路がごった返し、なかなか前に進めない。大気が湿っている。

「なんて暑いの。ビールが飲みたいわ。あなたもいかが」

「いや。することが山ほどある。あと二時間で片づけねば。遠慮しよう」

「そう。邪魔をするつもりはないわ」

「今度もどってきたときに付き合うよ」

「三週間後に。でしょ?」

「そんなところだ」

「私も行けたらいいのに」

これには男の答えがない。ブラク橋を越えると、混雑はさらにひどくなった。多すぎる荷車と、多すぎる歩行者。どの通りも占領されている。男は南に折れ、ナイル川に沿って、女の泊まっているセミラミス・ホテルに向かった。粗末な家並みが尽きるところにある。

「今度こそゼルジュラを見つけるんでしょう?」

「ああ、今度こそ必ず見つける」

男は、昔の男にもどったよう。途中、ほとんど女のほうを見ない。渋滞で、五分以上も止まったままのときでさえ。

ホテルでは、無礼なほど慇懃《いんぎん》。男のそんな態度が、ますます女を怒らせる。だが、二人とも礼儀正しさをよそおう。服を着たイヌみたい、と女は思う。どこへでも消えてなくなるといいわ。夫の仕事仲間でなかったら、二度と会うものですか……。

男は荷台から女の荷物をとり、ロビーへ運ぼうとしていた。

「ここへちょうだい。自分で運ぶから」助手席からおりた女の背中に、汗でシャツが張りついていた。

ドアマンが来て荷物を受け取ろうとしたが、「いや、ご婦人は自分で運びたいそうだ」と男が断った。男の越権に、女はまた腹を立てた。ドアマンが去り、向き直った女に、男が荷物を手渡した。女はそれを慣れない両手にとり、重さで少し後ろに反り返るようにして、体の前にぶら下げた。

「じゃ、さようなら。幸運を祈るわ」

「ああ。私がついているから、誰のことも心配いらない」

女はうなずいた。女は建物の影の中にいる。男は、暑さを忘れたかのように、厳しい日差しの中に立っている。

男が女に歩み寄る。さらに近く。抱きしめるのか、と女は一瞬思うが、男は右腕を前に突き出し、女のむき出しの首に触れながら、また引っ込めた。肘から手首まで、男の湿った前腕が肌をこすっていった。

「じゃあな」

男はトラックにもどった。男の腕の動きは、刃をまねたように見えた。女は、首に残る男の汗を血糊《ちのり》のように感じていた。

女はクッションを拾い上げ、膝に置いて、男への盾にする。「あなたが私を抱いたら、抱かれたって言うわ。嘘《うそ》はつかない。私があなたを抱いたら、やっぱり抱いたって言う。嘘はつかない」

女はクッションを心臓のあたりに移動させる。抑制のきかなくなった自分の一部を押さえつけ、窒息させようとする。

「君は何がいちばんきらいだ」男が尋ねる。

「嘘よ。あなたは?」

「束縛。ここを出たら、私を忘れてほしい」

女のこぶしが男に向かって振られ、目の下の骨を強く打つ。女は服を着て、出ていく。


毎日、男は家に帰ると、鏡で黒い痣《あざ》をながめた。そのうち、痣より、顔の形が気になりはじめた。眉《まゆ》がこんなに長いとは知らなかった。砂色の髪に灰色が混じりはじめていることも。鏡で自分の顔を見るのは、何年ぶりか。それにしても、長い眉……。


男を女から遠ざけておくことは、誰にもできない。

マドックスと砂漠に出ていないとき、ベルマンとアラブ図書館に籠《こも》っていないとき、男はグロッピ公園で女と会っている。そこには、十分に水をやったプラム庭園がある。女がいちばん幸せそうに見える場所。この女は、水分をほしがる生き物だ。背の低い緑の生け垣やシダを愛する生き物。だが、これほど大量の緑は、男にはカーニバルにも思える。

グロッピ公園を出て、二人は遠回りに旧市街に向かう。そこは南カイロ。ヨーロッパ人がほとんど行かない市場の町。男の部屋には、壁という壁に地図が貼《は》ってある。生活のための家具や調度がないわけではないが、まだベースキャンプの雰囲気がある。

二人は互いの腕の中で寝ている。扇風機が規則的に風と影を送る。午前中、ベルマンと男は考古学博物館に籠り、アラビア語の文献とヨーロッパの歴史書を突き合わせていた。こだまを捜し、偶然の一致を捜し、名前の変化を捜した。ヘロドトスを通り過ぎ、『アル・キターブル・クヌージ』まで。ゼルジュラに、水浴びをするキャラバンの女の名をつけた秘宝の書まで。あの博物館にも、ゆっくりとめぐる扇風機の影があった。この男の部屋にも、子ども時代の物語と、種痘跡の由来と、キスの作法の親密なやりとりがある。

「どうしたらいいの？　私はどうしたらいいの？　どうしてあなたの愛人になんかなれるの？　あの人は、きっと気が狂ってしまう」

傷、傷、傷……。

さまざまな色の痣がある。鮮やかな小豆色から茶色まで。皿をもった女がつかつかと歩み寄り、中身を宙にまき散らしながら、男の頭に打ちおろす。砂色の髪のあいだに血が湧《わ》き上がる。フォークが肩の後ろに突き刺さり、医者はキツネの嚙《か》み傷かと疑う。

女を腕に抱きしめるとき、男はまず周囲を見回すようになった。手の届くところに危険物はないか。公《おおやけ》の場で、他人と連れだった女に出会う。そのとき、男は痣だらけ。頭には包帯がある。タクシーが急ブレーキをかけて、あいていた窓にぶつけたもので……と言い訳をする。

だが、前腕にもミミズばれがあり、ヨードチンキが塗ってある。男が急に事故に遭いやすくなったことを、マドックスは心配する。男のへたな言い訳を、女は胸のうちであざ笑う。夫がマドックスをつつき、もう年なんだろう、眼鏡が必要じゃないのか、とささやく。どこかの女にやられたのよ、と女が言う。ほら、女の引っ掻《か》き傷や嚙み傷によく似てるじゃない……。サソリだよ、と男が言う。アンドロクトヌス・アウストラリス……。

はがき。きれいな手書きの文字が長方形を埋めている。

一日の半分は、あなたに触れずにいることに堪えられない。残りの半分は、もうどうでもいいと思う。二度とあなたに会えなくたって、少しもかまわないと思う。これは道徳なんかの問題じゃない。忍耐力の問題よ。

日付も名前もない。

ときおり、男の部屋で女が一夜を過ごせることがある。夜明けまえ、市内三つのミナレットで祈りが始まり、二人を目覚めさせる。南カイロと女の家のあいだには、インディゴ市場がある。男と女はそこを通る。一つのミナレットの呼びかけに、別のミナレットが応《こた》え、美しい信仰の歌が矢のように空気中を飛び交う。だが、歩いていく二人には、自分たちのことを噂《うわさ》し合っているように聞こえる。炭と麻の匂《にお》いが漂いはじめ、冷たい朝の空気の奥行きが増した。聖なる町を二人の罪人が歩いていく。

男は、レストランのテーブルを腕で大きく掃き、皿やグラスを払い落とす。市内のどこかで女がこの大音響を聞きつけ、はっと顔を上げるさまを思い描く。女のいないときの孤独。経線に沿って砂漠の町から町へ何マイル旅しても、まったく孤独など感じなかったこの男が……。砂漠にいれば、両手を椀《わん》にして、そこに女の不在を包み込んで飲みほせる。飲めば、水以上に渇きが癒《い》える。男は、エル・タジ近くに生息するあの植物を思った。芯《しん》をくりぬくと、そこに植物的慈愛に満ちた液体がたまる。毎朝飲んでも、つぎの朝には、また芯と同量の液体がたまる。芯をくりぬかれた植物は一年間元気でいるが、そのあと、あれやこれやの不足から死んでしまう。

男は、部屋の色あせた地図に囲まれて寝ている。だが、キャサリンがいない。渇きのなかで、男はすべての社会規範と儀礼を焼き尽くしたいと願う。

女が他人とどんな生活を送ろうが、男にはもう関心がない。ほしいものは、ただ、女の忍び歩く美しさ。さまざまに変化するあの表情。こっそり、小さく、熱と光を反射し合うこと。閉じた本の隣り合う二ページのように、反射の距離を最小にし、異質のものどうし親密に寄り添うこと……。

女の手で、男は瓦解《がかい》させられた。
だが、女が男を瓦解させたと言うなら、男は女に何をしたのか。

女が周囲に階級の壁をめぐらし、その中に閉じこもるとき、男はそんな女の真横に大人数の人々と立ち、自分では笑わない冗談を連発する。いつもに似ず饒舌《じょうぜつ》になって、探検の歴史のあれこれをあげつらい、悪口を言う。不幸なとき、男はいつもそうする。マドックスだけが男のその癖を知っている。女は誰にでも笑いかけ、部屋の置物にさえ微笑《ほほえ》みかけ、飾られた花や、どうでもいいあれこれをほめちぎる。だが、男の視線だけは受け止めようとしない。男の振舞いを誤解し、これで男は満足なのだと思い込む。そして、壁の厚さを二倍にして自分を守ろうとする。

男には、女の中にあるこの壁が我慢できない。あなたも壁をつくってる、と女は言う。だから、私だって……と。そう言うときの女のきらめくような美しさに、男は堪えられない。美しく着飾った白い顔の女は、誰からの微笑みにも笑い返す。だが、男の怒りの冗談には、曖昧《あいまい》に口元を緩めてみせるだけだ。男は、誰もが知っている探検を引き合いに出し、眉をひそめたくなるような難癖をつけつづける。

グロッピ公園のバーのロビーで二人は出会い、型どおりに挨拶《あいさつ》する。だが、女が背を向けた瞬間、男は気が狂いそうになる。女を失う？　承知できない。女を抱きつづけるか、女に抱かれつづける保証がなければ、承知できない。互いに癒《いや》し合い、ここから抜け出られれば、と思う。だが、壁があっては、それは不可能なこと。

カイロの男の部屋に日の光が射《さ》し込む。すべての緊張が体の芯に集まり、日記代わりのヘロドトスに置かれた男の手には力がない。だから、単語も正しく書けない。ペンの軌跡はミミズのように無意味にのたくる。「陽光」と書こうとするが書けない。「愛」と書こうとするが書けない。

部屋には、川面《かわも》とその向こうの砂漠から射す光しかない。それが女の首と足と、男の愛する右腕の種痘跡を照らす。女はベッドにすわり、自分の裸身をだきかかえている。男は、汗の浮かぶ女の肩をてのひらでなでている。そして、これは私の肩だ、と思う。夫のものではない、私の肩だ、と。恋人どうしの二人は、互いに体の一部を与え合った。川沿いのこの部屋で。

二人が過ごした数時間のあいだに、部屋は急速に暗くなった。いま、川面と砂漠からの光だけが残る。めずらしく雨音が聞こえはじめた。二人は窓際《まどぎわ》に歩み寄り、両腕を突き出す。思い切り外へ乗り出し、体じゅうに雨を受け止めようとする。どの通りからも、夕立への歓声が上がる。

「私たちが愛し合うのは、これが最後。もう二度と会うことはないわ」

「わかっている」と男が言う。

女が別離を言いつづけた夜。

女は内に籠り、恐ろしい良心の鎧《よろい》をまとってすわりつづける。男はそれを貫けない。近づけるのは肉体だけ。

「もう二度と。何が起ころうとも」

「ああ」

「あの人は気が狂ってしまう。あなたにはわかっているの？」

男は何も言わない。女を自分の内に引き込もうとする試みを放棄する。

一時間後、乾いた夜の中に二人は歩み出る。遠くから蓄音機のかなでる歌が流れてくる。あれは映画館。暑くて、窓を開け放している。映画館が閉じ、女の知人が出てくるまえに、二人は別れなければならない。

二人は、大聖堂わきの植物園にいる。女は一粒の涙を見る。体を寄せ、それを舌にとって、口に含む。いつか、女のために料理しながら、男が手を切った。あのときも、女はその血を口に含んだ。血。涙。男の体から何もかもが失《う》せた。残るのは煙だけのような気がする。脈打つのは、将来も女を欲しつづけるという確信。言いたいことはある。だが、この女には言えない。女の無防備が傷口のようだから。その若さが、まだ死を知らないから。男がいちばん愛しているのは、女の妥協のなさ。女の愛する詩の中のロマンスは、まだ現実世界と矛盾なく共存する。妥協を知れば、女の世界秩序は消失する。男がいちばん愛するもの。愛するから、それを変えることはできない。

九月二十八日。女が別離を言いつづけた夜。木々に降った夕立は、暑い月の光でもう乾き、男の上には一滴の涼しい涙も落とさない。グロッピ公園でのこの別れ。通りの向こうの高い窓には光。夫がもう家に帰っているのかどうか、男は尋ねない。

背の高いタビビトノキが並び、二人の上に葉を広げている。それは、男の上にかぶさろうとする女の頭と髪を思わせる。まだ恋人だったときの女の……。

いまは一度の抱擁《ほうよう》だけ。キスもない。男は女の腕をふりほどき、歩み去る。そして、振り向く。女はまだそこにいる。男は、女から数ヤードのところへ引き返し、強調のために指を一本突き出す。

「言っておくぞ。寂しくなんかない」

笑おうとする男の顔が恐ろしく、女は顔をそむけようとして、門柱にぶつかる。痛さで、一瞬ひるむのがわかる。だが、二人はすでに別れ、それぞれのうちに——女の意志でつくられた壁の内側に——籠った。女のたじろぎも、痛みも、偶然のこと。だが、意図されたこと。女の手がこめかみを押さえている。

「時間の問題よ」女が言う。

少しまえ、女は男にささやいていた。お互い、これからは自分の魂《たましい》を見つけるか、失うか、二つに一つね、と。

どうしてこうなった。恋に落ちての瓦解とは……。

私は女の腕にだかれていた。種痘の跡が見たくて、シャツの袖《そで》を肩まで押し上げた。女の腕に残る色あせた光輪。私はそれを愛していた。私にはあの器具が見える。女の腕を刺し、牛痘を植え込み、皮膚から離れていったあの器具。何年もまえ、女が九歳だったとき。小学校の体育館で……。

Ⅵ　埋もれた飛行機

男の視線はぎらつく二本の道となり、長いベッドをすそのほうに向かう。その先にはハナがいる。男の体を洗いおえ、いまアンプルの先を折って、モルヒネ注射の用意をしている。ベッドに横たえられた人形《ひとがた》は、やがてモルヒネの船に乗る。船は体内をめぐり、時間と空間を圧縮する。ちょうど、地図が世界を二次元に圧縮するように。

カイロの夕暮れは長い。海のような夜空に、タカが列をなして飛ぶ。だが、黄昏《たそがれ》の地平線に近づくと、いっせいに散る。散って、砂漠の最後の残照に弧を描く。畑に一つかみの種がまかれたように見える。

一九三六年のカイロでは、何でも買えた。口笛の音程を聞き分けるイヌや鳥がいた。ある音程で吹くと飛んでくる。女の小指をしばる恐ろしい革紐《かわひも》も売っていた。これでつながれた女は、市場の雑踏の中でも持ち主から逃げられない。

カイロの北東部に、敬虔《けいけん》な学生の集う大きな中庭がある。その向こうにアル・ハーヌル・ハリーリ市場がある。その狭い通りを見おろすと、なまこ板の屋根に寝そべるたくさんのネコが見える。そのネコは、さらに十フィート下の通りと、そこに並ぶ露店を見おろしている。私たちの部屋はすべての上にあった。窓を開けば、ミナレットと、フェラッカ船と、ネコが見える。すさまじい騒音が入ってくる。その部屋で、キャサリンは子どもの頃に遊んだ庭の話をした。眠れないときは、いつも母親の庭の話をした。丹精こめた花壇の一つ一つ、魚の泳ぐ池に張った十二月の氷、バラの這《は》う棚や格子《こうし》のきしみ……。話しおわると、私の手首をとる。血管の集まるあたりをつかんで、自分の首の根元にある窪《くぼ》みにそっと導く。


一九三七年三月。ウェイナット。マドックスは、空気の薄さでいらいらしている。海抜千五百フィートなど、たいした高さではない。なのに、マドックスは気分がすぐれない。結局、砂漠の男なのだ、あれは。家族の住むサマセット州マーストン・マグナを離れてから、すべての生活習慣を砂漠に適応させてきた男。海抜0フィートと、恒常的な乾燥状態に順応しきった男。

「おい、マドックス。女性の首の根元にある窪みを何と呼ぶんだ。首の前の、ここのところ。ちゃんとした名前はあるのかな。ちょうど親指で押した大きさの、これは……?」

ぎらつく正午の太陽の下で、マドックスは、一瞬、私を見た。そして、「しっかりしろよ」とつぶやいた。

「話して聞かせることがある」カラバッジョがハナに言う。「戦争中ドイツに協力していたハンガリー人のことだ。名前をアルマーシという。しばらくは、北アフリカのドイツ軍といっしょに行動していたが、そんなところに置いておくには、もったいない男だ。なにしろ、一九三〇年代には偉大な砂漠探検家として知られていてな、砂漠の水源を全部知ってるんだ。砂海の地図を作るのにも功績があったし、砂漠のことなら何でも知ってる。方言も全部わかる。どこかで聞いたような話だと思わんか。戦前はカイロに腰をすえて、何度も砂漠探検に出かけていた。一つは、失われたオアシス、ゼルジュラの探検だ。そのうち戦争が始まって、こいつはドイツと手を組んだ。一九四一年には、スパイの案内役になってる。砂漠を越えて、カイロまでスパイを連れていった。要するにな、あのイギリス人の患者は……あれはイギリス人じゃないと思う」

「あら、イギリス人のはずよ。でなきゃ、グロスターシャーの花壇はどうなるの」

「だからさ、それこそ非の打ち所のない経歴ってわけだ。二日まえ、イヌに名前をつけようとしたときのこと、覚えてるか」

「ええ」

「あいつは、なんて言った」

「あの夜は、ちょっとおかしかったわ」

「ちょっとどころじゃない。おれがモルヒネをおまけしてやったからな。あいつの言った名前を覚えてるか。八つあげた。五つはただの冗談だが、あとの三つが問題だ。キケロと、ゼルジュラと、デリラ」

「どう問題なの」

「キケロってのは、イギリスがあぶり出したあるスパイの暗号名だ。二重スパイで、そのうち三重スパイになった。結局、逃げおおせたがな。ゼルジュラはもっと複雑だ」

「ゼルジュラなら知ってるわ。いつも話してるもの。話してるっていうなら、庭園のことも同じだけど」

「だが、いまは砂漠のことばっかりだろ？　イギリス庭園のほうは、だんだん怪しくなってきた。なにしろ死にかけてるからな。二階にいるのはスパイの案内人、アルマーシじゃないかとおれは思う」

　リンネル室の古い籐籠《とうかご》にすわったまま、二人は顔を見合わせている。「ありえないことじゃない」と、カラバッジョが肩をすくめる。

「私は、イギリス人だと思うわ」ハナは、両頰を内側に吸い込むように口をすぼめる。自分のことを何か考えているときの、いつものしぐさ。

「おまえがあの男を愛してるのは知ってるさ。だが、あいつはイギリス人じゃない。おれは、戦争初期にカイロにいて、トリポリの枢軸軍《すうじく》の動静を探ってたんだ。ロンメルのレベッカ・スパイのことも……」

「何なの、それ。レベッカ・スパイって？」

「一九四二年のことだ。エル・アラメインの戦いのまえにな、カイロにエプラーっていうドイツのスパイが送り込まれてきた。軍隊の動きをロンメルに伝えるのに、ダフネ・デュ・モーリアの『レベッカ』を暗号帳に使っていた。だから、レベッカ・スパイさ。当時のイギリスの諜《ちょう》報《ほう》関係者は、みんなこの小説の愛読者になったよ。おれさえも読んだからな」

「おじさんが本を読んだの？」

「ありがとよ。なんて言いぐさだ。で、ロンメルじきじきの頼みで、このエプラーをカイロまで案内したのが、われらのラディスラウス・ド・アルマーシ伯爵《はくしゃく》さ。トリポリから、はるばる砂漠を越えてカイロまでだぞ。当時、通り抜けることは不可能と思われてた砂漠をだ……。戦前のアルマーシには、イギリス人の友人が何人もいたんだ。どれも名の知れた探検家でな。だが、戦争が始まると、アルマーシはなぜかドイツ側についた。ロンメルはこの男に頼んで、カイロまでエプラーを連れていかせた。わざわざ砂漠を行かせたのは、そりゃ、飛行機やパラシュートで行ったんじゃ、目立ちすぎるものな。みごと砂漠を横断して、ナイル・デルタにスパイを送り届けた」

「ずいぶん詳しいのね」

「おれはカイロにいたんだぞ。やつらを追ってたんだ。連中は総勢八人。ジャロから砂漠に入ったが、トラックがしょっちゅう砂に埋もれてな、それを掘り出し掘り出しの旅だった。アルマーシは、まずウェイナットを目指した。あの花崗岩《かこうがん》の台地には水があるし、休むのにいい洞《どう》窟《くつ》もある。一九三〇年代に、あいつはここで壁画のある洞窟を発見している。恰好《かっこう》の中間点だ。だが、ウェイナットには、そのとき連合軍がうようよしていてな、井戸も使えなかった。で、連中はそのまま砂漠に引き返した。イギリス軍の燃料貯蔵所を襲って、車の燃料タンクをいっぱいにしたり、ハルガ・オアシスじゃイギリス軍の制服に着替えて、車にイギリス軍のナンバー・プレートまでつけたりしてな。途中、上空から見つかったんだが、そのときは、どっかの涸《か》れ谷に隠れて、三日間、一歩も動かなかった。砂んなかで、さぞかし黒こげになったろうよ。三週間かかってカイロに着くと、アルマーシはエプラーと握手して、別れた。それ以後の消息は不明だ。今度は一人で砂漠に引き返したから、きっと、また砂漠を通ってトリポリにもどったんだと思うが、姿を見られたのはカイロが最後だ。結局、イギリス軍はエプラーをつかまえた。そして、レベッカの暗号を使って、エル・アラメインの偽《にせ》情報をロンメルに送ったというわけだ」

「私には信じられない話だわ、おじさん」

「カイロで、エプラーをつかまえるのに協力した男がいる。サムソンという」

「サムソン……と、デリラ?」

「そのとおり」

「じゃ、サムソンがあの人じゃない?」

「おれも、初めはそう思った。これも、アルマーシによく似た人物でな、やっぱり砂漠人間だし、レバントで少年時代を過ごしていて、ベドウィンにも詳しい。だがな、こいつは飛行機の操縦ができん。一方、アルマーシは飛べた。そして、二階のあいつは飛行機で墜落したんだろ？　結局、あいつに行き着くんだ。大火傷《おおやけど》して顔もわからん男。なぜか、ピサでイギリス軍の保護下に置かれるようになったあの男にな。アルマーシなら、イギリスの学校に行ってたから、イギリス人として通用する。カイロじゃ、イギリス人スパイって呼ばれてたほどだ」

ハナは籐籠にすわったまま、カラバッジョを見ていた。「あの人をそっとしておいて。どっちの味方だって、もう関係ないわ。ちがう？」

「あいつと、もう少し話がしたいんだ。もうちょっとモルヒネをやって、全部話させたい。おれとあいつで、とことん話し合う。わかるか？　どういう結末になるか見たいんだよ、デリラやゼルジュラが……。で、おまえには、注射の中身をちょっと変えてもらいたい」

「だめよ、おじさん。あの人が誰だっていいじゃない。もう、戦争は終わったのよ。そんなつまらないことに……」

「じゃあ、おれがやる。ブロンプトン・カクテルを処方してやろう。モルヒネとアルコールのあれ、知ってるか？　ロンドンのブロンプトン病院で、ガン患者のために開発されたやつ？　だいじょうぶ、死にゃせんよ。ただ、体内への吸収が速いんだ。ここにあるものでできる。そいつを一度だけ飲ませて、あとは、またモルヒネだけにもどせばいい」

ハナは、籐籠にすわるカラバッジョを見つめた。目が澄んで、口には笑みを浮かべている。戦争末期には、モルヒネ泥棒が横行した。カラバッジョもその一人。この屋敷でも、来てから数時間のうちにハナの薬品箱を嗅《か》ぎつけていた。モルヒネ入りの小さな管が、いまのカラバッジョを支えている。アンプルを初めて見たとき、ハナは奇妙な形のものだと思った。人形遊びで使う歯磨き粉のチューブのようだ、と。いまのカラバッジョは、いつも二、三本、それをポケットに入れている。ときどき中身を体に注射する。使いすぎて、激しく吐いているのを見たことがある。屋敷の暗い隅にうずくまり、震えながら嘔吐《おうと》していた。ハナを見上げたが、誰だかわかっていなかったろう。話しかけようとするハナを、ただにらみ返した。薬品箱は金属製で、鍵《かぎ》もかけてあった。なのに、どうやったのか、カラバッジョは恐ろしい力でそれをこじあけた。

あるとき、工兵が鉄の門扉《もんぴ》でてのひらを切った。カラバッジョは反射的にガラスの先端を歯で噛《か》み切り、中のモルヒネを口に含むと、キップの茶色の手に吹きつけた。キップは何のことかわからずにいたが、はっと気づくとカラバッジョを突き飛ばし、怒りの目でにらみつけた。

「やめて。私の患者に手を出さないで」

「後遺症はない。モルヒネとアルコールは痛みを消すんだし。な?」

（午後三時。ブロンプトン合剤三ｃｃ）

カラバッジョは、男の手からそっと本を取り上げた。

「砂漠で墜落したとき、あんたはどこから飛んできたんだ」

「ジルフ・ケビールを去るところだった。ある人を迎えに行ってな。一九四二年。八月の下旬だ」

「戦争中なのにか。もう誰もいなかったはずだろう」

「ああ。軍隊だけだった」

「ジルフ・ケビール……？」

「そうだ」

「それは、どこにある」

「キプリングの本をとってくれ……ここだ」

『キム』の口絵には地図が描かれ、キムと聖者のたどった道が点線で示されている。インドの一部分。黒く陰影をつけてあるのはアフガニスタン。山麓《さんろく》にはカシミール。

患者はヌミ川に沿って黒い手を動かし、北緯二十三度三十分で海に入った。そのまま指をすべらせつづけ、西へ七インチ。ページをはずれるが、かまわず胸に移り、肋骨《ろっこつ》に触れた。

「ここがジルフ・ケビールだ。北回帰線のわずか北。エジプトとリビヤの国境にある」

一九四二年に何があった。

私はカイロへの旅を終え、引き返した。敵の目をかいくぐり、古い地図を思い出して、戦前にガソリンや水をたくわえておいた場所を尋ねあてながら、ウェイナットを目指した。一人だから、行きよりはずっと楽だった。だが、ジルフ・ケビールへまだ何十マイルというところで、トラックが爆発して、横転した。私は反射的に砂の上を転がって逃げた。火花がこわいからな。砂漠では、火は恐ろしいものだ。

トラックの爆発は、たぶん破壊工作があったのだと思う。ベドウィンのあいだにもスパイはいる。当時も、キャラバンは砂漠を流れていた。まるで移動する都市だ。どこへ行くにも、香料を携え、部屋を運び、政府顧問を連れていく。戦争中、ベドウィンのあいだには、いつもイギリス人とドイツ人がいた。

私はトラックを捨て、ウェイナットに向かって歩きはじめた。ウェイナットに着けば、飛行機が埋まっている。

待て、待て。飛行機が埋まっている……？

探検をはじめたころ、私たちにはマドックスの古い飛行機があった。無駄をいっさいそぎ落とし、飛ぶための基本機能だけを残した飛行機だ。操縦席を覆《おお》うガラス・カバーは余分に見えたかもしれないが、砂漠での飛行には、これが欠かせない。砂漠にいるあいだ、マドックスは私に操縦を教えてくれた。張り綱で支えられた機体の周りを二人で歩きながら、これがどうやって空中に漂い、風に飛ぶのか、あれこれ考えたものだ。

だが、ルーパートが——クリフトンの飛行機が——やってきてから、マドックスの飛行機はお役御免になった。防水シートをかぶせられたまま、ウェイナット北東の窪みの一つに放置された。あとは、徐々に砂をかぶるままだ。何年も。砂漠の犠牲者がここにも一つ、と誰もが思った。もう二度と見ることはあるまい、と。数か月後に北東の谷を通ったときは、もう輪郭《りんかく》さえわからなくなっていた。そして、十年も新しいクリフトンの飛行機が、私たちの探検で大活躍をしていた。

で、あんたはマドックスの飛行機に向かって歩いた？

そうだ。四夜かかった。ある男をカイロに送り届け、私はまた砂漠を引き返す途中だった。周りは、どこを見ても戦争だ。突然、「陣営」なるものが現れた。私たちは第二・第三のベルマンやバグノルドやスラティン・パシャ。互いに命を助け合う仲間だった。それが、いま、敵と味方に分かれた。

私はウェイナットを目指して歩いた。昼頃に到着し、洞窟のあるところまでのぼった。アイン・デュアという泉の上だ。

「カラバッジョおじさんが、あなたの正体を知ってるんですって」ハナが言う。

ベッドの上の男は何も答えない。

「あなたはイギリス人じゃないんですって。おじさんは、しばらく、カイロとイタリアで情報活動をしていたらしいわ。捕まるまでだけど。私の家族とは戦前からの知り合いでね、もとは泥棒なのよ。それも、万物の流転《るてん》を信じている泥棒。つまり、収集家じゃないの。泥棒にも収集家がいるの、知ってた？　あなたが軽蔑《けいべつ》する探検家のだれそれとか、女をあさる男、男をあさる女みたいに。でも、おじさんはちがった。泥棒として成功するには、好奇心が強すぎて、気前がよすぎたのね。だって、盗んだものの半分も持ち帰らないんだもの。そのおじさんが、あなたはイギリス人じゃないんですって」

ハナは話しながら、沈黙する患者をうかがっている。身を入れて聞いているふうではない。思いは、はるか彼方《かなた》をさまよっているように見える。外見も頭の中も、『孤独』を演奏するときのデューク・エリントンのように。

ハナは話すのをやめた。


男は、アイン・デュアにたどり着く。浅い泉。着ているものを全部脱ぎ、泉に浸《ひた》す。頭を突っ込み、やせた体を青い水に浸《つ》ける。四夜歩きづめの脚は棒のようだ。男は衣服を岩の上に広げると、岩のあいだをさらに高くのぼる。一九四二年。巨大な戦場と化した砂漠を、男は上へ逃れる。裸のまま暗い洞窟に入る。

男は、なつかしい壁画に囲まれている。何年もまえに発見した絵の数々。キリン。ウシ。頭に羽根飾りをつけ、両腕を差し上げている男。何人かは、まちがいなく泳ぐ動作をしている。泳ぐ人の洞窟。やはり、ベルマンの説は正しかった。太古には、ここに湖があった。

洞窟の冷たさの中を、男はさらに奥へ進む。そこは、かつて女を残して去った場所。女はまだそこにいる。洞窟の隅へ這っていき、パラシュートの布で体を固くくるんでいる。あのとき、男は必ず迎えにくると約束して去った。だが、自分もあのまま洞窟の中で死んでいたほうが幸せだったか、と思う。周囲の岩の泳ぐ人に看取《みと》られ、ひっそりと死んでいたほうが……。

いつか、男はベルマンから聞いたことがあった。アジアの庭園では、岩を見て水の流れを感じ、水たまりを見て、そこに岩石の固さを想像する、と。だが、女はイギリス庭園で成長した。十分な湿気の中で、バラの這う格子や生け垣を見慣れて育った。砂漠への情熱など、一時の気の迷いにすぎまい。砂漠の厳しさにあこがれはしたが、それは男ゆえのこと。砂漠の孤独のなかで男が感じるという安心を、自分も理解したかっただけのこと。女がほんとうに幸せだったのは、雨の中だ。蒸気が立ち籠《こ》め、空気が液体のようになった浴室の中。眠りを誘う湿り気の中。カイロのあの雨の夜、女は雷雨にうたれ、窓から男の部屋へもどると、一滴の雨も逃すまいとそのまま服を着込んだ。水のほかに愛したものは、家の伝統と、荘重な儀式と、昔おぼえた詩の数々。そんな女は、きっと、名もなく死ぬことを恐れただろう。女と祖先のあいだには、手で触れられるほどの固いきずながあった。過去に歩んだ道をすべて消し去ってきた男とはちがう。どこの誰ともわからない男を、女がなぜ愛したのか。男には不思議だった。

いま、女は仰向けに寝ている。中世に埋葬された人の姿勢で横たわっている。

私は裸のまま女に近寄った。南カイロのあの部屋でしていたように、女の服を脱がせ、女を愛したかった。

私がしたことのどこが悪い。恋人にはすべてが許されるのではないのか。身勝手も、欲望も、策略も。恋する心から出たことなら、すべて許されるのではないのか。女が腕を折っていても愛せる。女に熱があっても愛せる。ならば、なぜ……。私が手を切ったとき、女は傷口から流れる血を吸った。私も女の月経の血を含み、飲んだ。ヨーロッパの言語には、他の言語に翻訳しきれない言葉がいくつかある。たとえば、フェルホマリ。墓場の夕暮れ。死者と生者の親しい交わりをいう言葉。

私は、眠りの棚から女を腕に抱きとった。身にまとうものはクモの巣のようで、私が抱きとることで破れた。

女を太陽のもとに運び出し、私は服を着た。服は岩の熱で乾燥し、破れやすかった。両手を組んで鞍《くら》をつくり、そこに女を乗せた。その体は空気のように軽かった。砂漠におりてから、そっと揺すりあげて、女の向きを変えた。私と向き合うように。私の肩ごしに後ろが見えるように。そうやって女を抱きかかえるのには慣れている。部屋でいつもやっていたことだ。部屋で抱いたまま回転すると、女は腕を左右に伸ばし、指をヒトデのように広げて、人間扇風機になった。

私たちは北東の谷に向かった。ここに飛行機が埋まっている。私には地図などいらない。横転したトラックから、ガソリン入りのタンクを一つ運んできていた。三年まえ、これがないばかりに、私たちは無力だった。

「三年まえに何があったんだ」

「女が怪我《けが》をした。夫が飛行機を墜落させて自殺した。女と私を道連れにしようとした。一九三九年のことだ。そのころ、私たちはもう恋人ではなかったのに、なぜか、以前のことが夫の耳に入った」

「いっしょに連れ出すには、女の怪我がひどすぎたわけか」

「ああ。女を救うには、私が助けを求めにいく以外に方法がなかった」

長い別れと怒りを経て、二人は洞窟の中でまた寄り添い、恋人として語り合った。二人のあいだには大きな岩があった。男が無視し、女も信じてはいなかった社会規範。それゆえの大岩。それがいま転げ去った。

植物園で別れたとき、女は決意と怒りのなかで門柱に頭をぶつけた。秘密の愛人であるには、誇りが高すぎた。女の世界は、秘密の小部屋を許さない。男は振り返り、指を突き出した。寂しくなんかない。

いい、いい、いい。

時間の問題よ。

別れて数か月。男は気難しくなり、うちに籠《こも》った。自分を見るときの女の冷静さに堪えられず、女を避けた。女の家に電話をかけ、夫と話しながら、背後に響く女の笑い声を聞いた。女には公的な魅力がある。誰をもひきつける。それも、男が女を愛していた理由の一つだ。やがて、男は何ものも信用しなくなった。

女が別の愛人をつくったと疑い、女のあらゆる身振りに、新しい愛人への約束と暗号を読み取った。ロビーで、ラウンデルが女に何かをささやいている。女はラウンデルの上着の前をつかみ、それを左右に揺すりながら笑っている。二人のあいだには、もっと何かあるのか。それを知りたくて、男は無実の公僕を二日間も付け回した。女が最後に示した愛情表現を、男はもう信じていなかった。女は私を愛しているか、それとも憎んでいるか。憎んでいる。女がためらいがちに向ける笑いさえ、男には堪えられない。女が飲み物を手渡せば、男はそれを飲まない。食卓で、女がナイルユリを浮かべたボウルを指させば、男はそれを見ない。つまらん花め……。女に新しい取り巻きができ、男も夫も除外された。夫にもどる妻はいない。愛と人間性について、男にもその程度の知識はあった。

男は、薄茶色のシガレット・ペーパーを買い込んだ。『歴史』を開き、興味のない戦争のページにそれを貼《は》りつけると、女から向けられたあらゆる非難を書きつけた。ヘロドトスに固定された男への非難。そのなかで男自身が発する声は、観察者のそれだ。聞き手のそれ。「彼」の声。

戦争が始まる間際《まぎわ》、男はベースキャンプをたたむためにジルフ・ケビールに行った。作業を終えて、迎えを待った。迎えに来るのは女の夫。かつて、男からも女からも愛されていた夫。男と女が互いに愛しはじめるまでは……。

約束の日、クリフトンは、男を迎えにウェイナットに飛んできた。窪みに沈み、割れ目に消える機体。低く低く飛び、あとにアカシアの葉が散り、舞い上がった。失われたオアシスの上を男は高い尾根に立ち、合図に青い防水シートを振った。飛行機は旋回し、機首を下げると、男めがけてまっすぐに突っ込んできた。そして、五十ヤード前方の地面に墜落した。胴体下部から青い煙が一筋立ちのぼったが、火は出なかった。

夫が正気を失い、全員を殺そうとした。自分と妻を殺し、砂漠から抜け出る手段を奪うことで、男をも殺そうとした。

ただ、女はまだ死んでいなかった。女をつかんで放さないねじ曲がった機体は、夫の最後の抱擁《ほうよう》か。男は、そこから女を引っ張り出した。

どうしてあんなに私を憎んだの……？　泳ぐ人の洞窟で、怪我の痛みのなかから女がささやいた。折れた手首。砕かれた肋骨。あなたは私にひどい仕打ちをした。夫があなたを疑いだしたのも、あの頃。いまでも、あのときのあなたが憎い。砂漠やバーへさっさと消えていったあなたが。

グロッピ公園で私から去っていったのは、君のほうだ。

それ以外のことをあなたがさせてくれなかったからよ。

知れたら、夫の気が狂う。君がそう言ったから……。たしかに、狂ったな。

あの人が狂ったのはずっとあとのこと。夫より先に私が狂ったわ。あなたは私のすべてを殺した。キスして。言い訳はやめて。私にキスして、名前を呼んで。

かつて、二人の体は香水と汗の中で抱き合った。舌で、歯で、必死にあの薄膜の下にもぐり込もうとした。もぐり込んで相手の人格にしがみつき、愛しながら、それを相手の体から引きはがそうとした。

いま、女の腕にはパウダーがなく、腿《もも》にはバラの香水もない。

あなたは偶像破壊者のつもりでいる。でも、そうじゃない。あなたはほかへ移るだけ。手に入らなければ、別のもので置き換えるだけ。一つで失敗すれば、別の何かに逃げ込むだけ。何があっても、あなたは変わらない。いままで何人の女がいたの。私が去ったのは、決してあなたを変えられないとわかったから。ときどき、あなたは黙って部屋の中に立っていた。一言もなく立っていた。内面を一インチでもさらけだすことが、自分への最大の裏切りみたいに……。泳ぐ人の洞窟で私たちは語り合った。そこは、クフラの安全と快適から南へわずか二度。

患者は言葉を切り、片手を突き出す。黒いてのひらにカラバッジョがモルヒネ錠剤を乗せると、それは患者の暗い口中に消えた。

私は、干上がった太古の湖底をクフラ・オアシスに向かった。何も持たず、ヘロドトスさえ女のもとに残し、着ている衣服だけで昼の暑さと夜の寒さをさえぎりながら歩いた。そして、三年後の一九四二年。私は女を連れ、女の体を騎士の鎧《よろい》のように捧《ささ》げ持ちながら、埋もれた飛行機に向かって歩いていた。

砂漠では、生き残るための手段がすべて地中にある。穴居人《けっきょじん》の洞窟も、砂中植物に眠る水も、武器も、飛行機も。北緯二十三度、東経二十五度。私は防水シート目がけて一心に掘り進んだ。マドックスの飛行機が徐々に姿を現したとき、私は、夜の冷たい空気の中で汗をかいていた。ナフサ灯をもって女のところにもどり、居眠る女の影に寄り添って、しばらく休んだ。二人の恋人と砂漠——星影だったか月影だったか、もうおぼえていない。二人のいる場所以外は、すべて戦場だった。

飛行機が砂から出てきた。食べ物がなく、私は衰弱していた。防水シートは重くて動かせない。だから、切り裂いた。

二時間ほど寝て、翌朝、女を操縦席に運び込んだ。エンジンが始動し、古い機体に命がよみがえった。私たちは滑走し、離陸した。三年遅れの旅立ちだった。

声がやむ。火傷の男の目はじっと前方を見据えているが、モルヒネで焦点が揺れる。

男には、飛行機が見えているだろう。男のゆっくりした声が、懸命の努力で機体を空中に引き上げる。だが、疲れた針子がステッチを抜かすように、エンジンがいくつか回転を抜かした。女の衣服が、操縦席のやかましい空気の中ではためく。静寂の中を何日も歩きつづけた男に、その騒音がこたえる。男は足下に目をやり、膝《ひざ》にオイルがしたたるのを見た。女のシャツから、枝が一本ちぎれ飛ぶ。それは、折れた骨に添えたアカシアの枝だ。飛行機は空のどこを飛んでいる。高いのか。低いのか。

飛行機の脚がヤシの木のてっぺんをかすめ、男は急上昇する。オイルが座席に流れ落ち、女の体がその中に倒れ込む。どこかがショートした。火花が飛ぶ。引火して燃え出す女の膝の小枝。男は女を引き起こし、座席にすわりなおさせる。腕を操縦席のガラス・カバーに突き上げる。だが、カバーは開かない。男はガラスを叩《たた》く。ひびが入り、いま割れた。操縦席のあちこちにオイルが飛び跳ね、それを火が追う。飛行機は空のどこを飛んでいる。高いのか。低いのか。女の体が崩れた。腕がアカシアの枝と葉に分解し、男の周囲に散乱する。腕が、脚が、空中に吸い出されていく。

患者の口からモルヒネが匂《にお》い、黒い湖のような目にカラバッジョが映った。

男は顔を血だらけにし、井戸のつるべのように上昇と下降を繰り返す。男の飛行機は腐食している。スピードに堪えられず、翼のズックが裂ける。もはや屍《しかばね》だ。ヤシの木に触れたのはいつだったか。何百ヤード昔のことか。男はオイルから脚を引き抜くが、それは重く、二度と動かせない。老いた体。女のいない人生に、突然嫌気がさした。女の腕に身をゆだね、夜も昼も見守ってくれると信じて眠ることは、もうできない。男には誰もいない。この疲労困憊《こんぱい》は砂漠のせいではなく、きっと孤独のせいだろう。マドックスが逝《ゆ》き、女は枯れ葉になって散った。男の頭上には、割れたガラス・カバーが天に向かって口をあけている。

オイルに濡《ぬ》れたパラシュートを背負い、男は思い切り後ろへ転がる。天地が逆転し、体がガラスの顎《あご》を抜けた。風が男を吸い出す。足がすべての拘束を脱し、いま、男は明るく輝いて空中にいる。輝いて……？　男は、全身が火に包まれていることに気づいた。

イギリス人の患者の部屋から声が聞こえてくる。ハナは廊下に立ち、二人が言っていることに耳を澄ます。

どう?

うまい!

今度はぼくだ。

ああ、うまくて身がふるえるな。すばらしい。

これは、史上最高の発明品ですよ。

よくもってきてくれたぞ、キップ。

ハナが部屋に入ると、キップと患者がコンデンスミルクの缶をやりとりしている。患者はしばらく缶に吸いつき、口から離すと、濃い液体をくちゃくちゃと噛みしめる。キップに笑いかけるが、工兵は早く缶を取りもどしたくて、いらいらしている。ハナの目の前で、ベッドわきで少しじだんだを踏み、指をパチンパチンと二度鳴らす。ようやく、黒い顔から缶を引きはがすことに成功する。

「キップと私には、共通の喜びがあることがわかった。私はエジプトの旅でこの味をおぼえ、キップはインドでおぼえた」

「コンデンスミルクのサンドイッチなんて、食べたことあるかな」工兵が言う。

ハナは、二人の顔を代わる代わる見つめる。

キップが缶の中をのぞく。「もう一つ持ってこよう」そう言って、部屋を出ていく。

ハナはベッドの上の男を見る。

「キップも私も、国際的な親なし子だ。ある国で生まれ、別の国で暮らすことを選んだ。故郷にもどろうと、一生、もがきつづける。あるいは、逆か。故郷から逃れようとするのか……。キップはまだ気づいていないが、二人の気が合うのはそのせいだ」

台所で、キップは新しい缶に銃剣で二つ穴をあける。いまでは、この目的以外に銃剣を使うことはまれになった。階段をかけのぼり、寝室にもどる。

「あなたは、どこかほかの場所で育ったんじゃないんですか」と工兵が言う。「だって、イギリス人はそんなふうに缶に吸いついたりしないもの」

「私は何年も砂漠で暮らしたからな。知っていることは全部そこで学んだし、身の上の重大事はすべて砂漠で起こった」

患者はハナに笑いかける。

「一人はモルヒネをくれ、もう一人はコンデンスミルクをくれる。じつにバランスのとれた食事じゃないか」

そして、キップのほうを向き、「工兵になって何年になる」と尋ねる。

「五年です。ほとんどはロンドンで不発弾処理をやってました。そのあとイタリアへ」

「教官は誰だった」

「ウリッジの……あるイギリス人。変人という評判の人でした」

「そういう人が教官としては最高だ。きっとサフォーク卿《きょう》だろう。ミス・モーデンにも会ったたいと思う。キップがその教官をどう説明するのか知りたい。

二人は勝手に話を進める。ハナのために解説はしない。だが、ハナはその教官のことを知り

「ええ」

かな」

「どんな人だったの、キップ?」

「科学研究所で働いていた人でね、不発弾処理の実験班が編成されたときのボスなんだ。その秘書がミス・モーデン。運転手がミスター・フレッド・ハーツ。この三人はいつもいっしょで、卿が爆弾を解体しながらしゃべることを、ミス・モーデンが筆記する。ミスター・ハーツがわきで手際よく道具を渡す。それで、三人ひっくるめて、三位一体《さんみ》ってあだ名がついていた。ほんとうに優秀な人だったのに、一九四一年にエリスで吹き飛ばされてしまった。三人とも……」

ハナは、壁に寄りかかるキップを見つめる。片足を上げ、壁に描かれた藪《やぶ》をブーツの底が踏んでいる。悲しみの表情はない。内心を推し量る手掛かりもない。

何人もの男が、ハナの腕の中で息を引き取っていった。アンギアリの町で、まだ息のある男を抱き起こすと、体にウジがたかっていた。オルトーナでは、両腕のない少年にタバコを吸わせてやった。何があっても、ハナは看護をやめなかった。勤めを果たしながら、徐々にうちに引き籠っていった。多くの看護婦が、感情の不安定さを内に秘めた戦争遂行人になった。黄色

と深紅《しんく》の制服に骨ボタンのついた看護ロボットになった。

キップが頭をそらして壁に押し当てるのを、ハナは見ている。キップの顔の無表情の意味をハナは知っている。ハナにはそれが読める。

Ⅶ　その場処理

ウェストベリー、一九四〇年

キルパル・シンは、ウマの背の、鞍《くら》の置かれるあたりにおりてきた。しばらくそこで立ち止まり、やがて遠くのほうへ腕を振る。こちらからは見えないが、向こうで見守ってくれている人がいる。その人に合図をした。サフォーク卿《きょう》は双眼鏡をのぞき、若者が高々と両腕をあげて、自分に向かって振るのを見ていた。

シンはさらに丘をくだり、巨大な白馬の胴体へおりていく。ウェストベリーの丘の中腹に刻まれた白亜のウマ。その白さが褐色の肌とカーキ色の制服を際立《きわだ》たせ、シンをいっそう黒く見せる。双眼鏡の焦点が正しく合っていれば、肩にある深紅《しんく》の銃紐《じゅうひも》も見えるだろう。それは、どの工兵隊の所属かを示す。ウマの形に切り抜かれた大きな紙と、そこを大股《おおまた》にくだっていく工兵——遠くからはそう見える。だが、坂をくだる工兵自身は、白亜の粗い表面と、それを削り取っていく自分のブーツしか意識していない。

シンの後ろから、ミス・モーデンがゆっくり丘をくだってくる。肩に鞄《かばん》をかけ、たたんだ傘を杖《つえ》にして、それで体重を支えながらおりてくる。白馬の上十フィートのところで立ち止まると、傘を広げ、その影の中にすわった。そして、ノートを開く。

「聞こえますか」シンが尋ねる。

「よく聞こえますよ」ミス・モーデンが答える。手についた白い土をスカートでぬぐい、眼鏡の位置をなおす。やはり遠くに目をやって、シンがやったように、見えない人に向かって手を振った。


シンは、ミス・モーデンにとても親しみを感じていた。イギリスに来て、初めて口をきいたイギリス人女性だ。ウリッジでの三か月間、シンはほとんどの時間を兵舎で過ごしていて、出会う人々は、仲間のインド人とイギリス人将校ばかりだった。売店には女の売り子もいて、何か尋ねれば答えてくれるが、その女たちとの会話は、いつも二言、三言で用が足りた。

シンは二男に生まれた。家の伝統では、長男が軍人になり、二男は医者になる。三男以後は商人になる。だが、戦争がすべてを変えた。シンはシーク教徒連隊に入隊し、イギリスに連れてこられた。ロンドンで数か月を過ごし、そのあと、延期爆弾や不発弾を処理する特別技術班に志願した。

一九三九年当時、イギリス政府の方針は、信じられないほどのんきなものだった。

不発弾は、内務省の扱いとする。空襲警報委員会と警察がこれを回収し、最寄《もよ》りの集積所に運んだのち、しかるべき時期に軍関係者の手で爆破する。

だが、さすがに一九四〇年になると、爆弾処理は陸軍省の仕事と改められ、陸軍工兵隊の手にゆだねられた。二十五の爆弾処理班が編成されたが、工兵の手にあるのはハンマーと、のみと、道路補修具。爆弾処理に必要な装備はなく、爆弾処理の専門家もいなかった。

爆弾とは、つぎの部品の組み合わせからなりたつ。

一、弾体、すなわち爆弾容器
二、信管
三、引火管
四、主炸薬《しゅさくやく》（高性能爆薬）
五、外部付加物（尾翼、運搬用取っ手、頭部強化リング、など）

爆撃機からイギリスに投下された爆弾の八十パーセントは、弾壁の薄い汎用《はんよう》爆弾。ふつう、百ポンドから千ポンドまである。二千ポンド爆弾は、とくに「ヘルマン」もしくは「エサウ」と呼ばれ、四千ポンド爆弾は「サタン」と呼ばれた。

長い訓練の一日が終わると、シンは図面や図表を手にしたまま居眠りをした。夢うつつで、円筒の迷路のなかをさまよう。ピクリン酸と引火管とコンデンサーのあいだを歩き回り、爆弾本体の奥深くに隠された信管に到達する。そして、突然、目をさます。

爆弾が標的に当たると、衝撃で振動板が作動し、信管中の爆薬粒を破裂させる。この小さな破裂が引火管に飛び火して、ペントリット・ワックスを爆発させる。それがピクリン酸を殉爆させ、ついには主炸薬のTNT、アマトール、トーペックスの爆轟《ばくごう》を引き起こす。振動板から爆轟までの旅は百万分の一秒で終わる。

低空から投下される爆弾がもっとも危ない。着弾するまで爆発せず、着弾しても、なぜか爆発しないことがある。それは町や野原の地面の下に埋まり、不発弾として長いあいだ眠りつづける。だが、いつか農夫の杖がそれに触れる。車が上を通り、タイヤの圧力がかかる。テニスボールが弾体にぶつかる。そのとき振動板が揺れ、大爆発が起こる。

シンは他の志願者とともにトラックに積まれ、ウリッジの研究所に送られた。当時、不発弾の数はまだ少なかったが、爆弾処理班の死亡率はすでに恐ろしいほど高かった。一九四〇年にフランスが陥落し、イギリスが包囲されると、事態はさらに悪化した。

八月までにロンドン大空襲が始まった。処理すべき不発弾の数は、一か月のうちに二千五百個にはね上がり、道路が閉鎖され、工場から人が消えた。九月。不発弾はすでに三千七百個。新たに百班の爆弾処理班が組織されたが、爆弾の仕組みへの理解はいっこうに進まず、班員の平均余命は十週間。

爆弾処理の歴史における英雄の時代、個人的勇気の時代であった。事態の緊急性と知識・

装備の不足から、人々は恐るべき危険をあえて冒した。……しかし、この英雄時代の主役が脚光を浴びることは決してなく、その働きは、機密保護の理由により国民の目から隠された。処理状況を公《おおやけ》にして、自軍の武器処理能力を敵に知らせることは、明らかに望ましくなかった。

ウェストベリーに向かう車の中で、シンはミスター・ハーツと前にすわり、ミス・モーデンはサフォーク卿と後ろにすわった。車は、有名なカーキ色のハンバー。爆弾処理班の車両の例にもれず、泥除《どろよ》けは鮮やかな信号の赤色に塗られている。夜間には、左のサイドライトが青いフィルターで覆《おお》われる。二日まえ、ダウンズの有名な白馬の近くで、散歩中の市民が爆死した。現場に駆けつけた工兵が、史跡の中央にもう一発、不発弾が落ちているのを見つけた。そこは、起伏するウェストベリーの白亜の丘。一七七八年に刻まれた巨大なウマの腹の中。このあと、ダウンズに棲息《せいそく》する白亜のウマ七頭のすべてに、カムフラージュ用の網がかぶせられたのは、史跡を守るためというより、イギリス上空に飛来する敵機から、目立つ目標を隠すための処置だったろう。

後ろの座席から、サフォーク卿は盛んにしゃべりつづけた。ヨーロッパの交戦地帯から渡ってくるコマドリのこと、爆弾処理の歴史のあれこれ、デボン・クリームのこと。イギリスの古い習慣を、いま発見されたばかりの文化か何かのように、若いシーク教徒に語って聞かせた。肩書きはサフォーク卿でも、実際にはデボンに住んでいる。戦争の勃発《ぼっぱつ》まで『ローナ・ドゥーン』研究に情熱を燃やし、この小説が、歴史的にも地理的にも事実であることを証明しようとしていた。冬は、ブランドンやポーロックの村をぶらついて過ごした。近くに女性飛行士のミス・スウィフトがいる。ブリストル湾を一望するカウンティスベリーの岬《みさき》に小さな家を建て、一人で住んでいる。人付き合いを嫌ったが、サフォーク卿とだけは心を許し合い、大の親友となった。二人でよく鉄砲撃ちに出かけた。

サフォーク卿の強いすすめで、当局は爆弾処理の訓練地にデボンのエクスムアを選んだ。あちこちの部隊から十二人の工兵や技師が集められ、卿の指揮下に置かれた。シンもその一人。週のほとんどは、ロンドンのリッチモンド・パークで過ごす。ダマジカがうろつくなかで、新しい処理方法の講義を受け、不発弾処理に取り組む。だが、週末にはエクスムアに出かける。日中は訓練をつづけ、そのあと、サフォーク卿の案内で、ローナ・ドゥーンが撃たれたという教会を見物する。「この窓か、あの裏口からだ。結婚式の途中、祭壇へ向かうところで肩口を撃たれた。ふらちなことではあるが、見事な腕前だったことは認めてやらねばなるまい。悪党は荒れ野に逃げたが、追われて、結局、体から肉をむしり取られた」聞きながら、シンはインドの昔話を思い出した。

ハンバーで通りすぎるどの村にも、サフォーク卿が語らずにはいられない、物珍しい事物や風習があった。「ブラックソーンのステッキを買うなら、この村のものが最高だ」と助言する。まるで、軍服とターバン姿のシンが、これから街角のチューダー王朝風の店に立ち寄り、主人とステッキの品定めにふけるとでもいうように。

サフォーク卿は最高のイギリス紳士だった……と、シンはのちにハナに語った。戦争がなかったら、決してカウンティスベリーを離れることはなかったろう。「ホーム・ファーム」と呼ぶ自作農場にひっそりと住み、ワインをたしなみ、裏の古い洗濯場でハエを追いながら、のんびりと過ごしていたはずだ。五十歳で既婚ながら、気持ちは独身のまま。毎日岬を歩き、飛行士のミス・スウィフトに会いに行った。卿の趣味は、壊れたものの修理だ。古い洗濯桶《せんたくおけ》、鉛管製造機、水車で回転する焼き串《くし》……なんでも直した。そして、ミス・スウィフトがアナグマの生態に興味をもったときは、資料集めの手伝いもした。

ウェストベリーの白馬までのドライブは、こうして、さまざまのエピソードと情報に満ちた旅になった。戦時中でも、卿はお茶に最高の場所を知っている。綿火薬の事故で怪我《けが》をし、腕を肩から吊《つ》ったままの姿でパメラのティールームに威勢よく乗り込むと、連れの秘書と運転手と工兵を、自分の子を見る眼差《まなざ》しで招き入れた。卿がどうやって不発弾処理委員会を説得し、実験班を組織させたのかはよくわからない。だが、数々の発明をした経歴を見れば、実験班を指揮する資格は誰よりもあった。さっそく、班員のためにポケット・シャツを発明した。作業中の工兵が、信管でも器具でも気軽に突っ込んでおけるシャツ。班員は大いに重宝した。卿は独学の人。あらゆる発明から、その裏にある発明者の動機や思惑《おもわく》が読み取れると信じていた。

一行は紅茶を飲み、スコーンを待ちながら、爆弾のその場処理について話し合った。

「私は君を信頼している。わかっているな、シン？」

「はい」サフォーク卿は、シンがイギリスに来て初めて出会ったほんものの紳士だ。シンは卿を敬愛していた。

「私にできることなら、君にもできる。ミス・モーデンが君のそばにいて記録をとる。ミスター・ハーツは後ろに控えているが、もっと工具や腕力がほしいときは、笛を吹きなさい。すぐに来て、手伝ってくれる。君に助言めいたことはしないが、すべてを完全に理解している。もし頼んでもすぐに何かをしてくれないときは、君のやり方に反対ということだ。私ならその意見を尊重する。だが、現場での最高責任者は君だ。ここに私のピストルがある。いまの信管はもっと進歩しているはずだが、万が一ということもある。もっていて損はなかろう」

サフォーク卿は、かつてピストルで時限信管を無力化してみせ、一躍有名になった。腰の軍用リボルバーを引き抜き、信管の頭を撃ち抜いて、時計の動きを止めた。だが、やがてドイツ軍が新しい信管を開発すると、この方法は使えなくなった。新しい信管では、頭に時計ではなく撃発雷管がある。


サフォーク卿に友人として遇されたことを、キルパル・シンは決して忘れない。卿は、イギリスから一歩も出たことがない紳士。戦争が終われば、カウンティスベリーから一歩も出るまいと決めている変人。シンの戦争の半分は、そんな指揮官の庇護《ひご》のもとで戦われた。イギリスに着いたとき、二十一歳のシンには一人の知り合いもいなかった。家族のいるパンジャブは遠く、周囲は兵士ばかり。実験班への志願者を募るという掲示を見たとき、シンは即座に応募を決めた。他の工兵がサフォーク卿を狂人扱いしているのは知っていたが、戦争では自分から動かなければならないと思った。一人の人格あるいは個性のもとでのほうが、選択の余地と生き延びる可能性は大きかろうと思った。

サフォーク卿が遅れ、集まった十五人は図書室に通されて、秘書から待つように言われた。インド人はシン一人。秘書は机に向かって応募者の名前を書き写し、兵士たちは面接とテストのことで冗談を言い合った。シンには顔見知りが一人もいない。壁に歩み寄って晴雨計を観察した。手で触れようとしたが、思い直し、顔だけを近づけた。乾燥——晴れ——荒れ模様。おぼえたてのイギリス式発音で読んでみた。「乾燥」はウェリー……いや、ヴェリー・ドライ。振り返って志願の兵士らをながめ、部屋を見回していると、中年の秘書と目が合った。厳しい表情だった。インド人……と言っているように思えた。シンは軽く会釈《えしやく》し、本棚に行った。やはり、手を触れないで見て歩く。ある一冊が目につき、顔を近づけた。サー・オリバー・ホッジ著『レイモンド——もしくは生と死』。少し先にも似たような題名があった。『ピエール——もしくは曖昧《あいまい》さ』。振り向くと、また秘書と視線が合い、万引きの現場を見られたような罪悪感をおぼえた。きっと、ターバンが珍しいのだろう。イギリス人め！　自分の国のために戦わせることはしても、口などききたくもないか。シン——および曖昧さ。

志願者は、昼食の席でじつに鷹揚《おうよう》なサフォーク卿に出会った。望む者には誰にでもワインを注ぎ、誰のへたな冗談にも大きな声で笑った。午後に、風変わりな試験があった。機械の部品を与えられ、もとが何だったのか教えられないまま、もとどおり組み立てるよう指示された。

制限時間は二時間。できた者から退出してよい。シンはさっさと問題を解き、余った時間で、ほかに何が作れるかをいろいろと試した。人種が問題にならなければ、簡単に合格するだろうに……と思った。インドでは、数学と工学が国民の習性とも言える。自動車は決してスクラップにならない。あの部品この部品が村を越えて運ばれ、ミシンや揚水《ようすい》ポンプに組み込まれる。フォードの後部座席なら、布を張り替えればりっぱなソファーになる。シンの村では、鉛筆を持ち歩く人より、スパナやドライバーを持ち歩く人のほうが多い。一見使い道のなさそうな自動車部品が、床置き時計や灌漑《かんがい》用プーリーや椅子《いす》の回転機構に入り込む。機械化された災害への解毒剤《げどくざい》も簡単に見つかる。たとえば、過熱したエンジンを冷却するのに、新しいゴムホースはいらない。そのへんの牛糞《ぎゅうふん》をすくい上げて、冷却器に塗りつければすむ。シンがイギリスで見たものは、インド亜大陸を二百年も動かしつづけられるほどの余剰部品の山だった。

サフォーク卿が選んだ合格者は三人で、シンも入っていた。これまで話しかけようともせず、シンの冗談に笑おうともしなかった卿が（もちろん、シンが冗談を言わなかったからだが）、部屋の向こうからやってきて、シンの肩に腕を回した。厳しい表情の秘書がミス・モーデン、とあとでわかった。シェリーを満たした大きなグラスを二つトレーに乗せ、元気よく部屋に入ってくると、一つをサフォーク卿に手渡し、「あなたは飲まないわね」と言って、もう一つを自分でとり、シンに向かって軽く差し上げた。「おめでとう。試験の出来もすばらしかったけれど、あなたなら絶対に選ばれると思っていましたよ」

「人物を見させたら、ミス・モーデンの右に出る者はいない。才気と人物に確かな鑑識眼をもっている」

「人物……ですか」

「ああ。もちろん、爆弾処理に不可欠な要素ではないが、肩を並べて働くことを考えればな。ここは一つの家族のようなものだ。昼食のまえから、ミス・モーデンは君を選んでいたよ」

「あなたについウィンクしたくなって、我慢するのがたいへんでしたよ、ミスター・シン」

サフォーク卿は再び腕をシンの肩に回し、窓際《まどぎわ》に連れていった。

「訓練開始は来週の半ばだから、週末は、班の何人かにホーム・ファームに来てもらおうと思っている。デボンで知恵を出し合って、ついでによく知り合おう。君は、私たちといっしょにハンバーで来ればいい」


こうしてシンは道を与えられ、無秩序の戦闘組織から解き放たれた。外国へ出て一年。帰ってきた放蕩《ほうとう》息子のように家族に迎えられ、食卓に椅子を与えられて、温かな談笑で包まれた。

ハンバーは、ブリストル湾を望む海岸沿いの道路を走った。サマセットからデボンへの州境を越えたとき、あたりはずいぶん暗くなっていた。ミスター・ハーツは、公道から狭い道に乗り入れた。両側にはヒースとシャクナゲ。夕日の最後の明かりの中で、暗い血のような色に見えた。

石造りのコテージには、サフォーク卿夫妻、ミス・モーデン、ミスター・ハーツのほかに、実験班から六人の工兵が来ていた。週末、一行は周囲の荒れ野を歩き回った。土曜の晩餐《ばんさん》にはミス・スウィフトも加わり、以前からインドまで飛びたいと思っていた、とシンに語った。兵舎しか知らなかったシンには、自分がどこにいるのか見当もつかない。天井に巻き上げ式の地図を見て、ある朝、一人だけのとき、その地図を床まで引きおろしてみた。表題に「カウンティスベリーとその周辺。ジェームズ・ハリデイ氏の所望により、R・フォーンズが作成」とあった。

「所望により作成……」シンは、イギリス人が好きになりはじめていた。

夜のテントの中で、シンはハナにエリスでの爆発事故のことを話している。二百五十キロ爆弾が爆発し、解体作業中のサフォーク卿が死んだ。ミスター・ハーツとミス・モーデンも死に、訓練中だった工兵四人も巻き添えになった。それはシンが実験班に加わって一年後、一九四一年五月のこと。その日、シンはブラックラー中尉《ちゅうい》とロンドンにいて、エレファント・アンド・カースル付近でサタンと取り組んでいた。二人で協力し、四千ポンド爆弾をなんとか片づけて、疲労困憊《こんぱい》していた。だが、まだ何かあることはわかっていた。作業中、ふと目を上げたとき、二、三人の将校が自分のほうを指さしているのが見えたから。たぶん、また一個爆弾が見つかったのだろうと思った。すでに夜十時を回り、危険なほど疲れていた。だが、自分を待っている爆弾がもう一つある。シンは作業をつづけた。

サタンの処理を終えたとき、シンは自分から切り出して時間を節約することにした。一人の将校に向かって歩いていくと、その将校はぎょっとして、後ろを向きかけた。できれば、このまま立ち去りたいというように。

「で、つぎはどこなんですか」

将校に右手をとられ、シンは何か悪いことが起こったのを知った。ブラックラー中尉がシンの背後に来ていた。将校がエリスでの出来事を告げると、シンの両肩に置かれていた中尉の手が、肩を強くつかんだ。

シンはエリスに向かった。将校のためらいを見て、相手の心の内が想像できた。単に事故を伝えるためだけなら、わざわざ出向いてきたりはしない。結局、いまは戦争の真っ最中だ。どこか近くに、もう一つ爆弾が落ちている。おそらくは、同じ型。いまを逃せば、サフォーク卿がどこでまちがったかを知る機会が失われる――そういうことだ。

シンは、ブラックラー中尉をロンドンに残し、一人だけで行くことにした。実験班の生き残りは、いまこの二人しかいない。その二人がともに危険に身をさらすのは馬鹿《ばか》げている。共同作業には共通の論理基盤がなければならない。決定を共有し、妥協し合うことが必要になる。 だが、サフォーク卿が失敗したのなら、その爆弾には何か新しい仕掛けがある。共通の論理基盤はない。だから、シンは一人でやりたかった。

夜の道を走る車の中で、シンはすべてを抑え込み、感情の表面に何も浮かんでこないようにした。全員がまだ生きていると思わなければ、心の明晰《めいせき》さは保《たも》てない。シェリーのまえに、必ずきついウィスキーを一杯飲んでいたミス・モーデン。こうすれば、あとはなめるだけですみ、夜がつづくあいだ淑女《しゅくじょ》のように振る舞えるから、と。「ミスター・シンは飲まないけれど、もし飲むんだったら私のようになさい。最初にウィスキーをなみなみ一杯。これで、あとは場所柄をわきまえた飲み方ができます」そう言って、少ししわがれた声で穏やかに笑った。銀の酒入れを二つも持ち歩いていたミス・モーデン。そんな女性には、おそらく人生で二度と出会うことはあるまい。シンの心の中で、ミス・モーデンはいまも飲んでいる。サフォーク卿はいまもキプリング・ケーキをかじっている。

もう一発は、事故の現場より半マイル先に落ちていた。やはり、二百五十キロ爆弾。外見は、ありふれている。これまでに何百個も扱い、ほとんど機械的に処理してきた爆弾と変わらない。だが、戦争はこうやって進行する。六か月に一度くらい、敵は何かを変えてくる。新しいトリック、新しい気まぐれ、新しい即興的メロディー。工兵はそれを見抜き、部隊の全員に伝える。その変わり目がいま来た。

シンは誰もそばに寄せなかった。ロンドンから運転してきてくれたハーディという名の軍曹にも、ジープで待てと言ってある。だから、何をするにも、手順の一つ一つを自分で記憶しておかなければならない。朝まで待ったらどうか、と将校は言ってくれた。だが、本心では、すぐやってもらいたいと思っている。二百五十キロ爆弾は、あまりにもありふれている。敵が何かを変えているなら、すぐにでも知らなければならない。シンは照明の手配だけを頼んだ。疲れた体で作業をするのはかまわないが、照明だけは間に合わせでは困る。二台のジープのヘッドライトだけでは、とても足りない。

エリスに到着すると、不発弾のあたりはすでに照らされていた。ふつうの昼日中なら、ただの野原だろう。生け垣があって、おそらく池もある。だが、いまは闘技場のようだ。寒くて、シンはハーディのセーターを借り、自分の服の上に着込んだ。多少の寒さなら、照明の熱で堪えられる。爆弾に歩み寄るシンの心の中では、全員がまだ生きていた。さあ、試験だ、と思った。

明るい光に照らされて、穴だらけの金属が即座に目に飛び込んできた。そして、シンは疑うこと以外のすべてを忘れた。サフォーク卿からいつか聞いたことがある。十七歳の優秀なチェス・プレーヤーは珍しくない。ときには、十三歳の少年がグランド・マスターを負かすことさえある。だが、ブリッジではそうはいかない。その若さでは、優秀なプレーヤーになれない。ブリッジでは人格がものを言う。こちらの人格と相手の人格。人格をよく読まねば勝てない。爆弾処理も同じことだ。二人だけでやるブリッジとも言える。敵は一人。こちらも一人。だから、私の試験では、応募者にブリッジをやらせてみることもある。世間では、爆弾をただの物体、ただの機械と考えている。だが、その後ろには、作った人間がいることを忘れてはいかん。

爆弾の外壁の一部が落下中にはずれ、中の爆薬が見えていた。シンには、誰かに見つめられている感覚があった。サフォーク卿か。それとも新型爆弾の発明者か。どちらとも決められず、シンはその感覚を振り払った。人工の光の鮮やかさがシンを生き返らせた。まず、爆弾の周りを歩き、あらゆる角度から観察した。信管を除去するには、主室をあけて、爆薬の向こうに手を伸ばさなければならない。シンは鞄から万能鍵《ばんのうかぎ》を取り出し、弾体の背面板を慎重にはずした。中をのぞくと、信管ポケットが着地の衝撃で弾体からはずれていた。これは幸運か。それとも不運か。まだ、わからない。問題は、装置がすでに動きはじめているかどうかだ。引き金はもう引かれたのか。シンは膝《ひざ》をつき、爆弾に覆いかぶさりながら、一人でよかったと思った。ここは純粋な選択の世界。左か右か。あれを切るか、これを切るか。だが、シンは疲れていた。そして、心にはまだ怒りがくすぶっていた。

どれだけの時間が残されているものか、シンにはわからない。ぐずぐずしていれば、それだけ危険も増すだろう。シンは、円筒の先端をブーツでしっかり固定すると、中に手を突っ込み、配線がちぎれるのもかまわず、信管ポケットを強く引き出した。そして、爆弾から完全に切り離し、直後に激しく震えはじめた。震えながら、やったと思った。爆弾は、いま、実質的に無害。取り出した信管を草の上に置くと、そこから伸びてもつれ合うワイヤが、強い光のなかで透明に輝いた。

シンは爆弾を引きずって、五十ヤード先のトラックに向かって歩きはじめた。これを引き渡す。弾体から爆薬を取り出す作業は、誰にでもできる。歩いている途中、四分の一マイルほど向こうで別の爆弾が破裂し、空を明るく照らした。その明るさの前では、強力なアーク灯の光さえも弱々しく、人間的に見えた。

一人の将校が熱い飲み物をジョッキに一杯くれた。麦芽乳とチョコレート。わずかにアルコールが入っている。シンは飲み物から立ちのぼる湯気を胸いっぱいに吸い込んで、信管のところにもどった。

もう大した危険はない。何かまちがいをすれば、小さな爆発が起こって、シンの手を吹き飛ばすかもしれない。だが、爆発の瞬間に胸に抱きかかえてでもいないかぎり、死ぬことはない。

問題は、ただの問題になった。それは信管。爆弾に潜む新顔のジョーカー。

まず、からみ合うワイヤから配線パターンを復元しなければならない。シンは先ほどの将校のところに行き、魔法瓶に残っている熱い飲み物を全部もらって飲んだ。もどって、信管を前にすわりこんだ。午前一時半。腕時計のないシンは、そう見当をつけた。そして、上着のボタン穴からぶら下がるモノクル様の拡大鏡で、三十分ほども信管をただ見つづけた。つぎに身をかがめ、真鍮《しんちゆう》部分に傷跡を捜した。クランプで締めつけた跡が残っていないか。何もない。

のちのシンには、気をまぎらせるものが必要になる。心に歴史をもち、無数の瞬間や出来事に個人的な思いをもつようになってからのシンには、ホワイトノイズが必要になる。白い騒音ですべてを覆い隠さなければ、目前の問題に集中できなくなる。鉱石ラジオとそこから流れ出る大音量のバンド音楽が、実人生の雨からシンを守る防水シートになる。

だが、それはあとのこと。いまのシンは、遠くに何かを意識していた。それは雲に反射する稲妻《いなずま》のような何か。ハーツ、モーデン、サフォーク。みんな死に、突然、ただの名前になった。シンの目は信管にもどり、それを鋭く見つめた。

頭の中で信管を逆さまにし、さまざまな論理的可能性を探った。また水平に寝かせてみた。引火管のねじをゆるめながら、身をかがめて耳をつけ、真鍮がこすれ合う音に神経を集中した。

カチリもカチカチもない。引火管は音もなくはずれた。シンは時計機構を信管から取り出し、わきへのけた。信管ポケットを取り上げ、もう一度管の中をのぞくが、やはり何もない。草の上におろそうとし、そこで一瞬ためらって、光の中にもどした。何がどうおかしいというのではない。ただ、重さが気になった。ふつうは耳をすませ、目をこらし、それで終わる。だが、意識的にジョーカー捜しをやっているいまは、わずかな重さが気になった。管を注意深く傾けると、シンの注意を引いた重さの原因が、管口に滑り出てきた。それはもう一つの引火管。解体の試みをあざわらう、独立した二つ目の引火管があった。

シンはその引火管をそっと手前に引き出し、ねじをゆるめた。装置から白っぽい緑色の光が発し、鞭《むち》で打つような音が聞こえた。第二の起爆装置が発火した。シンはそれを取り出し、他の部品と並べて草の上に置いた。そして、ジープにもどった。

「二つ目の引火管があった」シンはつぶやいた。「あのワイヤを引っ張り出せたのは、運がよかった。司令部に連絡して、ほかにも同じような爆弾がないか聞いてみてくれ」

シンはジープの周辺から兵士らを遠ざけ、間に合わせのベンチを組み立てて、アーク灯の光をそこに当ててもらった。かがんで三つの部品を拾い上げ、一フィートずつ離してベンチに並べた。あたりは寒く、シンが息を吐くたびに、体内で温まった空気が大気中に羽根のように広がる。目を上げると、遠くでは主炸薬を取り出す作業がまだつづいている。シンは、新型爆弾の処理方法を手早く走り書きし、近くの将校に渡した。もちろん、完全な解ではないが、これだけの情報でも、あれば役立つ。

火の燃える部屋に日光が射《さ》し込めば、火は色を失う。シンはサフォーク卿を敬愛し、その風変わりながら該博な知識に感服していた。その卿はいまはなく、シンはすべてを一人で引き受けなければならない。シン一人の判断がふくれあがり、ロンドンに投下されたこの種の爆弾全部に投影される。突然、シンは責任の重さを思った。そして、この重さを平然と担《にな》いつづけていたサフォーク卿の人格を思った。爆弾処理中のシンが、やがて、すべてを意識から遮断する必要に迫られることになるのも、この重さと無関係ではない。シンは、権力の行使になんの興味もない。計画や解決策を上にあげ、下におろすだけの作業には、居心地の悪さを感じる。シンにできるのは現場での偵察。解決策の所在の発見。サフォーク卿の死が現実となってのしかかってきたとき、シンは与えられた仕事を辞し、ふたたび志願して前線に出た。百人の工兵に混じって軍隊輸送船マクドナルドに乗り、イタリア戦線に向かった。そして、戦争が終わるまでイタリアに隠れ、そこで爆弾を処理し、橋をかけ、残骸《ざんがい》を撤去し、装甲列車のために線路を敷いた。サフォーク卿の実験班にいたシーク教徒のことを思い出す者は少なく、一年後には実験班そのものが消滅し、忘れられた。才能を認められ、昇進をとげたのは、ブラックラー中尉一人。

だが、ルイシャムを通り、ブラックヒースを過ぎてエリスに向かったあの夜、サフォーク卿の知識を他の誰よりも多く受け継いでいたのは自分――シンはそれを知っている。シンは、卿の後継と目されていた。

シンがまだトラックのわきに立っているとき、消灯の笛が吹かれた。敵機来襲。笛から三十秒もたたないうちに、アーク灯の金属的な光は消され、代わりにトラックの荷台で硫黄《いおう》のたいまつが燃えはじめた。この発光筒なら、飛行機の爆音が聞こえてから消しても間に合う。シンはガソリンの空き缶に腰かけ、二百五十キロ爆弾から取り出した三個の部品をにらみつづけた。アーク灯の静寂のあとで、硫黄のシューシューと燃える音が耳についた。

シンは耳をすませ、目をこらして、部品がカチリと音をたてるのを待っていた。シン以外の全員は、五十ヤード離れて沈黙している。いま、シンは王様。シンにはそれがわかる。なんでも命令できる。人形使いのように、兵士を好きに操れる。バケツに砂を詰めてもってこい、フルーツパイがほしい……。何を言っても兵士は従う。勤務を離れれば、たとえ人気の少ないバーで顔を合わせても、わざわざ口をききには来ない兵士たち。それが、いまは自分の望みをなんでもかなえてくれる。シンには不思議な感覚だった。だぶだぶの服を与えられ、着込みはしたが、袖《そで》を垂らしながら歩いている感覚。似合わないことはわかっていた。シンは、目立たないでいることに慣れている。イギリスに来て、あちこちの兵舎で無視されたが、それはむしろ望ましかった。ハナと出会ったときの自立自存と警戒の身構えは、単にイタリア戦線で戦う工兵だから身についたものではない。それは、別の民族に属する無名の一員であるせいだ。目立たない世界の一部であることの結果だ。シンの人格の内部には防壁が築かれ、親しさを示してくれる人だけを受け入れる。だが、エリスでのあの夜、シンの体からは四方八方にワイヤが伸ばされ、シンの才能をもたない周囲の人々をそのワイヤでとらえていた。

数か月後、シンはイタリアに逃げ出した。いつか劇場で見た緑の服の少年のように、卿の影をナップザックに詰めて逃げた。あれは初めてのクリスマス休暇。サフォーク卿とミス・モーデンに観劇に誘われ、シンは『ピーター・パン』を選んだ。二人は何も言わずにシンに付き合い、騒々しい子どもでいっぱいの劇場に出かけた。緑の服の少年は両腕を広げて舞台上空の暗《くら》闇《やみ》に舞い上がり、また舞いおりて、地上の少女に飛ぶ感動を教えた。そのときのシンの喜びと笑いと驚き……。いま、イタリアの小さな丘の町でハナとテントに横たわるシンには、そんな思い出の影が付きまとっている。

過去を明かし、自分の内実をかいま見せることは、シンにはあまりにも声高な振る舞いに思える。ハナに面と向かい、なぜ自分とこういう関係になったのか、その心の奥底にある動機を尋ねることも同様に思える。だが、シンがハナに感じている愛情の強さは、あの三人の不思議なイギリス人への愛情にも劣らない。同じテーブルで食事をした三人。シンの喜びと笑いと驚きを見守っていてくれた、あの三人のイギリス人。

発光筒で照らされたエリスの野原で、シンの作業は飛行機が飛来するたびに中断された。硫黄のたいまつが一つずつバケツの砂に沈められ、あたりは爆音のとどろく暗闇になる。だが、その中で、シンは椅子を移動させて前かがみになり、時を刻みつづける装置に耳を近づけていた。頭上のドイツ軍爆撃隊の轟音《ごうおん》の中からカチカチという音を聞き分け、その音の間隔を計っていた。

そして、待っていたことが起こった。きっかり一時間後。タイマーが引き金を引き、雷管が爆発した。一つ目の引火管を取り除くと、目に見えない撃鉄が落ち、隠された二つ目の引火管が起動する。それは六十分後に爆発するよう設定されている。爆弾処理はこともなく終了した……と、ふつうなら工兵が安心する時間に、それは爆発する。

この新装置で、連合軍の爆弾処理は大きな方向転換を余儀なくされよう。すべての延期爆弾に、今後は第二の引火管を心配しなければならない。信管を除去するだけでは、爆弾を処理できない。信管をいじらずに、息の根を止める方法が必要になる。先ほど、アーク灯の光のなかで、シンは心にまだ怒りを残したまま、第二の引火管を仕掛けから強引に引き抜いた。そして、一時間後。硫黄のにおう空襲下の暗闇のなかで、白っぽい緑色の閃光《せんこう》がてのひら大に炸裂した。助かったのは幸運と言うしかない。シンは将校のところに歩み寄り、「確認に、信管がもう一ついります」と言った。

シンの周囲でまた発光筒が点火された。シンを取り巻く暗闇にふたたび光が届き、その夜、さらに二時間、シンは新しい信管のテストをつづけた。どれも六十分後に爆発した。

その夜、シンは明け方近くまでエリスにいた。だが、朝、目ざめると、ロンドンにもどっていた。どう連れもどされたのかおぼえていない。起きあがってテーブルに向かい、爆弾をスケッチした。信管から固定リングにいたるまで、引火管や起爆装置も含めてZUS‐40の全体像を描いた。そして、そのスケッチに、考えられる処理方法をすべて書き込んでみた。矢印を正確に、文章を明晰に、すべてを教えられたとおりに書いた。

だが、前夜に得た結論は変わらなかった。シンが生き残れたのは、ただの幸運。爆発させる以外、この爆弾にはその場処理の方法がない。シンは知りえたすべてのことを青写真用の大きな紙に描き、書いた。そして、最後に「サフォーク卿の所望により、生徒キルパル・シン中尉が作成。一九四一年五月十日」と添えた。

サフォーク卿の死後、シンは全力を尽くして働いた。爆弾は、新しい技術や装置を取り入れて急速に変化し、シンとブラックラー中尉は、三人の専門家とリージェンツ・パークの兵舎に籠《こも》って、処理方法の開発に取り組んだ。新しい爆弾が持ち込まれるたびに、その青写真を作った。

科学研究所での十二日間を経て、シンらはついに一つの答えを得た。信管を無視せよ。爆弾処理の第一原則「信管を除去せよ」を捨て去れ。それは発想の大逆転。五人はこの着想に興奮し、将校用の食堂で抱き合い、笑い合い、拍手し合った。信管を無視して、ではどうする。具体的な方策は、まだ影すら見えていなかったが、五人は自分たちの考えの正しさを確信していた。真正面から立ち向かったのでは、この問題は解けない。きっかけはブラックラー中尉の一言だった。「問題と一つ部屋に同居しているときは、それに話しかけちゃいけない」何げないその一言。だが、シンは中尉に歩み寄り、その言葉を別の角度から表現しなおした。「じゃあ、信管にはまったく手を触れないことだ」

それから一週間もたたないうちに、誰かが解決法を編み出した。蒸気処理をする。爆弾の外壁に穴を開け、そこから蒸気を注入して主炸薬を乳化させ、外へ吸い出す。これで、当面、問題は解決された。だが、その頃、シンはもうイタリア行きの船の中にいた。

「爆弾の表面には、いつも黄色いチョークでなぐり書きがしてあるんだけど、君は知っていたかな。ぼくらもね、ラホールで入隊したときは、整列して、同じように黄色いチョークで体に字を書かれたんだよ。身体検査のときにね。まず、道路に並ばされて、それから、ゆっくりと医療センターの建物に入っていって、医者の検査を受けるんだ。手で首すじにさわられたり、カリパスで皮膚のあちこちをつままれたり。それで合格した者は、中庭に出て、手続きをする。

「中庭は合格者でいっぱいになった。誰の体にも、検査結果を示す暗号みたいな黄色いチョーク・マークがあった。そのあと、また整列して、簡単な面接があって、今度はぼくらの首からぶら下がる大きな名札に、インド人将校がまたいろいろと書き込むんだ。やはり黄色いチョークでね。体重、年齢、出身地、教育水準。それに、虫歯の有無とか、どんな部隊が適しているかとか、そんなことだ。

「ぼくは、べつに侮辱されてるって気はしなかった。でも、兄なら、きっとかんかんになっただろうな。怒り狂って井戸に飛んでいって、水を汲《く》みあげて、チョークを洗い落としたと思う。ぼくは兄のようじゃなかった。兄のことは大好きだし、尊敬もしていたけど、ぼくはどんなことにもそれなりの理由を見て、納得してしまう。そういう性格なんだ。学校でも真面目《まじめ》な優等生でとおっていた。そんな優等生ぶりを、兄にはよくからかわれたっけ。でも、もちろん、ほんとうに真面目なのは兄のほうだ。ぼくは、ただ、人と争うのがいやなだけでね……。といっても、やりたいことをやらないとか、やりたいようにやらないとか、そういうのでもない。ぼくはね、かなり早いころに一つの発見をしたんだ。静かに日々を送る人には、ほかの人に見えない空間が許されるってこと。たとえば、この橋を自転車で渡るなとか、あの砦《とりで》のあの門から入るなとか、警官に言われたとする。いくら理不尽でも、ぼくは言い争いはしない。ただ、黙って立っている。そして、警官の目に見えなくなる頃合いを見はからって、そっと通り抜ける。コオロギみたいに。隠されたコップ一杯の水みたいに。わかるかな？　兄が公の場で戦っているのを見て、ぼくはそういうことを学んだ。

「ぼくにとって、兄は家族の英雄だった。熱血漢の兄の陰に隠れて、ぼくはいつもじっと見ていた。この侮辱、あの法律。兄は必ず抗議の行動を起こす。そして、そのたびに疲れはててしまう。長男が軍人になる家系なのに、軍隊にも入らなかった。イギリス人が支配している場所には、とにかく我慢がならなかったんだ。それで監獄に引きずっていかれた。最初はラホール中央刑務所。つぎにジャトナガル刑務所。毎晩、ギプスで固めた腕をさすりながら、ベッドに寝ころがっていた。腕はね、兄に脱獄をさせないようにって――兄を守るためにって――友人が折ったらしい。刑務所のなかで、兄は無口で屈折した人間になった。なんとなく、ぼくに似てきたのかもしれない。ぼくが医者になるのをやめて、兄の代わりに入隊したことを聞いても、怒らなかった。ただ笑って、父を通して『気をつけろ』の一言をくれた。ぼくのことでは、兄は爆発しない。ぼくには生き残りの才能があるって、兄は信じている。静かな場所にひそむすべを知っているって」

シンは台所のカウンターに腰かけ、ハナと話をしている。その台所をカラバッジョが通り抜け、外へ出ていく。肩には太いロープの束。何をするロープかと尋ねても、他人のことは放っておけ、と言い返される。背後にロープを引きずってドアから出ていきながら、「イギリス人の患者がおまえに用だとよ、坊主《ぼうず》」と言う。

「はいよ、おじさん」工兵はカウンターから飛びおりる。

「父は鳥を一羽飼っていた。アマツバメって言うんだと思う。小さなやつ。いつもそばに置いていてね、眼鏡や食事中の水と同じくらい、快適な生活のためには欠かせないものらしかった。家の中でも持ち歩くんだ。用事でちょっと寝室に入るだけのときでさえ。もちろん、仕事に行くときは、いつも自転車のハンドルに、ちっちゃな鳥籠《とりかご》をぶら下げていく」

「お父さんはまだ生きてらっしゃるの」

「そう思う。ここしばらく手紙ももらっていないけど。兄は、おそらくまだ牢屋《ろうや》だろうな」

シンはあることを繰り返し思い出す。そこはウマの腹の中。白亜の丘は暑く、周囲には白いほこりがただよっている。シンは爆弾と格闘している。単純な爆弾だが、シンにとっては初の単独作業だ。坂の上二十ヤードほどのところに、ミス・モーデンがすわり、シンの作業を記録している。下の谷の向こう側では、サフォーク卿が双眼鏡で見ている。

シンは慎重に仕事をした。白いほこりが舞い上がり、手にも爆弾にも積もる。雷管にも、ワイヤにも。絶えず吹き飛ばしていないと、細かなところがすぐ見えなくなる。軍服は暑かった。

手首には汗が流れ、シンはときどき手を後ろに回して、シャツの背中でそれをぬぐった。胸に並ぶどのポケットも、取りはずした部品でふくらんでいる。あれを確かめ、これを確認し、その際限のない作業に、シンは疲れていた。ミス・モーデンの声が聞こえた。「ねえ、キップ」「はい」「ちょっと手を止めて。いま、おりていくから」「ここは危険です、ミス・モーデン」「何を言っているの」シンは、胸のポケット全部のボタンをとめ、爆弾に布をかぶせた。ミス・モーデンが、おぼつかない足取りで白馬の中におりてくる。シンと並んですわると、鞄をあけて、小さな瓶を取り出した。オーデコロンの小瓶。その中身をレースのハンカチに振りかけ、シンに手渡す。「これで顔をおふきなさい。サフォーク卿もこれで気分転換なさるのよ」シンはおずおずとハンカチを受け取り、言われたとおり、額《ひたい》と首すじと手首をぬぐう。ミス・モーデンは魔法瓶の蓋《ふた》をあけ、シンと自分に一杯ずつ紅茶を注ぐ。油紙を開き、数切れのキプリング・ケーキを取り出す。

すっかり腰を落ち着け、上の安全な場所にもどる気配は少しもない。シンのほうから急いでもどれと言うのは、無礼に思えた。ミス・モーデンは、「暑くていやね」と言う。「でも、町にはバス付きの部屋を予約してあるから、楽しみにしていらっしゃい」と言う。そして、目の前の爆弾のことなど忘れたかのように、サフォーク卿とどうやって出会ったかを、とりとめもなく話しはじめる。先ほどまで、シンは集中力を失いかけていた。半分眠りながら、読書している人のようだった。一つのパラグラフを何遍読み直しても、意味がとれず、先に進めない。問題の渦に巻き込まれ、沈みかかっていた。ミス・モーデンは、そんなシンを渦から救い出した。

ひとしきり話すと、あれこれを丁寧に鞄にしまい、シンの右肩に軽く手を置いた。そして、ウエストベリーの白馬をよじのぼり、傘と毛布のところへもどっていった。あとにサングラスが残されていたが、シンはそれをわきによけた。これをかけるとよく見えない。だが、オーデコロンの香り。この匂《にお》いは、子どものころ一度かいだことがある。熱を出して寝ていたとき、誰かがこれで体をふいてくれた。

シンは作業を再開した。

Ⅷ　神聖な森

キップは穴を掘っている。が、突然、掘るのをやめ、原っぱを出ていく。左手を胸のあたりに持ち上げているのは、手首でも痛めたのだろうか。

ハナの畑の前を通り過ぎる。そこには、案山子《かかし》がわりの十字架像が、空《から》のイワシ缶をぶら下げて立っている。キップは、屋敷に向かって坂をのぼる。蠟燭《ろうそく》の炎を風から守るように、右手を椀《わん》にして、胸の左手をかばいながらのぼっていく。テラスでハナを見つけた。その手をとって、自分の左手に触れさせる。小指の爪《つめ》の上を這《は》い回っていたテントウムシが、たちまちハナの手首に移った。

今度はハナが、手を大事そうに胸もとに上げて歩く。屋敷の建物に入り、台所を抜けて階段をのぼっていく。

部屋に入ってくるハナに、患者が顔を向ける。テントウムシを乗せた手が患者の足に触れ、虫は黒い皮膚に移動する。白いシーツの海を避け、足首から上へ向かって長い旅に出るテントウムシ。火山の岩肌を這っていく鮮やかな赤い点。

図書室で、信管が宙に浮き、落ちていく。廊下にハナの歓声が聞こえ、カラバッジョが思わず振り返った。そのとき肘《ひじ》が信管を押し、カウンターから落下させた。だが、信管が床に着く直前、キップの体がその下に滑り込んで、てのひらに受け止めた。

見おろすカラバッジョの目に、両頬をふくらませ、大きな安堵《あんど》の息を吐き出している若者の顔が映る。

命の恩人——カラバッジョの頭に、唐突に、そんな言葉が浮かぶ。

キップは笑いはじめる。年長の男の前でいつものはにかみを忘れ、ワイヤがからみ合う箱を手にして大きな声で笑いはじめる。

カラバッジョの記憶には、あの滑り込みがいつまでも残るだろう。このまま立ち去り、二度と会うことがなくても、キップを忘れることはあるまい。何年かたち、トロントの通りでタクシーをおりるとき、つぎに乗り込もうとするインド人のためにドアを押さえてやりながら、きっとキップを思い出す。

工兵は上を向いて笑っている。カラバッジョの顔を見、さらにその先の天井を見上げながら笑っている。

「腰巻きじゃない。サロンだ。サロンのことなら、おれはなんでも知っているぞ」カラバッジョはキップとハナに話しかけながら、手を振って強調した。「トロントのイーストエンドでな、ある家に泥棒に入ったんだ。インド人の住む家だった。あちこちあさっているうちに、家じゅうをベッドから起こしちまった。見たら、みんな腰布をつけてる。寝るときに、あれを着て寝るんだな。おれは興味をもった。で、その家族といろいろ話しているうちに、あんたも着てみないかってことになった。おれも馬鹿《ばか》だからな、すっかりその気になって、服をぬいで、サロンを腰に巻いてみた。そうしたら、いきなり全員でおれに襲いかかってくるじゃないか。おれは半分裸で、夜の町に逃げ出した」

「それ、ほんとうの話？」ハナがニヤリとする。

「数多くの実話の一つさ」

カラバッジョをよく知るハナは、ほとんど信じそうになった。カラバッジョは、たとえ泥棒の真っ最中でも、人間的な事柄に強くひかれる。たとえば、クリスマスにどこかの家に忍び込み、降臨節の日めくりに、めくり忘れがあるのを見つける。すると、それが気になってしかたがない。ペットが留守をまもっている家では、そのペットと会話をする。食事は何にする？何が好きだ？そして大量の餌《えさ》を与える。だから、のちに犯行現場にもどったとき、ペットに大喜びで迎えられたりする。

図書室で、ハナは目を閉じて本棚の前を歩き、適当に一冊を抜き取る。今日のは詩集。中に大きな白紙の部分を見つけ、こんなふうに書き込む。

ラホールは古い町だ、と彼は言う。ラホールにくらべれば、ロンドンは最近できた町だよ、と。じゃあ、私はもっと新しい国の生まれなんだわ、と私。インドでは、ずっと昔から火薬を知っていた、と彼。十七世紀の絵に、花火を描いたものがあるらしい。

彼は小柄。私とくらべても、さほど背が高くない。間近で見る微笑《ほほえ》みは、とてもすてき。見た人は、誰でも引きつけられる。内面の強さを、少しも表に出さない。あれは聖戦士の一人だ、とイギリス人が言う。でも、変わったユーモアのセンスがある。ふだんの礼儀正しさからは想像できない、手に負えなさ。だって、「朝になったら、また耳をつないでやらなくちゃ」ですもの。ワーオ！

ラホールに入る門は十三箇所。どれにも聖人や皇帝や行く先の名前がついている。「バンガロー」という言葉は、「ベンガル」から来ているらしい。

午後四時。キップは穴の中に吊《つ》りおろされ、泥水の中に腰まで浸《つ》かりながら、エサウ爆弾に取りついた。ダチョウのように頭を隠し、尻《しり》だけ出した巨大爆弾。泥中深く突き刺さった鼻先から尾翼まで、全長は十フィート。茶色の水面下で、キップは両腿《りょうもも》にその爆弾をはさみこんだ。基地でダンス・パーティーがあるとき、会場の薄暗い片隅で、よく兵士が女に抱きついている。あの姿勢。腕が疲れると、肩の高さの杭《くい》に乗せて休ませる。この杭は、泥の崩落を防ぐ板壁の一部だ。キップが到着するまえに、他の工兵らがエサウの周りに深い穴を掘り、杭を打ち込んで板をめぐらした。

Y信管をもつエサウは、一九四一年に入ってから使われはじめた新型爆弾で、キップもこれまでに一個しか処理したことがない。だが、処理方法の検討会で、いちおうの結論が出ていた。新型信管には「冷凍治療」で対処する。

裸足《はだし》のシンは、すでに少しずつ泥の中に沈みはじめていた。冷たい水の底は粘土。足を踏ん張ろうにも、踏ん張る場所がない。シンはブーツをはいていない。ブーツは粘土にとらえられ、抜けなくなる。プーリーで引き上げられるとき、ブーツが抜けないと、中で足首が折れる。

キップは弾体の金属に左頬をつけ、暖かい陽光の中にいる自分を想像しようとした。二十フィートの深さのこの穴にも、太陽が斜めに射《さ》し込み、首の後ろに当たっている。キップはその部分にだけ神経を集中した。いま抱きついているこの爆弾は、いつ爆発してもおかしくない。振動板が揺れる、引火管が発火する……。あの小さなカプセルがいつ壊れ、あのワイヤの揺れがいつ止まるのか、それを事前に知る魔法はない。X線でもわからない。こうした小さな機械的信号は、心臓の雑音や脳血管の破裂と同じだ。目の前を歩く健康そうな人の体の中で、いつそれが起こるかわからない。

この町はどこだったか。それすらもキップには思い出せない。頭上から声が聞こえ、見上げると、ハーディが工具を入れた鞄《かばん》をおろしてきた。ロープの先に宙づりになった鞄から、各種のクリップやら工具やらを取り出し、上着にあるいくつものポケットに収める。ここへ来る途中、ジープの中でハーディがうたっていた歌が、口をついて出てきた。

　バッキンガムのお城で衛兵が交代
　クリストファー・ロビンはアリスと仲よし

信管頭部から水気をぬぐい取り、その周囲に粘土の土手を築くと、容器の栓を抜いて、土手の内部に液体酸素を流し込んだ。テープで土手を金属にしっかり固定し、あとは待つ。爆弾とほぼ密着状態にあるキップには、爆弾の温度の低下がじかに感じられる。地上なら、しばらくその場を離れ、十分後にもどってくることもできる。だが、こんな穴の中では、爆弾の横で待つしかない。閉ざされた空間の中で、警戒しながら向かい合う爆弾とキップ。かつて、カーライル大尉《たいい》が穴の中で液体酸素を扱っているとき、突然、穴全体が燃え上がった。急いで引き上げたが、大尉はすでに意識不明になっていた。

ここはどこだろう。リッソン・グローブだったか、旧ケント街道だったか。

キップは脱脂綿を泥水に浸し、信管から一フィートの場所に押しつけた。綿はぽろりと落ちた。もう少しかかる。綿が凍りつけば、信管周辺の凍結域の広さは十分。つぎの作業に取りかかれる。キップは液体酸素をさらに注ぎ足した。

霜の円が広がり、いま、半径一フィートほどになった。あと数分でよかろう。爆弾にテープで紙が貼《は》りつけてある。今朝、すべての爆弾処理班に送られてきていた文書。最新工具一式に入っていたそれを読んで、どの工兵も大笑いした。

その場爆発が認められるのはいかなる場合か

人間の生命をX、危険度をY、爆発による被害をVとするとき、V<X/Yが成り立てば、爆発が論理的に認められよう。しかし、V/Y>Xなら、その場爆発を避ける処置が必要となる。

こんなことを誰が書くのだろう。

穴におりてから、もう一時間以上になる。キップは液体酸素を注ぎつづけた。右肩のあたりにホースが垂れさがり、外から空気を送り込んでいる。これが酸素酔いを防ぐ（もっとも、酒で二日酔いになった兵士は、酸素を吸って頭痛をなおすが）。濡《ぬ》れた綿を押しつけると、今度は凍りついた。処理に使える時間は、いまから約二十分。それを過ぎると、爆弾内部のバッテリー温度がまた上がりはじめる。だが、いまは信管が凍結し、除去作業を開始できる。

キップは両手で弾体を上下になで回し、金属にひび割れがないことを確かめた。水没している部分はいい。だが、それより上にひび割れがあると、酸素と炸薬《さくやく》が接触し、自然発火する恐れがある。それは、カーライル大尉が残した教訓。X/Y。ひび割れがあるときは、液体窒素を使わなければならない。

「こいつは二千ポンド爆弾です、中尉殿。エサウです」穴の上からハーディの声。

「型マークは50。丸にB。信管ポケットはたぶん二個あるが、二つ目はおそらく空っぽ。そうだったな?」

こんなことは、すでに何度も二人で話し合っている。だが、もう一度確認する。念には念を入れる。

「よし。マイクをオンにして、さがってくれ」

「了解、中尉殿」

キップの口もとがほころんだ。ハーディは十歳も年長で、しかもイギリス人だ。軍隊の規律に居心地のよさを感じている。ほとんどの兵士は、キップに「中尉殿」と呼びかけるのをためらう。だが、ハーディだけは大声で、本心からそう呼びかけた。

キップはすばやく作業を開始した。すべてのバッテリーが休眠しているあいだに、信管を取り除かなければならない。

「聞こえるかい。聞こえたら、口笛を吹いてくれ。……よし、聞こえた。いまから最後の酸素をやる。三十秒だけぶくつかせて、それから始める。霜が厚くなった。よし、土手をとりはらうぞ……とれた」

ハーディはすべてを聞き、記録しておく。何かがあったとき、この記録が役に立つ。たとえば、火花が一つ飛んで、穴に火柱が立ったとき。あるいは、爆弾に潜んでいたジョーカーが悪さをしたとき。つぎの工兵は、キップとは別の方法をとらなければならない。

「キルター・キーを使う」胸のポケットから取り出したキーは冷たく、キップはそれを手でこすって温めた。固定リングの除去に取りかかると、リングは簡単に動き、キップはハーディにそれを伝えた。

「バッキンガムのお城で衛兵が交代……」キップは口笛を吹きながら作業している。固定リングと位置決めリングがはずれ、水中に沈んでいった。足下でゆっくりと転がっているのがわかる。あと四分ほどで、すべてが終わる。

「……衛兵と結婚。兵隊さんの暮らしはつらい、とアリスは嘆く……」

キップは、いま声に出して歌っている。歌って、体に温かさを取りもどそうとしている。目の前の凍りついた金属から少しでも遠ざかろうと、背を反《そ》らしつづけるが、冷たさで胸が痛む。首の後ろが、唯一《ゆいいつ》、日の当たる場所。キップはしきりに手をそこにもっていく。そして、両手をこすり合わせ、泥とグリースと霜をこそげ落とす。コレットで頭部をつかもうとするが、なかなか思うように操れない。突然、信管頭部が折れ、キップはぞっとした。頭部がそっくりもげた。

「いかん、ハーディ。信管の頭がとれた。ちょっと来てくれないか。信管本体はずっと下だ。届かない。手をかけられそうな場所がどこにも見えない」

「凍結はどうです」頭上で声がする。数秒しかたたないのに、ハーディはもう穴に駆け寄ってきていた。

「あと六分はもつ」

「上がってください。爆破しましょう」

「いや、もっと酸素をおろしてくれ」

キップが右手をあげると、そこに冷たい缶がおろされてきた。

「頭部がもげて、信管がむき出しになっている場所がある。ここに小便を垂らす。あとは、金属に切り込むぞ。何か握りができるまで、のみで削っていく。君はさがってくれ。マイクで連絡する」

キップはいま起こったことに、こみ上げる怒りを抑えきれない。小便とは液体酸素のこと。その小便が衣服のあちこちに飛び、水に落ちてシューシューと音を立てる。ふたたび霜がつくのを待ち、金属をのみで削りはじめた。さらに液体酸素を注ぎ、さらに深く削る。だが、進みぐあいは、はかばかしくない。キップはシャツの一部を引き裂き、金属とのみのあいだに差し込むと、危険なほど強くハンマーでのみを叩《たた》いた。金属片が飛び散った。いま、キップを火花から守っているのは、一枚のシャツの切れ端だけ。だが、もっと問題なのは、指先の冷たさだった。かじかんで思うように動かない。バッテリー同様、極端に鈍《にぶ》くなっている。キップは、もげた信管頭部の周りを横方向に削りつづけた。凍結中の信管がこの荒療治を受け入れてくれることを願いながら、金属を層状に削っていった。初めから縦に切り込んだのでは、雷管を叩く危険がある。

さらに五分たった。それは引火管を発火させる。ハーディは穴の入り口を離れず、凍結の残り時間を伝えつづけている。

だが、そんな数字が当てにならないのは、二人とも知っている。信管の頭がとれたあと、凍結の場所は変わった。そして、キップには冷たすぎる水温も、液体酸素で冷やされた金属にはお湯も同然。

そのとき何かが見え、キップは慌《あわ》ててのみを引っ込めた。回路の接点。銀色の巻き髭《ひげ》のように揺れている。あれに届きさえすれば……。キップは両手をこすり合わせて温めた。息を吐き出すと、数秒間じっとしていたが、やがて極細のペンチを伸ばし、接点を二つに断ち切った。そして、大きく息を吸い込んだ。回路から手を引き抜くとき、金属の冷たさに焼かれ、痛みにあえいだ。だが、爆弾は死んだ。

「信管カット。引火管カット。おめでとう」

ハーディはもうウィンチの巻上げにかかっている。キップは、ロープ先端のクリップを装帯にとめようとするが、凍傷の手と、寒さで硬直した筋肉にはむずかしい。プーリーのきしむ音を聞きながら、体にまだ半ば巻きついている革の吊索《ちょうさく》に必死でしがみついた。やがて、褐色の脚が泥の吸引力から抜け出すのが感じられ、小さな足が水上に出た。沼から引き上げられる古代ミイラの感じ。穴から日の光の中へ、キップが徐々にのぼっていく。まず頭。そして胴体。

穴の上には柱の円錐《えんすい》が立ち、プーリーを支えている。その真下にぶら下がり、ゆっくり回転しているキップ。ハーディはそんな上官を片手で抱き寄せながら、もう一方の手で吊索をはずした。自由になったキップの目に、突然、黒山の人だかりが見えた。穴から二十ヤードも離れていない。これは近すぎる。危険なほど近すぎる。何かあれば、みな木《こ》っ端《ぱ》微塵《みじん》になっていた……。だが、もちろん、穴の入り口に張りついていたハーディには、見物人を押しとどめられたはずがない。

工具、缶、毛布が散乱するなかを、ハーディの肩に支えられ、キップはジープまでもどろうとする。だが、とても歩けそうにない。見物人は黙ってインド人を見つめている。受信装置は、穴の中の静寂をまだじっと聞きつづけている。

「歩けない」

「ジープまでです、中尉殿。あとほんの数ヤード。あとは私がしますから」

立ち止まっては、またのろのろと歩きはじめる。二人は何度もそれを繰り返した。ジープまで行くには、見物人の目の前を通らなければならない。群衆は小柄な褐色の男を凝視しつづけた。濡れた軍服に、裸足。やつれた顔。意識の朦朧《もうろう》がうかがわれる。何を見てもわかってはいまい。自分らの顔も……。誰も一言もしゃべらない。二人が近づくと、ただ一歩下がって道をあけた。ジープにたどり着き、キップは震えはじめた。フロントガラスの反射が目に堪えがたかった。ハーディはキップを抱きあげ、少しずつ座席に押し込んだ。

ハーディが後かたづけに去ると、キップは濡れたズボンをのろのろとぬぎ、毛布にくるまった。そして、ただすわっていた。わきには熱い紅茶の入った魔法瓶があるが、寒さと疲れで蓋《ふた》をとることもできない。キップは考えていた。穴の中では、恐ろしくさえなかった。ただ腹が立っていた――自分のへまに、ジョーカーが隠れているかもしれないという危険に。獣のように、ただ身を守るために反応していた。

そんな自分を、ハーディが人間に保《たも》っていてくれる。

サン・ジローラモ屋敷に暑い日が訪れると、住人はみな髪を洗う。まず灯油でシラミの心配を取り除き、それから水で洗う。キップは仰向きに寝て、髪を広げ、太陽のまぶしさに目を閉じる。その姿は、突然、隙《すき》だらけに見える。内面の気恥ずかしさをあらわにした、無防備な寝姿。人間でもほかの生き物でもなく、何かの神話に出てくる死体のように見える。ハナが横にすわる。その濃い茶色の髪はもう乾いている。こんなとき、キップは家族のことや、牢屋《ろうや》にいる兄のことを話す。

キップは上体を起こすと、髪を前に投げ出し、根元から毛先までタオルでふきはじめる。一人の男のこんなしぐさから、ハナはアジアの全体を想像する。のんびりした動き、静かな文明。キップがいつか聖戦士のことを話していた。ここにその一人がいる、とハナは思う。いつもは厳《いか》めしく、幻想的。だが、日の光を浴びるこのまれな瞬間には、神に仕えることをやめて、くつろいでいる。頭をまたテーブルにのせて、髪を広げた。扇形の藁籠《わらかご》に入った穀物を乾かすように、日光がその髪を乾かす。

キップはアジアに生まれながら、戦争中のこの数年間、イギリス人を父とも慕《した》い、従順な息子のようにイギリスの流儀に従ってきた。

「そんなぼくを、兄は馬鹿だと言う。イギリス人なんかを信用する馬鹿者だって」ハナのほうを向いた目に、日の光がまぶしい。「おまえもいつか目がさめる――兄はそう言う。アジアはまだ自由な大陸じゃない。インドがイギリス人の戦争を戦うなんて、とんでもないことだって。兄とぼくは、いつもそのことで言い争った。おまえもいつか目がさめる――兄はそう言いつづけた」

そう言うときの工兵は、兄の言葉に反抗するように目を固く閉じている。「日本はアジアの一部なのに、その日本は、マラヤでシーク教徒を虐待《ぎゃくたい》した。ぼくはそう言い返す。でも、兄は聞く耳をもたない。独立運動にかかわるシーク教徒を、イギリス人はどんどん絞首刑《こうしゅけい》にしている。兄はそう言う」

ハナは腕を組んで、キップから離れる。世界の不和。世界の確執《かくしつ》。日の光の中に立つ屋敷の暗がりに歩み入り、イギリス人の部屋に行ってすわる。

夜。ハナに髪を解きほぐされ、キップはふたたび星座になる。枕《まくら》に一千の天の赤道が伸び、抱き合うときも、寝返りをうつときも、二人のあいだにそれがうねる。ハナは腕にインドの女神を抱く。麦の穂とリボンを抱く。キップが上体を重ねてくるたび、それはこぼれ落ちて、ハナの手首にからみつく。テントの暗がりの中でキップが動くたび、長い髪に電気のブヨが飛び回る。ハナは目をあけて、それを見ている。

キップは、いつも周囲との関係を意識しながら歩く。壁に沿って歩き、上の庭の生け垣に沿って歩く。視野の周辺に気を配る。ハナを見るときも、やせた頬の断片を背景との関係の中でとらえる。ムネアカヒワが描く弧を、地表からどれだけの空間を稼いだかでとらえるのと変わらない。その目は、一時的・人間的なもの以外のすべてを見ようとする。そういう目をもって、キップはイタリアを北上してきた。

意識の対象外にあるのは、唯一、キップ自身だ。夕暮れに伸びる自分の影、椅子《いす》の背に伸ばす自分の腕、窓ガラスに映る自分の姿、他人が自分を見る目。どれも気にとめない。自分自身こそ、唯一、完全に無害だと確信できるものだから。戦争の数年間で、キップはそれを学んだ。だから、鏡をもたない。ターバンを巻くときは、庭に出て、木に生えるコケをながめながら巻く。

キップは階上の患者と何時間も過ごし、その寝姿に、イギリスで見たモミの木を重ね合わせる。太い枝が一本病んでいた。老齢で枝の重さに堪えられず、木の支えが当ててあった。ブリストル湾を一望するサフォーク卿《きょう》の家の庭で、それは歩哨《ほしょう》のように崖《がけ》の縁に立っていた。だが、老衰した体にもかかわらず、うちに宿る生命は高貴。それは記憶をもち、その記憶には、虹《にじ》になって病を超える力があった。

ハナの髪には、鋏《はさみ》が残した畝《うね》がある。それを、キップは見て知っている。鎖骨を覆《おお》う皮膚が下から突き上げられ、ほかの部分より白く見えることも知っている。その鎖骨に顔を寄せるたびただよってくる、ハナの息の匂《にお》いも知っている。キップはハナを愛している。だが、ハナの目の色を尋ねられても、おそらく答えられまい。笑って、当てようとはするだろう。だが、ハナが目を閉じてその黒さを隠し、「緑色なのよ」と言えば、それを信じる。ハナの目をじっとのぞきこんでいても、キップの心は色を記録しない。どんな味の何を食べても、喉《のど》を通り、胃に入れば、キップには舌触りとしてしか残らないのと、それは同じこと。

誰かが話をしているとき、キップはその人の口を見る。目や目の色は、部屋の照明や時刻でどうにでも変わる。だが、口元は不安や独善を正直に表す。人格スペクトル上のどの点も、そこには正確に映し出される。口こそ、顔のなかでもっとも複雑微妙な部位だと思う。目が何を物語るのか、キップにはよくわからない。だが、口元なら読める。暗く引き締まった冷酷さも、明るく緩んだやさしさも、見ればそれとわかる。目とちがい、日の光が一本射し込んだだけで判断を誤ることはない。

キップは、すべてを、変化する調和の一部としてとらえる。時間がちがい、場所が変われば、ハナの声も性格も、その美しささえも変わる。すべては、海にただよう救命ボートのよう。その運命は、背景の海の力に守られ、あるいは翻弄《ほんろう》される。

屋敷の住人は日の出で目覚め、空に残る最後の光で夕食をとる。そのあと、夜更《よふ》けのサン・ジローラモ屋敷は闇《やみ》になる。ただ一本、イギリス人の患者の枕もとで蠟燭の光が揺れるだけの闇になる。たまにカラバッジョが調達に成功すれば、底にわずかばかりの石油を溜《た》めたランプの光が加わるが、そんなものでは廊下や空き部屋の闇は薄くならない。夜の屋敷は、埋もれた都のようだ。住人は腕を伸ばし、指先で壁に触れながら歩く。

「光がない。色もない」ハナは繰り返し歌いながら歩く。キップの階段のおり方には身のすくむ思いがする。手をてすりの中ほどに置き、上から下まで一足飛びにおりる。あれはやめさせなければ、と思う。キップの足が宙を飛び、たまたま帰館したカラバッジョの腹を直撃する——そんな光景を思い描いて、ハナは身震いした。

イギリス人の部屋の蠟燭は、もう一時間もまえに吹き消してある。女はテニスシューズをぬいだ。夏の暑さに、ドレスの首のところのボタンをはずしている。袖《そで》のボタンもはずし、肩までたくし上げている。快《こころよ》い服装の乱れ。

この建物の一階には、台所、図書室、崩れた礼拝堂のほかに、ガラスで囲まれた中庭がある。四方ガラス張りの庭。どの面にもガラスのドアがあり、そこから中に入れる。中には、蓋をした井戸と、枯れた鉢植えをのせた棚。かつては、この温室にきっと花が咲き乱れていた。ガラス張りの中庭は、押し花を見せるためわざわざ開かれた本のようだ、と女は思う。それは通りすがりにながめるもの。立ち入る場所ではない。

午前二時。

二人は、それぞれ別の入り口から屋敷に入る。女は礼拝堂側、三十六段の石段のわきから入る。男は北側の庭。建物に入った男は、まず腕時計をはずす。文字盤の燐光《りんこう》で女に気づかれるようなへまはしたくない。はずした時計を、胸の高さにある壁の窪《くぼ》みに隠す。そこには、屋敷の守護聖人の小像が安置してある。男はすでに靴をぬぎ、ズボンだけになっている。腕にくくりつけているランプも消した。ほかには何も持たず、部屋の片隅の壁に寄りかかる。細い体、黒いターバン、手首には腕輪。槍《やり》を立てかけたように、暗闇の中でしばらくじっとしている。

やがて動きはじめた。ガラス張りの中庭を通り抜け、台所に入る。すぐにイヌがいるのに気づき、つかまえて、テーブルにロープで結びつけた。棚からコンデンスミルクをとる。ガラスの部屋にもどり、ドアの下縁に手を走らせて、小さなつっかい棒を探る。中庭に入って内側からドアを閉めるが、閉まる直前に腕をくねらせ、つっかい棒をもとどおりに直す。女に見とがめられるとまずい。そして、井戸の中に隠れた。縁から三フィート下に板が渡してあって、十分に乗れるだけの強さがある。男は蓋をしめ、しゃがみ込んだ。女が自分を捜している様子を想像し、女のほうも隠れているのかもしれないと思いながら、コンデンスミルクをすすりはじめた。

女は、男が何かこそこそやっているだろうと見越していた。図書室に行き、腕のライトをつけて、本棚の前に立った。それは女の足もとから立ち上がり、はるか上、暗がりに隠れる高さまでつづいている。ドアは閉めてある。だから、廊下側から来られても、光を見られる心配はない。フランス戸の向こうに立てば見えるが、それは、男が屋敷の外にいればの話。女は数歩ごとに立ち止まり、イギリス人の患者に読んでやる本を捜した。本棚に英語の本は少なく、ほぼイタリア語で埋まっている。だが、イタリア語の背表紙と口絵で装《よそお》われたそれらの本を、女は好きになりはじめていた。色刷りのカットが貼り込まれ、それが薄紙で覆われていたりする。本の匂い。開くときの音。めくるのが速すぎると、目に見えない小骨が何本も連続して折れたような音がする。女はまた足をとめた。『パルマの僧院』

「この困難から抜け出られたら、私はパルマに美しい絵を愛《め》でに行くとしよう」と、彼はクレリアに言った。「そのとき、あなたはファブリーツィオ・デル・ドンゴの名を思い出してくださるであろうか」

カラバッジョも同じ図書室にいて、女とは反対側の壁際《かべぎわ》で絨毯《じゅうたん》に寝転んでいた。そこの暗闇からは、女の左腕全体が燐光を発しているように見える。本を照らし、黒い髪に赤みを帯びさせ、ドレスの綿布と、肩にたくし上げた袖を燃え上がらせている。

男が井戸から出てきた。

女の腕から伸びる光は、直径三フィートに広がり、そのまま闇に吸い込まれる。カラバッジョには、自分とのあいだに暗黒の谷があるように見える。女は、茶色の表紙の本を右腕にかかえている。動くたびに新しい本が照らし出され、また消えていく。

おとなになった、と思う。かつて、この女のことなら、何から何までわかっていた時期がある。まだ少女、両親の所産だった頃。あの頃もかわいがっていた。だが、いまのほうがずっといとおしいと思う。目の前にいるこの女は、ハナが自分の意志でなった姿だ。ヨーロッパのどこかの街角で出くわせば、見覚えがあるとは思っても、とてもハナだとは気づくまい。初めてこの屋敷に来た夜、カラバッジョは衝撃を受け、それを押し隠した。女の顔には苦行者の鋭さがあり、最初、それは冷たさとも見えた。だが、この二か月で、いま見る女に成熟した。その変わりようが、カラバッジョには信じられないほど嬉《うれ》しい。何年もまえ、この子はどんなおとなになるのだろうと想像したことがある。見慣れた少女の延長線上におぼろな姿を作り上げてみたが、目の前にいる女は、それとは似ても似つかない。見知らぬ女。すばらしい女性。カラバッジョが与えたものをかけらも含んでいない。だから、いっそういとおしい。

女はソファーに寝そべり、ランプを内側に向けると、たちまち本にのめり込んでいった。が、ふと目を上げ、聞き耳を立て、すばやくライトを消した。

部屋にいることを勘づかれたかな……。カラバッジョは自分の呼吸の騒々しさを知っている。穏やかで規則正しい呼吸は、いまのカラバッジョにはむずかしい。ライトが一瞬つき、また消えた。

突然、カラバッジョを除く部屋中が動きだした。すぐそこに激しい動きが聞こえる。自分に触れてこないのが不思議なほど近い。あの若者が部屋にいる……。カラバッジョはソファーに歩み寄り、女が寝ている方向に手をおろした。だが、そこに女はおらず、身を起こすと、とたんに一本の腕が首にからみついて、カラバッジョを後ろに引き倒した。倒れる途中、ライトがギラリとついて顔を照らし、つかまった者とつかまえた者が同時に息を飲んだ。倒れても、ライトをつけた腕は首から離れない。そのとき、テニスシューズのない足が光の中に現れ、カラバッジョの顔の前を通りすぎて、横にある若者の首すじを踏みつけた。もう一つライトがついた。

「さあ、つかまえた。つかまえたわよ」

床に転がる二つの体に、光の上からのぞき込む女の暗い輪郭《りんかく》が見えた。「つかまえた、つかまえた」女が歌うように言う。「カラバッジョおじさんはおとりよ。絶対この部屋にいると思ってた。それに、あんなに息がゼーゼーしてたんじゃ、すぐにわかるわ。おとり作戦は大成功ね！」

女の足は若者の首をもっと強く踏んだ。「降参ね？　早くおっしゃい！」

若者の腕の中で、カラバッジョは震えはじめた。体中に大汗をかき、抜け出そうとするが、できない。ライトのぎらつきが、いまは二つともカラバッジョを直射している。早く起き上がり、這ってでもこの恐怖から逃げ出さなければならない。降参ね？　女が笑っている。声を落ち着かせ、話しかけようとするが、自分たちの遊びに夢中の二人には聞こえない。若者の腕が緩み、カラバッジョはようやく解放された。そして、一言もしゃべらずに部屋から逃げ出した。

二人はふたたび暗闇にいる。「どこ？」女が尋ね、いきなり動き出す。男は前に立ちふさがり、ぶつかってきた女を両腕にかかえ込む。女が相手の首に腕を回し、唇で唇を捜す。「コンデンスミルク！　試合中にコンデンスミルク？」そうなじりながら、唇は男の首すじに移動する。さっき裸足で踏みつけた場所。そこに浮かぶ汗。「ねえ、顔を見せてよ」だが、男のほうがライトをつけ、女を見る。いく筋ものほこりの跡。髪の毛が汗で濡れて束になり、あちこちに跳ねている。男に向けた大きな笑い。

男は細い手をドレスの緩い袖に差し入れ、両手に一つずつ女の肩をとらえた。これで女がどう動いても、手は離れない。女は後ろに反り返り、全体重を乗せて倒れた。男が動きについてきて、最後の瞬間には、床に手をついてかばってくれる――そう信頼して倒れる。二人が床に着いた瞬間、男の足が空中に跳ねる。手と腕と口だけが女の体に残り、あとはカマキリの尾のように反って、空中にある。ランプは、まだ男の左腕。女の顔がその光の中に滑り込み、腕の筋肉に口づけをして、そこに浮かぶ汗を吸い、味わう。男は女の濡れた髪に額をこすりつける。

突然、男は四方八方にいる。工兵ランプが部屋中を跳ね回る。男は一週間かけてこの部屋を徹底的に調べ、あらゆる信管を除去していた。だから、この部屋はいま安全だ。地帯でも区域でもなく、もう戦争とは無縁のただの図書室にすぎない。男はランプだけを持って飛び回る。腕が動くと、天井が現れ、女の笑い顔が現れる。男は近づいて、また遠ざかる。いま、女はソファーの背に立ち、通りすぎる男の、黒く光る細い体を見おろしている。今度は、上体を倒し、ドレスのスカートで腕をぬぐっている。「でも、つかまえたのは私。私がつかまえた」女は歌う。「私はダンフォース通りのモヒカンよ」

女は、男の背に馬乗りになっている。男が跳ねると、女の腕が上下に揺れ、ライトが高い書棚の背表紙まで届く。女は力を抜いて男の背に張りつき、両腕を垂らしてウマの腿をつかむ。ごろりと横に回転して男の背を離れると、また、古い絨毯に横になった。昔降った雨の匂いが残っている。女の濡れた腕にほこりと砂がついた。男が覆いかぶさってくる。女は手を伸ばして男のライトを消す。「私の勝ち……でしょ?」男は、部屋に入ってきてからまだ一言もしゃべっていない。いまも、肯定とも否定ともつかない頭の動きだけ。だが、それは女の大好きなしぐさだ。まぶしさで、男には女の顔が見えない。男の手がライトを消し、闇の中で二人は平等になった。

二人の人生に、ただ並んで寝るだけだった一か月がある。合意による禁欲のとき。愛の交わりのうちに、一つの文明が、一つの国が、まるまる生まれるという発見のとき。キップという観念を愛し、ハナという観念を愛したとき。私はあなたにされたくない。ぼくは君にしたくない。この若さで、男女がそれをどこで学んだものか。カラバッジョからか。よく夜遅くまで、ハナに老いのことを語っていたから。いずれ死すべき存在だと思い知ったとき、恋人の細胞の一つ一つにまでやさしくなれる、と。そして、結局のところ、いまは戦争のときだ。命の限られた時代だ。若者の欲望は、ハナの腕の中で得る深い眠りでしか満たされない。そのオルガスムスは、むしろ月と夜の引力でもたらされる。

一晩中、男の細い顔は女の胸もとから離れない。女の爪が男の背中を丸くなで、搔《か》いてもらう喜びを思い出させる。何年もまえ、乳母が教えてくれた喜び。子どもの頃、キップはすべての慰めと安らぎを乳母から得た。愛する母からでもなく、いっしょに遊んだ兄や父からでもない。おびえたり寝つかれなかったりするとき、気づくのはいつも乳母だった。痩《や》せた小さな背中に手を当てて、眠りにいざなってくれた。乳母は南インドから来た。親戚《しんせき》でもないのにいっしょに住み、家の切り回しを手伝い、食事を作り、給仕をし、自分の子どもも同じ家で育てた。兄も、幼かった頃は同じように乳母に慰められた。すべての子らの性格を、おそらく実の両親よりよく知っていた。

それは、乳母からの一方通行の愛情ではなかった。誰がいちばん好きかと問われれば、キップは母親より先に乳母をあげただろう。その慰める愛は、肉親の愛や性的な愛にまさった。そして、のちにキップは気づく。人生を通じて、自分はあの愛を家族の外に求めつづけてきた、と。赤の他人との精神的親密さ、ときには性的な親密さを……と。だが、キップがそれに気づき、自分がいちばん愛したのはいったい誰だったのか、と心に問えるようになるのは、もう老境に差しかかってからのことになる。

キップは乳母を愛し、乳母もそれを知っていた。だが、キップが乳母に慰めを返したのは一度しかない。それは、乳母の母親が死んだとき。キップは乳母の部屋に忍び込み、急に年老いたその体を抱きしめた。小さな召使い部屋で嘆く乳母に、横になって黙って寄り添った。乳母は激しく、だが作法にのっとって泣いた。顔に小さなガラスのコップを当て、流れる涙をそこに集めていた。それは葬式にもっていく涙だ。キップは、丸くうずくまる女の後ろに立ち、九歳の小さな手で肩に触れた。そして嗚咽《おえつ》が静まったとき、まだときおり震える乳母の背中をサリー越しに掻きはじめた。やがてサリーを分け、下の皮膚をそっと掻いた。いま、ハナの背中にしているように。テントの中で、キップの爪がハナの百万の細胞を掻く。一九四五年。丘の町で二つの大陸が出会った。

Ⅸ　泳ぐ人の洞窟《どうくつ》

人はどう恋に落ちるか、それを話す約束だったな。

ジェフリー・クリフトンという若者がいた。一九三六年、私たちの仕事をオックスフォードで友人から聞き込み、私に接触してきた。翌日結婚して、二週間後には、新妻を連れてカイロに飛んできた。新婚旅行を兼ね、最後にアフリカに飛んできたのだと言った。すべてはそこから始まる。

初めて出会ったとき、キャサリンはもう結婚していた。人妻だ。クリフトンが飛行機からおりてきて、その後ろからカーキ色のショーツと、ほっそりした膝《ひざ》が現れた。私たちは驚いた。探検計画にはクリフトンしか予定していなかったからな。そのときのキャサリンは、きまじめすぎて砂漠には向いていないように見えたが、まあ、若妻のきまじめさなどどうでもよい。私たちに必要だったのは、夫の若さのほうだ。パイロットも、メッセンジャーも、踏査隊員もつとまる若さ。上空を飛び、長いカラー・リボンを落として、私たちの行く方向を示してくれる若者。クリフトンの登場で、探検は新時代に入った。

クリフトンは妻を崇拝し、その思いを私たちに語ってやまなかった。二人はいったんカイロに帰り、一月後にまたやってきた。私たちは男四人。そこへ一人の女と、新婚の喜びでいっぱいの夫が加わった。クリフトンの饒舌《じょうぜつ》は相変わらずだったが、新妻のほうはなぜか物静かになっていた。よく、そのへんの石油缶に腰かけて、膝に肘《ひじ》をのせ、ほおづえをついて、防水シートが風にはためくのを見ていた。クリフトンは、依然、口を開けば妻のすばらしさばかりだ。私たちは冗談めかして、それとなくやめさせようとしたが、この若者にもっと謙遜《けんそん》しろと言うのは無理な話だ。機嫌を損ねることにしかならない。そんなことは、誰も望まなかった。

女は言葉少なになった。いつも本を読み、一人だけでいることが多くなっていた。カイロでの一か月に何かあったのか。それとも、人は変われるというあの不思議に突然気づいただけなのか。いつまでも、冒険家と結婚した社交界の花形でいなくてもいいのだ、と。女は自分を再発見しつつあった。見ている私たちには痛ましい思いがした。クリフトンには、妻の変化が見えていなかったからな。キャサリンは、砂漠のことを手当たりしだいに読んでいた。もう、ウエイナットと失われたオアシスについても語れた。どうでもいいような記事まで、捜し出して読んでいた。

私はキャサリンより十五歳年上だ。わかるか？　当時の私は、皮肉屋の悪役が物語に登場すれば、そいつに共感する。人生のそういう時期に差しかかっていた。永続性など信じない。時代を超える関係とかな。私は十五歳年上だった。だが、頭のよさでは女が上だ。私の思う以上に、変わることに飢えていた。

カイロの外、ナイル河口での遅れた新婚生活。幸せなはずのキャサリンを、いったい何が変えたのか。最初の顔合わせは、ほんの数日間だけだった。チェシャーで結婚式をあげて二週間後、クリフトンが花嫁を連れて飛んできたときにな。クリフトンは新妻を一人にするに忍びなかった。かといって、私たちとの約束も反故《ほご》にできない。そんなことをしたら、マドックスと私に食い殺されてしまう。だから、あの日、機内からほっそりした膝が現れた。これが物語の発端。私たちが置かれていた状況のあらましだ。


クリフトンは妻の腕の美しさ、足首の細さをほめたたえ、その泳ぐさまをこと細かに語った。朝食時の旺盛《おうせい》な食欲のこと、ホテルの部屋についている新式ビデのことまでも。

私は何も言わず、ただ聞き流した。話の途中でときおり目を上げると、女と視線が合った。その視線は、私の無言の苛立《いらだ》ちに気づいていた。そして、上品に微笑《ほほえ》んだ。私は年上だ。それだけ世間には長い。十年まえに、ダフラ・オアシスからジルフ・ケビールまで歩いた。ファラフラの地図を作り、キレナイカを知りつくし、砂海で道に迷ったことも二度や三度ではない。キャサリンの見た私は、そういう勲章《くんしょう》の持ち主だった。視線をちょっとずらせば、そこにはマドックスがいる。やはり勲章の持ち主だ。だが、地理学協会を一歩離れれば、私たちは無名の人間。閉ざされた小世界の端にいる人間。キャサリンがその小世界に迷い込んできたのは、クリフトンとの結婚という偶然による。運命のいたずらだ。

妻をほめちぎる夫の言葉など、聞き流しておけばよい。だが、いろいろな意味で、私の人生は言葉に支配されてきたといえる。探検家としてもな。たとえば、噂《うわさ》や伝説。それは言葉による地図だ。言葉による土器の破片だ。私は言葉のあやに四苦八苦する。砂漠で同じことを何度も繰り返すのは、地面に重ねて水をまくようなもの。ここでは、ニュアンスのちがいが百マイルの差になる。

当時、私たちの目標は、ウェイナットから約四十マイルのところにあった。まずマドックスと私が下見に行くことになった。クリフトン夫妻とほかの者は残る。女はもう読むものがなくなり、私に本を借りにきた。だが、私も、手もとには地図しかない。「あなたが毎晩見ているご本は？」「ああ、ヘロドトスか。あれが読みたい？」「無理にとは言いません。大切なものなら」「あれには書き込みがある。切り抜きも。手もとに必要なものだ」「厚かましいお願いでした。ごめんなさい」「いや、もどってきたら貸してあげよう。だが、あれなしで旅をするのは心もとない」

にこやかで、礼儀正しいやりとりだった。私は、あれは備忘録のようなものだと説明し、女は納得して引き下がった。私は利己的なことを言っていると思わずにすみ、女に好感をもった。そこにクリフトンはおらず、私たちは二人きりで話した。女が訪ねてきたのは、私がテントの中で荷造りをしているときだったから。社交界などにはいつも背を向けてきた私だが、ときには、よいマナーに感じ入ることもある。

マドックスと私は一週間後にもどった。発見が多く、その理論づけにもなかなかの成果があった。みな上機嫌で、キャンプでちょっとした祝いをした。そういうことでは、いつもクリフトンが先頭に立つ。無私で、いい若者だった。

女が私に水を一杯もってきてくれた。「おめでとう。ジェフリーから聞きましたわ」「ああ、ありがとう」「これをどうぞ」私が差し出した手に、女がコップをにぎらせた。一週間も水筒の中身を飲んでいた舌に、水がじつに冷たかった。「ジェフリーがお祝いのパーティーを計画しています。いま、そのための歌を書いていて、私には詩を朗読しろと言いますけれど、私は何かほかのことをするつもりです」「ほら、約束の本。目を通してみるといい」私はナップザックから本を取り出して、女に手渡した。

食事がすみ、ハーブ・ティーを飲み終わると、クリフトンは、それまでどこに隠していたのか、コニャックを一本取り出してきた。マドックスが語る旅のようすと、クリフトンのおかしな歌を聞きながら、その晩、全員でそれを空《から》にした。女が『歴史』の一部を読みはじめた。カンダウレスとその妃《きさき》の物語。有名な話だが、私はいつも読み飛ばしていた。本の初めのほうにあって、私が関心をもっている場所や時代とは関係がない。だが、キャサリンはその話を選んだ。

このカンダウレスは自分の妻を熱烈に愛し、この世のあらゆる女のなかで、妻こそ比べるもののない最高の美女であると思っていた。槍持《やりも》ちの一人に、ダスキュロスの息子ギュゲスという、カンダウレスの大のお気に入りがいた。カンダウレスはこのギュゲスに妻の美しさを語って聞かせ、口を極めてほめたたえた。

「よく聞いておいてよ、ジェフリー」

「もちろんだよ、ダーリン」

カンダウレスは、ギュゲスにこう言った。「ギュゲスよ、私が妻の美しさをいくら語り聞かせても、おまえには信じられまい。耳は、目より信じにくいというからな。そこで、おまえはわが妻の裸を盗み見る方策を考えよ」

解釈はどのようにでもできよう。ギュゲスが妃の愛人となり、カンダウレスを殺したように、私もいずれキャサリンの愛人になる。それを知る人ならば、どのようにでも……。私がヘロドトスを開くのは、地理上の手掛かりを得るためだ。だが、キャサリンは、人生への一つの窓としてそれを開いた。朗読する声は用心深く、目は、物語のあるページから動かなかった。読みながら、流砂の中に沈んでいくかに見えた。

「お妃があらゆる美女のなかの美女であられること、私は信じて疑いませぬ。されば、決して私めに無法をお命じくださいますな」だが、王はギュゲスにこう答えた。

「ギュゲスよ、案ずることはない。私を恐れるな。私は、おまえを試そうとしてこのようなことを言っているのではない。また、妻からのとがめを恐れることもいらぬ。おまえに見られたことを、妻に気づかせはせぬ。私がそのための手配をしておこう」

これは、私がどう恋に落ちたかの物語だ。ヘロドトスからこの話を選んで朗読した女に、私は恋をした。焚《た》き火の向こうで、女は顔を伏せたまま読んでいた。夫をからかったときも、顔を上げなかった。あれは、ただ夫に聞かせたいための朗読だったのかもしれない。あの話を選んだのは夫婦だけの都合で、ほかに理由などなかったのかもしれない。きっと、状況の似ていることが女の心に引っかかっただけなのだろう。あれが過《あやま》ちへの第一歩だったとは、女は少しも気づいていなかった……と、私は思う。だが、現実には、私たち二人の人生に、突然、一本の道が姿を現した。

「おまえはわれら二人の寝室に入り、開いた扉の後ろに隠れよ。私が寝室に入ると、あとから妻も寝にくる。部屋の入り口近くに椅子《いす》がある。妻は、身につけたものを一枚ずつぬいでは、この椅子の上に置く。だから、おまえはゆっくりと妻をながめることができよう」

だが、ギュゲスが寝室を出てゆくとき、その姿が妃の目にとらえられた。妃は夫が何をしたかを悟り、辱《はずかし》めを受けたと思うが、その場では声をあげない。平静をよそおう。不思議な話だと思わないか、カラバッジョ？　虚栄がつのり、どうしても羨《うらや》まれたいと望んだ男、カンダウレス。信じてもらえないと思うとたまらず、無理やり信じさせようとした男だ。クリフトンはちがったのかもしれない。だが、結局は、この物語の一部になった。夫の行動はグロテスクだが、どこか人間的だ。ありうる話だと思わせる何かがある。

つぎの日、妃はギュゲスを呼び、二つに一つの選択を強いた。

「そなたには、二つの道が開かれています。どちらを歩むかは、そなたの選択にまかせましょう。カンダウレスを殺し、私とリュディアの王国をともにその手にとるか。それとも、いまこの場でそなた自身が死ぬか。そなたは、この後もすべてにカンダウレスに従い、見てはならぬものを見るやもしれぬ。それは許しませぬ。かような企《たくら》みをしたわが夫か、それともわが肌を見たそなたか。いずれかが死なねばなりませぬ」

こうして王が殺され、新しい時代が始まる。ギュゲスは詩にもうたわれ、デルポイに奉納する最初の異邦人となり、リュディアの王として二十八年間も君臨した。だが、私たちがいつも思い出すのは、やはり、異常な恋愛物語の登場人物としてのギュゲスだ。

女は朗読をやめ、顔を上げた。流砂から抜け出し、前進しはじめた。力がところを変え、私は不思議な話の影響下で恋に落ちた。

言葉だ、カラバッジョ。言葉には力がある。

キャンプにいないとき、クリフトン夫妻はカイロにいた。夫のほうは、イギリスのために何かほかの仕事もしていたようだ。なんだかは知らない。だが、叔父が政府機関で働いているという話だった。すべては戦前のこと。当時のカイロには、あらゆる国の人々がひしめいていた。コンサートの夕べ、夜更《よふ》けまでの舞踏会。そのたびに、全員がグロッピに集まる。二人の暮らしぶりはよかった。人気者で、忙しかった。晩餐会《ばんさんかい》に、ガーデン・パーティー。出かけることの多い生活だ。ふだんの私はカイロ社交界の周辺をうろつくだけで、そんな催しにはあまり縁がない。だが、あのときはちがった。女が行くから、私も行った。食べたいものが目にとまるまで断食《だんじき》もいとわない――私はそういうたちの男だ。

女のことをどう説明すればよかろう。メーサや岩の形なら、この手を使い、空中に描いてみせることもできようが……。ほぼ一年、女は探検隊に加わっていた。毎日、顔を合わせ、言葉を交わした。互いにどこを向いても、相手の姿が絶えず視野のなかにあった。のちに、相互の感情を知ったとき、その一年間にあった無数の瞬間が、異なる意味合いを帯びてどっとよみがえってきた。崖《がけ》の上で、怖そうにこちらの腕をとりにきたあの手。うっかり見過ごし、あるいはほかの意味に解釈してきたあの表情。

当時、私はあまりカイロにいなかった。三か月のうちに一月くらいだろうか。大学のエジプト学部に籠《こも》り、『近年のリビヤ砂漠探検』という本を書いていた。日がたつにつれ、しだいに文章にのめり込んだ。ページのどこかに砂漠が広がっているような気がして、万年筆から出てくるインクの匂《にお》いさえ嗅《か》ぎとれた。だが、同時に、すぐそこに感じる女の気配とも格闘しつづけた。正直に言おう。本を書くあいだずっと、私は女への妄想を抱きつづけた。いつでも奪えそうな口、膝の裏のたるみのない皮膚、白い腹の平原。それが頭にこびりついて離れなかった。本は、要点のみを簡潔に述べ、旅の地図も収めた七十ページ。どのページにも、私の妄想がしみついている。ほんとうは、あの本を女に捧《ささ》げたかった。女の声に。私の妄想の中で、いつも白く長い弓のようにベッドから起き上がってきたあの体に。だが、結局は、ある王に捧げた。私の妄想を知れば、女は困ったように眉《まゆ》をひそめ、上品に頭を振って、嘲《あざけ》りと哀れみを返すだろう――そう思ったからだ。

女と出会うとき、私はいっそう堅苦しく振る舞うようになった。性格だな。いちど裸を見られたら、いつまでも気にせずにいられない。ヨーロッパ人とはそういうものではないか。私は砂漠の本に女への妄想をさらした。だから、女の面前では鎧《よろい》に身を固めずにはいられなかった。

狂乱の詩が一時の間に合わせなら
愛する女、愛したい女の代わりなら
この狂想曲もあの狂想曲の模造品

一九二三年にリビヤ砂漠を調査した地理探検家、ハッサネイン・ベイの家でのことだ。芝生の向こうから、女が政府顧問のラウンデルと連れだってやってくる。私と握手して、ラウンデルを追いやる。飲み物を持ってきてくださらないかしら……？　二人だけになると向き直り、「私を奪って」と言う。ラウンデルがもどってくる。女は私にナイフを手渡した。カンダウレスを殺せ。妃がギュゲスに渡したナイフ。それから一月もたたぬうち、私は女の愛人になっていた。オウムが鳴く通りの北、市場を見おろすあの部屋で。

私はモザイク・タイルの床に膝をつき、カーテンのように垂れる女のガウンに顔を埋《うず》める。女は私の指を口に含み、その塩気を味わう。互いの飢えをいま満たそうとする二人は、彫像のような不思議なポーズでたたずむ。女の指先が、薄くなりつつある私の髪を滑り、なかの砂を掻《か》く。周囲にはカイロとキャサリンの砂漠。

私は女の若さがほしかったのだろうか。細い少年のようなあの若さが……。君にイギリス庭園の話をしたな、カラバッジョ？　あれは、女が育った庭園のことだ。

女の喉《のど》もとに小さな窪《くぼ》みがある。私たちは「ボスポラス」と呼んでいた。私は女の肩からボスポラス海峡に飛び込み、そこで目を休める。ひざまずく私を、迷い惑星を見るような目で、女がいぶかしげに見おろす。いぶかしむ女の像。カイロを走るバスの中で、女のひんやりした手が私の首に触れる。ハディブ・イズマイル橋からティペレアリー・クラブまで、閉じたタクシーの中でのあわただしい愛。博物館の三階のロビーで、私に目隠しをする女の手。爪《つめ》の向こうに太陽が透けて見えた。

見られてならない相手は一人だけ。私たちはそう思っていた。

だが、ジェフリー・クリフトンは、クヌート大王までさかのぼるという古い家柄の出。イギリスという巨大組織の一部だ。結婚してわずか十八か月のクリフトンに、組織が妻の不貞を暴《あば》きたてるつもりだったかどうかはわからない。だが、体内に巣くう病を――その病巣《びょうそう》を――組織は徐々に包囲しはじめていた。セミラミス・ホテルの車寄せで女と私がおずおずと触れ合った最初の日から、組織は二人の一挙手一投足を監視していた。

女が夫の親戚《しんせき》のことを何か言ったが、私は気にもかけなかった。周囲に張りめぐらされていた巨大な網のことなど、私たちがどうして知りえよう。それはクリフトンも同じだったはずだ。だが、本人が知らなくても、目に見えない集団は女の夫を警護し、その身の安全を守っていた。マドックスだけがそうした陰の世界を知り、その存在をそれとなく教えてくれた。やはりイギリス貴族の家柄だし、軍隊時代のつながりも多かったからな。

私がヘロドトスを持ち歩くように、マドックスは『アンナ・カレーニナ』を持ち歩いた。結婚生活では聖人のように模範的だったあの男が、恋と裏切りの物語を何度も何度も読み返していた。ある日、アンナの弟オブロンスキーにたとえて、クリフトンのいる世界を私に語ってくれた。そのときは、もう、私たちの周りで組織が動きはじめていて、その目を逃れるには遅すぎたのだが……。本を取ってくれ。こういうことだ。

モスクワとペテルブルクの半分は、オブロンスキーの親戚か友人だった。この世でいま力があるか、いずれ力をもつことになる人々――そういう人々の輪の中に、オブロンスキーは生まれ落ちた。政界・官界では、年長者を中心に三人に一人が父親の友人で、子ども服を着たオブロンスキーを知っている。……こうして、この世の恵みの分配者がすべて友人であってみれば、身内たるオブロンスキーが不遇をかこつわけがなかった。……恩恵に浴するには、我を通さない、ねたまない、反論しない、怒らないという条件がつく。だが、生まれつき温和な性格のオブロンスキーには、少しもむずかしい条件ではなかった。

君の爪が注射器をはじく音、私は気に入っているよ、カラバッジョ。ハナが初めて君の面前で私にモルヒネを注射したとき、君は窓際《まどぎわ》に立っていた。ハナの爪音に、君の首がぐいとこちらにねじれ、私にはすぐに同志だとわかった。恋をする者の偽装など、やはり恋をしている他人から見れば、ないにひとしい。同じことだ。

女とは、恋人のすべてを求めるものらしい。だが、私は自立自存を保《たも》ちたい。だから、よく行方をくらました。砂漠では、軍隊だって砂の下に消えうせるのだからな。女には夫への恐れや、名誉を保たねばという思いがある。そこへもってきて、私はしょっちゅういなくなる。やがて、女は私を疑うようになり、私は女の愛を疑うようになった。隠れた恋は人を偏執的にし、閉所恐怖症にする。

「あなたは人でなしよ」と、女が言う。

「裏切りは私だけではない」

「あなたにはどうでもいいのね――私たちがこんなふうになったこと。あなたはのらりくらりと逃げて回る。束縛が怖くて、憎くて……。束縛するのもいや、束縛されるのもいや、名指されるのもいや。あなたはそれが美徳だと思ってる。でも、私には非人間的に見えるだけ。私が行ってしまったら、あなたは誰のところへ行くの。別の愛人を見つけるの？」

私は何も答えない。

「ちがうと言ってよ、この人でなし」

女はいつも言葉をほしがった。言葉を愛し、言葉で育ってきた女だ。言葉は女を明断《めいせき》にし、理性と形をもたらす。だが、私はちがう。言葉は感情をゆがめると思う。棒を水中に入れれば、ゆがんで見えるようにな。

女は夫のもとにもどった。お互い、これからは自分の魂《たましい》を見つけるか、失うか、二つに一つね……。そうささやいて去っていった。

恋人は去る。海でさえ去っていくのだから。エフェソスの港。ヘラクレイトスの川。いずれは消え、沈泥《ちんでい》のたまる入り江に変わる。カンダウレスの妃はギュゲスの妻になる。図書館は燃えてなくなる。

私たちの関係は何だったのだろう。周囲への裏切りか。別の人生への欲求か。

女は家にもどって夫に寄り添い、私はバーのトタン板のカウンターにへばりついた。

月を見る。見えるのは君。

これこそヘロドトスの本質だ。私は節をつけて何度も口ずさんだ。そのたびに、自分のことだと思った。秘密の痛手からの立ち直り方は、人それぞれだ。あるとき、私はスパイス売りといっしょにすわっているところを、女の取り巻きの一人に見られた。女には、以前、白鑞《しろめ》の指ぬきを贈ったことがある。サフランが入るように細工した指ぬきは、そこの店先に並ぶ一万個の商品の一つだった。

私がサフラン売りとすわっているところを、バグノルドが見た。そして、女の同席する晩餐会のテーブルでそれを話題にした。どんな気持ちがしたと思う。女は、いつかの小さな贈り物と、それを贈った男のことを思い出したろう。だが、それで私の心がなごんだと思うか。白鑞の指ぬき。女はそれを黒く細い鎖に結び、夫が町を留守にしていた二日間、首からさげていた。中にはまだサフランが残り、女の胸もとに金色の染《し》みをつけた。

私はあちらでもこちらでも不始末をしでかし、グループの面汚《つらよご》しになっていた。そんなときに聞いたこの話を、女はどう受け止めただろう。バグノルドは笑い、女の夫は心配し(いい若者だった)、マドックスは立ち上がって窓辺に歩み寄り、南カイロの方向を見つめた。そこからほかへ話題が発展したかもしれない。あそこではあんな姿を見た、ここではこんな姿を見た……。なんといっても、みな地図作りの専門家だからな。だが、女は? 私とともに掘った井戸におりて、わが身を抱いたか。私が自分の手で女を望んだように。

私たちは、いま、別個の生活を生きていた。この上なく固い相互契約で武装してな。

「あなたは何をしているの」通りで出会ったとき、女は私に言った。「あなたのせいで、みんな気がおかしくなりそう。それがわからないの?」

マドックスには、後家を追いかけていると言ってあった。まだ後家ではない。マドックスがイギリスに帰るときには、もう恋人でさえなかった。「カイロの後家さんによろしくな」と、マドックスが言った。「できれば会ってみたかったが……」と。知っていたのだろうか。マドックス相手には、いつも、だましてばかりいたような気がする。十年間いっしょに仕事をしてきた友人、ほかの誰よりも好きだった男なのに。あれは一九三九年。私たちはみなこの国を離れ、戦争に向かいつつあった。

マドックスは、生まれ故郷のサマセット州マーストン・マグナに帰っていった。そして、一月後、教会に行き、戦争をたたえる説教を聞きながら、砂漠で持ち歩いた拳銃《けんじゅう》を抜いて自殺した。

私は、ハリカルナッソスのヘロドトス。いまから歴史を語ろう。時を経ても、人のなしとげたことが色あせぬように。ギリシャ人と異邦人の、偉大で驚嘆すべき事績の数々が忘れ去られぬように。……両者が互いに戦うにいたった事情をも語ろう。

いつの世でも、人は砂漠で詩を吟《ぎん》じてきた。マドックスは私たちの旅を地理学協会で美しく報告し、ベルマンは木の燃えさしに理論を吹き込んだ。二人とも孤独への愛を書き記し、発見したものを前に深く考え込んだ。私か？ 私は仲間うちの技術屋、機械工だ。いったい何を考えているのか、誰にもよくわからなかったらしい。「おまえ、あの月は好きか」と、マドッククスが私に尋ねたことがある。十年来の知り合いの私にだ。尋ねることで信頼関係が損なわれでもするかのように、おずおずと尋ねてきた。砂漠を愛する人間にしては小才がききすぎる――そんなふうに見えたのかもしれない。たとえば、オデュッセウスのように。だが、私もやはり砂漠を愛する人間の一人だ。川を愛する人には川を見せてやれ。子ども時代を過ごした大都会を愛する人には、大都会を見せてやれ。だが、私には砂漠を見せてくれ。

最後の別れのとき、マドックスは「君に神のご加護があるように」と言った。型どおりの別れの挨拶《あいさつ》だ。私は立ち去りながら、「神などいるものか」と返した。どこまでも正反対の二人だった。

オデュッセウスは言葉を残さない、とマドックスは言った。内面をさらすような本は書かない、と。あれも芸術の陶酔に偽りを見、違和感をおぼえていたくちかもしれない。たしかに、私の本は正確さだけを厳しく追い求めている。女の気配がまぎれこむことを恐れ、すべての感情を燃やしつくし、愛を連想させる表現を徹底的に排除した結果だ。だが、それでも、砂漠を純粋に語っていることには変わりがない。女のことを語るのにも劣らず、純粋にな。

戦争が近づき、共同探検は最後の日々を迎えていた。月が好きかとマドックスにきかれたのは、そんなときだ。やがて私たちは別れ、マドックスはイギリスへ帰る。すべてが中断する。私たちの砂漠研究も。もともと、ゆっくりとしか進まない研究だったが……。「あばよ、オデュッセウス」そう言って、マドックスがニヤリと笑った。私がオデュッセウスなど好かないのは、承知のうえだ。まあ、アエネアスほど嫌いではないが、決して好きでもない。二人のあいだでは、バグノルドこそアエネアスと決まっていた。「あばよ」と、私も言った。

マドックスが笑いながら振り向いたのを思い出す。太い指で喉仏の下を示しながら、「きっと喉前下陥没というんだ」と言った。女の首の窪みが、こうして正式の名称をもらった。マドックスは、マーストン・マグナにいる夫人のもとへ帰る。愛読していたトルストイの一巻だけをもち、コンパスや地図はすべて私に残して帰る。相互の思いは、ついに語られずに終わった。

サマセット州マーストン・マグナ――マドックスからいくど聞かされたことだろう。だが、マドックスが帰り着いた村は、緑の野原を飛行場に変えていた。アーサー王時代の城の上空に、飛行機が排ガスをまき散らしていた。何がマドックスをあんな行動に駆り立てたのかは知らない。だが、絶え間ない爆音のせいではないかと思うこともある。クリフトンのルーパート・ベアは、リビヤとエジプトの静寂のなかを飛んでいた。おとなしいクマの唸《うな》りに慣れた耳に、軍用機の轟音《ごうおん》は堪えられなかったのだろうか。いや、やはりそうではあるまいな。マドックスの友人関係は、繊細に織り上げたタペストリーだった。それが、誰かの戦争のためにずたずたに切り裂かれた。戦時にはいろいろなことが否定される。それが毎日変わる。今日はこれがだめ、明日はあれもだめ。オデュッセウスの私なら理解し、我慢もできる。だが、マドックスはなかなか友をつくれない男だった。生涯をかけて、やっと二、三人。その貴重な二、三人が、戦争ですべて敵になった。

マドックス夫人は私たちを知らない。会ったこともない。夫人と二人きりでサマセット州に暮らしはじめたマドックスには、ちょっとしたことで十分だったろう。一発の銃弾がマドックスの戦争を終わらせた。

一九三九年七月。二人は村からバスに乗り、ヨービルまで行く。バスが遅れて、礼拝はもう始まっている。込み合った教会。二つ並んだ席が見つからず、二人は後ろのほうに別々にすわる。三十分後に説教が始まる。聞かされたのは主戦論。司祭の戦争支持は疑いようがない。司祭は喜ばしそうに戦争を語り、開戦へと意気込む人々と政府を祝福する。しだいに熱を帯びていく説教に、マドックスはじっと聞き入る。やがてピストルを取り出し、前のめりになって心臓を撃ち抜く。即死。そして静寂。砂漠の静寂。飛行機の飛ばない静寂。マドックスの体が崩れ落ち、前の席にぶつかる音を全員が聞く。なに一つ動かない。司祭も腕を振り上げたまま凍りつく。教会で蠟燭《ろうそく》を覆《おお》うガラスのほやが砕け、すべての顔がいっせいに振り向くときの静寂。マドックス夫人が中央通路を歩き、夫の倒れている列で止まる。なにごとかつぶやくと、そこの人々が立ち上がって夫人を通す。夫のわきにひざまずき、両腕で抱きかかえるマドックス夫人。

オデュッセウスはどう死んだのだったか。自殺だったような気がするが、ちがうか？　マドックスは砂漠に長くいすぎたのかもしれない。世界とは無縁でいられた当時の砂漠にな。いつもロシアの小説を持ち歩いていたのを思い出す。ロシアなど、イギリス人のマドックスより私のほうとずっと関係が深い国だったのに……。国だ、カラバッジョ。国などがあるから、マドックスは死んだ。

どんなときでも、もの静かな男だった。あの静かさが、私にはなにものにも代えがたかった。地図上の位置のことで私は激しくかみつくが、マドックスの報告書には、二人の「話し合い」が穏やかな文章でつづられる。旅に喜びがあれば、それが静かに楽しげに語られる。あれを読む人は、私たち二人が舞踏会のアンナとウロンスキーのようだと思うだろう。だが、マドックスは、カイロのダンス・ホールにさえ出入りしたことがない。私は、いつも踊りながら恋に落ちるような男だったが……。

マドックスの足取りは、いつもゆったりしていた。踊っているところなど見たことがない。あれはものを書く男、世界を解釈する男だ。感情の極小のかけらを手渡され、そこから学識を育てていく。一瞥《いちべつ》を理論にまで発展させる。砂漠の民のあいだで珍しい結び目を見つける。新種のヤシに出会う。もう何週間も夢中だ。旅の途中で文字を見つける。何語でもいい。古くても新しくてもかまわない。土壁に刻まれたアラビア語、ジープのフェンダーにチョークでなぐり書きされた英語。書かれたものならなんでもいい。マドックスはそれを読む。そして、手を押し当てる。言葉を肌で感じ、深く隠された意味を触覚で探ろうとする。

男は腕を伸ばす。内出血の残る血管を上に向け、水平に伸ばし、モルヒネのいかだをほしがる。薬が体内にめぐりはじめるとき、カラバッジョがソラマメ形のエナメル皿に針を落とす音が聞こえる。白髪混じりの人形《ひとがた》が背中を向け、また向き直る。モルヒネ国の捕らわれ人がここにも一人。

不毛な作文から家に帰る日々がある。そんなとき私を救えるのは、ジャンゴ・ラインハルトとステファン・グラッペリの『ハニーサックル・ローズ』しかない。フランスのホット・クラブとの共演。一九三五年、三六年、三七年は、スイング・ジャズが席捲《せつけん》した年だ。シャンゼリゼのオテル・クラリッジから漂い出て、ロンドンと南フランスとモロッコのバーに流れ込み、エジプトにも浸透した。カイロの無名のダンス・バンドがこのリズムの噂を聞きつけ、そっと持ち込んだという。カイロから砂漠にもどる前夜、私はいつもバーでダンスに興じた。『スーベニア』の七十八回転に合わせて踊る。女たちはグレイハウンドのようにうろつき、ソシエテ・ウルトラフォン・フランセーズ盤『マイ・スイート』を合図に、男たちにもたれかかる。その肩に相手の顎《あご》を受け、耳もとのつぶやきを聞く。一九三八年、三九年。どのテーブルからも愛のささやきが聞こえ、戦争はそこの曲がり角まできていた。

カイロでの最後の日々の一夜。女と別れて何か月もたったあとのこと。私たちはマドックスを説き伏せ、バーで送別会をやった。女と夫も来ていた。最後の一夜。最後の一踊り。アルマーシは酔っ払い、昔自分で考案したボスポラス・ハグというダンス・ステップをためしたがった。強靭《きようじん》な腕にキャサリン・クリフトンを持ち上げ、床を暴れ回ったあげく、店に置いてあるナイル産の観葉植物に倒れ込んだ。

なんだ……いったい誰のつもりで話してるんだ。カラバッジョがいぶかる。

アルマーシは酔っ払っていた。ダンスとは名ばかりで、荒っぽく跳ね回っているだけに見えた。あの頃、この二人はどうしても反《そ》りが合わなかった。男は女を人形のように右へ左へ振り回し、マドックスとの別離の悲しみを酒で抑え込んだ。私たちのテーブルにいるときから騒々しかった。アルマーシがこんな状態になると、私たちはふつう散会する。だが、あれはマドックスのカイロ最後の夜だった。だから、我慢した。へたくそなエジプト人バイオリニストがステファン・グラッペリをまね、アルマーシは軌道をはずれた惑星のよう。「われわれ迷い惑星に！」と、乾杯のグラスをあげた。誰とでも踊りたがった。男とも、女とも。手を叩《たた》き、「ボスポラス・ハグの時間だぞ」と叫ぶ。「おい、ベルンハルト？　ヘザートン？」みな尻込《しりご》みをする。男はクリフトンの若妻を見る。女は怒りをうちに秘めてにらみつけている。だが、男の手招きを見ると立ち上がり、その体当たりを受け止める。男の喉はもう女の左肩にある。スパンコールの上、露になった皮膚の高原。狂人のタンゴが始まり、どちらかがステップを乱すまでやまない。怒る女は絶対に引こうとしない。歩み去り、テーブルにもどるのは、男の勝ちを認めること。それはできない。頭を起こした男を、強くにらみつける。厳しさを通り越した、挑戦的な眼差《まなざ》し。男はまた女の肩に顔を伏せる。何かつぶやいたのは、『ハニーサックル・ローズ』の歌詞でも毒づいていたか。

遠征からつぎの遠征まで、カイロでアルマーシを見かけることはほとんどない。あの男はいつも心ここにあらずで、落ち着かない。日中は博物館に籠り、夜になると南カイロのバーに繰り出す。もう一つのエジプトに迷い込んだ男だ。あの夜、みなはマドックスのために集まった。なのに、アルマーシがキャサリン・クリフトンと踊りはじめた。一列に並ぶ鉢植えの葉を、女の細い体がこすっていく。男は女と回転し、女を持ち上げ、倒れた。クリフトンは横目で二人を見たが、席を離れない。部屋の遠くの隅で、女の体からアルマーシがゆっくりと起き上がろうとしている。女のわきにひざまずき、金髪を後ろへなでつけながら、床の女を見おろしている。かつて、あれほど繊細だったあの男が……。

真夜中を過ぎていた。私たちは不愉快だったが、地もとの常連客は大喜びだ。ヨーロッパから来たこの砂漠人の奇行には慣れていたし、何にでもすぐ面白がる連中だったからな。耳たぶから長い幾筋《いくすじ》もの銀を垂らした女。踊りながら顔を振り、鋭くとがったイヤリングをぶつけてくる。スパンコールの女。バーの熱気で温まったこの金属片を、なぜかアルマーシは好んだ。いつも、そんな女たちと踊っていた。酔って相手を強く引き寄せ、胸を反らせると、女が胸郭《きょうかく》に乗って軽々と持ち上がる。シャツがズボンから引き出され、男の腹が丸見えになる。連中は大喜びだ。だが、やがて、男はダンスの途中に突然立ち止まり、相手の肩にもたれかかる。女たちもあの体重には閉口したろうよ。そして、つぎのポルカになると、ついに床に崩れ落ちる。

そういう晩は成り行きにまかせて、行き着くところまで行くしかない。人間の星座がどう回転し、どう通りすぎていこうともな。何も考えず、何の思惑《おもわく》もなく、ただ夜にまかせる。フィールド・ノートなどは翌日でいい。砂漠に出てからつければいい。ダフラとクフラのあいだで……。そのあたりに来ると、男は昨夜のイヌの吠《ほ》え声を思い出す。ダンス・フロアを見回して、どこにイヌがいるのかと捜したことも思い出す。だが、いま、オイルに浮くコンパスの円盤を読みながら、あれは自分に足を踏まれた女の声だったかもしれないと気づく。オアシスを遠くに望む地点で、男は昨夜の踊りっぷりを得意に思い、両腕と腕時計を大空に向かって突き上げる。

砂漠の寒い夜。男はカイロで過ごした多くの夜から一筋の記憶を紡《つむ》ぎだし、食べ物のように口に入れる。旅の最初の二日間は、いつもそんなふうだ。都会でも砂漠でもない曖昧域《あいまいいき》にいる。だが、六日が過ぎると、もうカイロを思い出すことはない。音楽も、通りも、女たちも忘れる。すでに遠い過去を歩きはじめ、呼吸パターンは深い水中でのそれに変わる。都市世界との唯一《ゆいいつ》の接点はヘロドトス。過去と現在へのガイドブック。そこには嘘《うそ》が多いと言う人がある。だが、嘘が真実だとわかることもある。そんなとき、男は糊《のり》の瓶を取り出し、地図やニュースの切り抜きを貼《は》りつける。あるいは、本の余白にスケッチをする。たとえば、スカートをはいた男たちの絵を模写する。薄れて何とも判別できないが、動物を引き連れている。オアシスの初期の住人はあまり家畜を描かなかった。身ごもった女神を崇拝し、岩には妊婦の絵を多く描いた。

だが、ヘロドトスは、その人々が家畜も描いたと書いた。

二週間もたたないうちに、都市という観念すら心から消える。地図を印刷した繊維のすぐ上、一ミリの厚さで漂うもやの下を歩く。そこは土地と地図のあいだ、距離と伝説のあいだ、自然と語り手のあいだの純粋空間だ。サンフォードの言う地形学の存在する空間。人が祖先を意識せず、最良の自分になれる場所。太陽コンパスと距離計と本だけをもち、男は一人になる。自分自身の発明物になる。蜃気楼《しんきろう》に入り込み、その仕組みを理解する。

目覚めると、ハナが体を洗ってくれている。腰の高さのタンスの上に、陶の洗面器が置いてある。ハナはそこから手に水をすくいとり、男の上にかがんで胸に垂らす。男の体を洗い終えると、濡《ぬ》れたままの指で何度か自分の髪をすく。髪が湿って黒さを増す。ハナは顔を上げ、男の目が開いているのを見て笑いかける。

つぎに目をあけると、今度はカラバッジョがいる。疲れ切って、みすぼらしい。手に注射器とモルヒネのアンプルをもっている。親指がないこの男は、注射するのに両手を使わなければならない。自分に打つときはどうやるのか。打ったばかりであることは、あの目付きでわかる。唇を舌でちろちろとなめる癖で。この男の意識は、いま、明晰。こちらの言うことをすべて理解できる。老いた二人の中毒患者。

患者がしゃべると、口のピンク色がのぞき、カラバッジョはそれを見つめる。歯茎の色は、薄いヨード色。ウェイナットで見つかったという岩の絵の色か。ベッドの上の男は、口と、腕の血管と、灰色の目だけで存在する。そのわずかな存在から、カラバッジョはさらに多くを引き出し、探ろうとする。そして、男の鍛えられた精神力に驚く。ときに一人称、ときに三人称で語りながら、アルマーシであることをまだ認めない。
「さっきは、誰がしゃべってたんだ」
「死ねば三人称になる」

一日中、二人はモルヒネのアンプルを分け合った。男からもつれた物語を引き出そうと、カラバッジョは前触れと合図の世界に旅をする。男の口が重くなったとき、あるいは自分が恋愛物語やマドックスの死についていけなくなったとき、ソラマメ形のエナメル皿から注射器を取り上げる。アンプルの先端を指のつけねに挟んで折り、中身を注射器に吸い上げる。もうハナから隠そうともしない。大胆にも服の左袖《ひだりそで》をそっくり破りとり、腕をむき出しにする。アルマーシは灰色の肌着一枚。黒こげの腕が、裸のままシーツの下にある。

体がモルヒネを吸収するたびに、新しいドアが開く。患者は壁画の洞窟《どうくつ》や埋もれた飛行機に舞いもどる。ふたたびあの部屋で扇風機の下に横たわり、その腹に女が頰を寄せる。

カラバッジョはヘロドトスを取り上げる。ページをめくり、砂丘に立ち、ジルフ・ケビールを遠望する。ウェイナットも。ジャバル・キッスも。アルマーシが口を開けば、その旅に付き従い、出来事の順序を整理する。話は欲望に干渉され、コンパスの針のように本筋から左右に振れる。だが、語られるのはもともと遊牧民の世界のこと。すべては外伝。砂嵐《すなあらし》に身をやつし、東へ西へ放浪する心の産物。

女の夫が飛行機を墜落させたあと、男は、泳ぐ人の洞窟に女を運び込んだ。女の背のパラシュートを切り開き、引き出し、洞窟の床に敷いて、そこに横たえた。傷の痛みに、女の顔がゆがむ。ほかに傷はないか……。男は女の髪を指でそっとすいてみる。肩と足にも触れてみる。いま、洞窟の中で男が失いたくないものは、この女の美しさ、その優雅さ、その四肢だ。女の本質は、すでにこの手のうちに握り締めた。男にはそれがわかる。

メークで顔が変わる女だった。パーティーに行くとき、ベッドに来るとき、血のように赤い口紅をつける。両まぶたに朱色を掃く。

男は近くの壁画を見上げ、そこから色を盗んだ。顔には黄土色《おうどいろ》、目の周りには青。反対側の壁に歩いていき、手を真っ赤にしてもどると、その指で女の髪をくしけずった。そこから体じゅうの皮膚へ。初めての日、飛行機から現れたほっそりした膝は、いま鮮黄色になった。つぎに陰部。あらゆる人間的なるものから守られるよう、両脚に色の輪を巻く。古代の戦士は愛する者を永遠に保とうとした、とヘロドトスにある。永遠にしてくれる世界に連れてゆき、そこにとどめた、と。色鮮やかな液体の中、歌の中、岩壁の絵の中に。

洞窟の内部は、もう寒い。男は、女の体にパラシュートを巻きつけた。アカシアの小枝を集めて小さな火をおこし、立ちのぼる煙を手であおいで、洞窟の隅々にまで行き渡らせた。女に直接話しかけることは、もうできない。だから、洞窟に向かって宣言した。声が壁に跳ね返った。「私はいまから助けを呼びにいくぞ、キャサリン。わかるか。近くに飛行機がもう一機ある。だが、燃料がない。だから、助けを呼びにいく。キャラバンかジープに出会えれば、すぐにもどれるが……わからない」そして、ヘロドトスを取り出し、女のわきに置いた。一九三九年九月。男は洞窟から歩み出た。焚き火の光の中から外へ出て、月の光に満ちた砂漠に向かっておりはじめた。

男は岩を伝って高原の麓《ふもと》におりたち、しばらくたたずんだ。トラックはない。飛行機も、コンパスもない。あるものは、月と自分の影。そして、北北西を指し示す古い石の標識。北北西にはエル・タジがある。男は自分の影の角度を記憶し、歩きはじめた。七十マイル行けば市場があり、時計の並ぶ通りがある。肩には、アイン・デュアの水で満たされた革袋。歩くたびに、胎盤のように波打った。

男が一歩も歩けない時間帯が一日に二度ある。影が真下にくる正午。そして夕方、日没から星が輝きはじめるまで。このとき、砂漠は完全な円盤となり、目印は消える。動けば、九十度も方向を誤る。男は空に星座がよみがえるのを待つ。そして、一時間ごとに星を読みながら、また前進をつづける。昔は、砂漠の案内人を使っていた。星を読む案内人は、長い棹《さお》の先にランタンをくりつけて進み、残りの一行は、案内人の頭上に揺れる明かりを見ながら、あとにつづいた。

人間は、ラクダと同じ速度で歩ける。時速二・五マイル。運がよければ、ダチョウの卵が見つかる。運が悪ければ、砂嵐が来て何もかも消していく。男は何も食べずに三日間歩いた。女を心から締め出し、エル・タジに着いたら食べるアブラを思いながら歩きつづけた。あのゴラン族の料理。コロシントウリの実をゆでて苦みをとり、ナツメヤシとイナゴを混ぜて砕く。食べたあとは、時計と雪花石膏《せっかせっこう》の並ぶ通りを歩こう……。君に神のご加護があるように、とマドックスは言った。あばよ、と。そして手を振った。男は、いま、砂漠にだけは神が存在すると認めたかった。外には通商と権力、金と戦争しかない。金力と武力の亡者《もうじゃ》がこの世界を形作っている。だが、砂漠にだけは神がいると信じたかった。

男は砕かれた国にいた。やがて砂から岩の領域へ。女を心から締め出し、さらに歩く。中世の城のように丘が現れる。男は影をひきずって歩きつづけ、丘の影に入り込む。そこには、オジギソウとコロシントウリの藪《やぶ》。男は岩肌に向かって女の名前を叫ぶ。こだまこそ、虚空《こくう》にみずからを励ます声の魂なれば……。

そして、エル・タジがあった。この町の鏡の並ぶ通りを思い浮かべながら、男は道中の大部分を歩いてきた。だが、町はずれにたどり着いたとき、イギリス軍のジープが男を取り囲み、連れ去った。男は訴えた。ウェイナットに傷ついた女が待っている。ほんの七十マイル先に……。だが、誰も耳を貸さない。男の言うことを信じない。

「誰も耳を貸さない？　イギリス軍はあんたを信じなかったというのか」

「誰一人な」

「なぜだ」

「言うべき名前を言わなかったからだ」

「あんたの名前か」

「私の名前は言った」

「じゃあ、誰の……」

「女のだ。女の名前。つまり、夫の名前」

「連中にはなんて話したんだ」

男は何も言わない。

「目をさませ。なんて言ったんだ」

「私の妻だと言った。妻キャサリンだ、と。夫は死んでいたからな。妻がひどい怪我《けが》をして、ジルフ・ケビールの洞窟にいる、と言った。場所はウェイナット。アイン・デュアの泉の北。妻には水がいる、食べ物がいる。案内をするから、いっしょに行ってくれ、と。ジープ一台だけでいい、と。あのぼろジープ一台で……。砂漠を抜けてきた私だ。おそらく、ひどい恰好《かっこう》だったろう。連中には、狂った砂漠の預言者か何かに見えたのかもしれない。だが、きっとそうではあるまい。戦争が始まろうとしていた時期だ。砂漠のスパイに目を光らせていたのだと思う。小さなオアシスの町に流れ込んでくる人間は怪しい。とくに、外国風の名前をもつ人間はな。女はわずか七十マイル先にいる。なのに、誰も信じようとしない。私は絶望して暴れたにちがいない。木の枝で作った、シャワーくらいの檻《おり》に入れられた。そして、トラックで運ばれた。私は暴れつづけ、キャサリンの名を呼びながら、檻もろとも通りに転げ落ちた。ジルフ・ケビールと叫びつづけた。だが、私はまちがっていた。私が言うべきだった名前、名刺のように連中に手渡すべきだった名前は、おそらく、クリフトン。そのひとことでよかった。私はまたトラックに放り込まれた。二流スパイの容疑者、国際的流れ者の一人……。私をつかまえたのは、たまたまエル・タジに来ていたイギリスの部隊だった」

カラバッジョは、できればこのまま立ち上がり、屋敷から出ていきたいと思った。この国とも、戦争が残した瓦礫《がれき》ともおさらばしたい。自分はただのこそ泥。何が望みといって、工兵とハナの肩をこの両腕につかみ、しっかり抱き寄せられればそれでいい。いや、もっといいのは、同じ年代の仲間とバーにたむろすることか。誰とも顔見知りのバーにいて、女としゃべり、踊り、その肩に頭を休め、額《ひたい》と額を突き合わせられれば、言うことはない。だが、それには、この砂漠から抜け出さなければならない。これはモルヒネ色の砂漠。いま、一本の道が通っている。エル・タジにつづく道。だが、この道をたどってはなるまい。アルマーシと思われるこの男は、結局、おれを利用した。自分の世界へもどるのにおれとモルヒネを利用して、見事、悲しみの世界にもどりおおせた。戦争中どっちの味方だったかなんて、そんなことはもうどうでもいい。

だが、カラバッジョは上体を患者のほうに傾けた。

「知りたいことがある」

「なんだ」

「あんたがキャサリン・クリフトンを殺したのかどうかだ。つまり、クリフトンを殺し、女も巻き添えにしたのかどうか……」

「まさか。どうしてそういうことになる」

「どうしてこんなことを尋ねると思う。ジェフリー・クリフトンはな……あんたのお気に入りのあの若者は、ただ人がいいだけのイギリス人じゃなかった。職業は航空写真家。イギリス情報部に関係していた男だ。エジプトとリビヤの砂漠を徘徊《はいかい》する怪しげな連中──つまり、あんたらのことだ──その監視役に、イギリス情報部から派遣されていた男だ。砂漠はいずれ戦場になる。それがわかっていたからな。クリフトンが死んで、部内は大騒ぎになった。騒ぎはいまも収まっておらんだろう。あんたとキャサリンのことだって、クリフトンが知っていたかどうかはわからんが、情報部には最初から筒抜けさ。だから、あれやこれやで、あんたがクリフトンの死を画策した可能性があると考えた。そして、カイロで待ちかまえていたが、あんたはさっさと砂漠にもどっちまった。そのあと、おれはイタリアに送られたから、話の結末を知らん。あんたがどうなったかは知らなかった」

「ようやく、ここに私を追い詰めたというわけだ」

「おれはハナに会いにきただけさ。あれの父親を知っていてな。崩壊寸前の尼僧院《にそういん》でラディスラウス・ド・アルマーシ伯爵《はくしゃく》と出会うだなんて、誰が思うものか。正直なところ、いまのおれは、仕事仲間よりあんたのほうがずっと好きだよ」

矩形《くけい》の光が、カラバッジョのすわる椅子を徐々に這《は》い上がり、いま、男の胸と顔を照らしている。イギリス人の患者には、カラバッジョが肖像画になったように見える。部屋の薄暗がりでは黒く見える髪が、明るい直射光に照らされ、すさまじく逆立っていた。目の下のたるみは、夕方近くのピンク色の光の中であまり目立たない。

カラバッジョは椅子の向きを変え、背もたれに腕と上半身を乗せて、アルマーシと向き合っている。この男から言葉は流れ出てこない。顎をさすり、しかめっつらをし、目を閉じて、暗《くら》闇《やみ》の中で考える。そのあと、考えから無理やり身を引きはがすようにして、唐突に何かを言う。アルマーシのベッドわきの椅子にすわり、菱形《ひしがた》の光の枠に収まっているカラバッジョ。頭の中の暗闇が見てとれる。この物語に登場する二人の年長者の一人。

「君とは話ができる。どちらも先が長くない身だからな、カラバッジョ。ハナと工兵はまだ若い。まだ死とは無縁だ――これまでどんな目に会ってきたとしてもな……。私と出会った頃、ハナはふつうではなかった」

「父親がフランスで死んだんだ」

「そうか。もちろん、そんな話などしない。あの娘は誰も近づけず、誰にも近づかなかった。少しでも心を開かせるには、本を読んでくれと頼むしかなかった……。私たちには、どちらにも子どもがいないいな」

しばらく間があったのは、何かの可能性を推し量っていたのか。

「君には奥さんがいるのか」アルマーシが尋ねる。

カラバッジョはピンクの光の中にすわっている。両手で顔を覆い、すべてを遮断して、考えに筋道をとおそうとしている。カラバッジョにとって、明晰な思考は若さの属性。もはや簡単にはもどってこない力だ。

「君も話せ、カラバッジョ。私はただ読まれるだけの本か。水底からおびきよせられ、モルヒネを打たれるだけの生き物か。秘密の廊下と、嘘と、まばらな草木と、点在する岩石だけの存在か」

「おれたちみたいな泥棒は、戦時中、大いに重宝されたもんさ。まず、盗みが合法化された。そのうち、意見を求められはじめた。偽装や変装を見破るのは、お手のものだ。情報部の連中なんかよりずっとうまくやれる。相手の裏の裏をかくとかな。泥棒とインテリがチームを組んで、いろんな作戦を展開した。おれは主として中東を動き回っていた。あんたの噂を聞いたのもそのときだ。砂漠に詳しいやつ。その知識をドイツ軍のために役立てている謎《なぞ》の人物。情報部の地図に残る真空地帯の一つ。それがあんただ」

「一九三九年のエル・タジで、私はつかまり、スパイの嫌疑をかけられた。あのとき、あまりにも多くのことが起こりすぎた」

「だから、ドイツ軍に荷担する気になったわけか」

沈黙。

「ウェイナットと泳ぐ人の洞窟には、まだもどれずにいたんだな」

「エプラーの砂漠越えの案内をかってでるまではな」

「教えておきたいことがある。一九四二年、あんたはスパイをカイロまで連れていった」

「サラーム作戦」

「そうだ。ロンメルに頼まれてな」

「優秀な男だった……教えたいというのは何のことだ」

「まあ、聞け。あんたは連合軍の目を逃れ、エプラーを連れて砂漠を越えた。大したものだ。ジャロのオアシスからカイロまでだからな。『レベッカ』を一冊もったスパイをカイロに送り込む。あんな離《はな》れ業《わざ》は、あんた以外にはできなかったろうよ」

「なぜ知っている」

「エプラーは、カイロで偶然に見つかったわけじゃない。砂漠越えのことは、最初からわかってたんだ。ドイツ軍の暗号は、ずいぶんまえに解読されていてな。ただ、それをロンメルに気づかれちゃならん。気づかれたら、情報の出所《でどころ》がばれちまう。だから、エプラー逮捕こそカイロまで待ったが、尾行はずっとだ。砂漠の中をずっと。情報部に名の知れたあんたがいっしょだというんだから、連中はいっそう張り切った。あんたもつかまえたかったのさ。そして、殺すはずだった……。信じられないか。じゃあ、これはどうだ。ジャロからカイロまで二十日間かかった。埋もれた井戸の道を通った。連合軍がいたからウェイナットには近寄れず、アブ・バラスも避けた。エプラーが砂漠熱にかかって、あんたが看病した。いやなやつだと思いつつもな……。飛行機はあんたらを見失ったことになってる。だが、尾行は慎重につづいていた。あんたらは、スパイというより、スパイされていたほうなんだ。ジェフリー・クリフトンの墓は、一九三九年のうちに見つかっていた。あんたに殺された、と情報部は考えた。女のことでな。女がどこにいるかが謎だったが……。要するに、あんたが敵とみなされたのは、ドイツ軍と組んだときじゃない。キャサリン・クリフトンとの関係が始まったときだ。そのときに、敵になった」

「なるほど」

「見失ったのは一九四二年。あんたがカイロを離れてからだ。つかまえて、砂漠で殺すはずだったが、逃げられた。砂漠に出て二日後にだ。おそらく、あんたは頭のねじが狂っていたにちがいない。少なくとも理性的には行動していなかった。そうでなきゃ、逃げられたはずがないんだ。隠してあったジープには、爆弾を仕掛けておいた。ちゃんと爆発したことはあとでわかったが、あんたはいない。消えちまった。いかにあんたでも、一生に一度の大旅行だったろうよ。カイロに来る旅以上のな。きっと狂っていたんだろう」

「君も私を追ってカイロにいたのか」

「いや、おれはファイルを見ただけだ。イタリアに行くことになっていた。情報部では、あんたがいるかもしれないとは言っていたが……」

「イタリアにか」

「ああ」

菱形の光は壁の上のほうに移動し、カラバッジョはまた影の中にいる。髪がまた黒くなった。椅子の背もたれから体を起こし、今度は後ろの壁によりかかる。肩口に木の葉。

「いまとなっては、どうでもいいことだ」アルマーシがつぶやく。

「モルヒネがいるか」

「いや。少し考えを整理したい。自分では、ごく内密に生きてきたつもりでいた。こんなに調べ上げられていたとは想像しがたい」

「情報部とつながりのある女と付き合ってたんだぞ。あんたを個人的に知ってる人間だって、情報部にはいたんだ」

「たぶん……バグノルドだろう」

「そうだ」

「じつにイギリス人らしいイギリス人だった」

「ああ」カラバッジョは、しばらく黙った。「最後に一つだけ聞きたいことがある」

「よかろう」

「キャサリン・クリフトンに何があった。マドックスがイギリスに帰ったあと、開戦の直前にあんたはジルフ・ケビールにもどった。何があったんだ」


私は、あと一度だけジルフ・ケビールにもどることになっていた。ウェイナットのベースキャンプをたたまなければならない。砂漠での生活がそれで終わる。女とのあいだには、もう何事も起こるまいと思った。恋人としては一年近くも会っていなかったし、地球上のどこかには戦争が迫っていた。屋根裏の窓に忍び寄る影のようにな。女も私も、以前の生活習慣に引き籠り、一見なにごともない関係にもどった。顔を合わせることさえまれになった。

一九三九年の夏。私とゴフが、陸路ジルフ・ケビールに行くことになった。キャンプをたたんで、ゴフはトラックで帰る。残った私を、クリフトンが飛行機で迎えにくる。そういう手筈《てはず》だった。そして解散する。私たちの三角関係も終わる。

飛行機の音が聞こえ、やがて姿が見えた。そのとき、私はもう高原の岩場をおりはじめていた。クリフトンはいつも時間どおりにやってきた。

小型貨物機の着陸は独特だ。水平に飛んできて、砂漠の光の中で翼を傾ける。エンジン音がやみ、地面に漂いおりる。砂漠では飛行機の着陸するところを何度も見たが、私には、ついに飛ぶ仕組みがよくわからなかった。出迎えにテントから這い出ると、飛んできた飛行機の翼が傾いて日をさえぎり、あの静寂の飛行に入る。そのたびに怖かった。

飛行機は高原をかすめるように飛んできた。私は合図に青い防水シートを振った。クリフトンは高度を下げ、轟音をたてて頭上を飛び去った。低く。アカシアの葉を引きちぎるほど低く。飛行機は左に旋回して、もう一度私に狙《ねら》いを定め、一直線に突っ込んできた。だが、私から五十ヤードのところで突然前にのめり、墜落した。私は走った。

クリフトンだけだと思っていた。一人で来るはずだったから。だが、助け出そうとして駆け寄ると、隣に女がいた。操縦席の窓から入った砂で膝まで埋まり、まっすぐ前を向いて、必死で下半身を引き抜こうとしていた。男のほうはもう死んでいたが、女には外傷がなさそうに見えた。墜落の瞬間、左手を前に突き出して、衝撃を和らげたらしい。私はクリフトンの愛機ルーパートから女を引き出し、洞窟まで運びあげた。泳ぐ人の洞窟。北緯二十三度三十分、東経二十五度十五分。壁画のあるあの洞窟へ運んだ。そして、その晩、クリフトンを埋葬した。

私は誰にとっても疫病神《やくびょうがみ》だったのか。キャサリンにも、マドックスにも。戦争で凌辱《りょうじょく》され、ただの砂地か何かのように砲撃されたあの砂漠にも。異邦人と異邦人の戦いだ。どちらも砂漠のなんたるかを知らず、無神経に入り込んできた。ここはリビヤ砂漠だぞ。政治など忘れて、聞け。こんな美しい響きの言葉はほかにない。リビヤ、Libya。官能的な言葉、そっと地表に誘い出された泉。bとy。マドックスに言わせれば、舌のうねりが聞こえる数少ない言葉の一つだ。リビヤ砂漠のディドーをおぼえているか。乾いた地に流れる川の水のごとく、人はあるべし……。

呪《のろ》われた土地に足を踏み入れたとは思わない。悪なる状況に陥《おとしい》れられたとも思わない。どの場所も、どの人も、私には恵みだった。泳ぐ人の洞窟で壁画を発見したこと。遠征でマドックスと歌をうたったこと。砂漠にいた私たちの前にキャサリンが現れたこと。赤く磨かれたコンクリートの床を女のほうに歩き、ひざまずき、少年のように女の腹に頭を押し当てたこと。銃を溜《た》め込んだ部族が私を癒《いや》してくれたこと。君たち三人も、また、私への恵みだ。ハナと君と工兵と。

私が愛したもの、大切に思ったもの……すべては、また、私から取り上げられた。

私は女のわきで見守った。肋骨《ろっこつ》が三本折れていた。女の瞳《ひとみ》が焦点を合わせようとして揺れるのを、私は待った。折れた手首が曲げられるのを、固く結ばれた口が開くのを、私は待ちつづけた。

どうしてあんなに私を憎んだの……？　女がささやいた。あなたは私のすべてを殺した。

キャサリン、君が……。

抱いて。言い訳はやめて。何があっても、あなたは変わらない。

女の凝視は永遠。あの凝視から私は抜け出せない。女の目が最後に見るのは私。私は洞窟のジャッカル。女を導き、保護し、決してあざむかない。

動物神は何百とある、と私は女に言う。ジャッカル神もいる――アヌビス、ドゥアムテフ、ウェプワウェト。君を死後の世界へ案内する神々だ。出会いの何年もまえ、私の分身がいつも君に付き従っていたように、この神々が君を案内する。君は知らないだろうが、ロンドンとオックスフォードのあの数々のパーティーで、私はいつも君を見ていたぞ。大きな鉛筆を手に宿題をしている君も、私は真向かいにすわって見ていた。オックスフォード・ユニオン図書館の午前二時。君はジェフリー・クリフトンと出会う。あのときも、私はいっしょだった。床にみなのコートが脱ぎ散らされ、君はそれを踏まないよう、裸足《はだし》で隙間《すきま》を捜しながら歩いていた。サギのように歩く君。それをクリフトンが見ていた。私も見ていた。だが、君は私の存在に気づかず、無視した。見た目のいい男しか見えない――まだ、そういう年齢だ。君の恩寵《おんちょう》に浴したクリフトンと、浴さなかった私。オックスフォードでは、ジャッカルに求愛されるのははやらない。だが、私はあきらめない。食べたいものが目にとまるまで断食もいとわない——私はそういう男だ。君の後ろの壁は本で埋まっている。首にかかる長い真珠のネックレスを左手につまみ、君は裸足で進んでいく。何かを捜している。いまよりふっくらした君には、学生らしい健康な美しさがある。

オックスフォード・ユニオン図書館には、私たち三人がいる。だが、君にはジェフリー・クリフトンしか見えない。あわただしいロマンスになるだろう。クリフトンは仕事を見つけたばかりだ。あろうことか、北アフリカに。「変な年寄り」の考古学者のところで。だが、君のお母さんは、冒険に乗り出そうとする娘に大喜びするだろう。

「道を開く者」ジャッカルの魂が、君たち二人と同じ部屋に立っていた。その名はウェプワウェト。あるいはアルマーシ。私は腕を組んで見ていた。君たちは世間話に夢中のふりをしていたが、無理があった。なにしろ、どちらも酔っ払っていたからな。だが、すばらしかったのは、午前二時の酩酊《めいてい》状態にもかかわらず、君たちが相手のなかに永続的な価値と喜びを見いだしたことだ。ほかの誰と歩んだことがあるにせよ、いま、ほかの誰とこの夜を分かち合っているにせよ、君たちはあのとき自分の運命に出会った。

午前三時。君は帰らなければと言う。だが、靴が片方見つからない。もう一方は手にある。バラ色の室内履き。私は、半分隠れた靴を近くに見つけ、拾い上げる。美しい光沢がある。足の指の形がついていて、一見して愛用の靴とわかる。君はそれを受け取り、ありがとうと礼を言う。だが、私の顔も見ずに、そのまま立ち去る。

私は、そういうことがあったと信じている。恋に落ちる相手と出会うとき、心の一部は知ったかぶりの歴史家になり、かつて、相手が何も知らずに目の前を通りすぎていったことを思い出す。あるいは想像する。たとえば、一年まえ、クリフトンは君のために車のドアを開けたことがあったかもしれない。だが、そのときは、どちらも運命の相手とは気づかなかった。欲望が起こるには、体の隅々にまで、相手を受け入れる準備がなければならない。すべての原子が同じ方向へ、同時に、跳躍しなければならない。

何年も砂漠で暮らしながら、私はこんなことを信じるようになった。砂漠は多くのポケットをもった場所だ。時間と水のだまし絵だ。ジャッカルは片目で過去を振り返り、片目で君が進もうとする道をながめやる。口には過去の断片をくわえ、それを君に引き渡す。時間のすべてが完全にそろったとき、君はそれをすでに知っていたことに気づく。

女の目が私を見た。その目はすべてに倦《う》んでいる。恐ろしい倦怠《けんたい》。私が飛行機から引っ張り出したとき、周囲のすべてを取り込もうとしていたあの目が、いまは警戒の色を浮かべている。内なる何かを守ろうとしている。私は近づいて、しゃがみ込み、青い右目に舌で触れた。塩の味。花粉の味。私はその味を女の口へ運ぶ。つぎに左目。きめ細かい多孔質の眼球を舌がなで、青さをぬぐい去る。離れると、女の眼差しに急に白が掃かれる。私は急いで女の唇を分け、指を差し入れる。口をこじあけ、喉の奥に飲み込まれている舌を引き出す。間一髪。女の吐息に一筋の死がにおう。私はまたかがみ込み、舌に青い花粉を乗せて女の舌に運ぶ。一度触れ合うが、何も起こらない。私は上体を起こし、息を吸って、またかがむ。舌に触れたとき、それが痙攣《けいれん》した。

恐ろしい唸り声がした。凶暴で私だけが知る唸り。女はそれを私に浴びせかけ、電気の通り道のように痙攣すると、壁にもたれた姿勢から激しく投げ出された。獣が女に入り込み、跳ね、私にぶつかった。洞窟から光が急激に去っていく。女の首があちらへ、こちらへ、強くしなった。

悪鬼の所業なら、私も知っている。子どもの頃、魔の恋人のことを教えられた。美しい誘惑者が若い男の寝室に忍び込む。もし賢い男なら、女に後ろを向くように頼むだろう。魔の恋人には背中がない。よそおった前しかない。私は何をしたのか。どんな獣を女の中に送り込んだのか。女とは一時間ほども話していたと思う。私は魔の恋人なのか。マドックスの魔の友人なのか。この国にも魔だったたか。私が地図にして、戦いの場に変えたのか。

神聖な地で死ぬのは大切なこと。それは、砂漠が守りつづけてきた秘密の一つだ。サマセットに帰ったマドックスは教会に行き、神聖さが失われていると感じて、神聖と信じる行動をとった。

女を仰向けにしてやると、体中が鮮やかな色で覆われていた。草と石と光とアカシアの灰が、女を永遠にする。聖なる色をまとった肉体。奪い去られたのは目の青色だけ。目が無になった。何も描かれていない裸の地図になった。湖の痕跡《こんせき》もなく、ボルコウ＝エネンディ＝ティベスティの北に横たわる山塊もなく、ナイル川の黄緑色の扇状地もなく、アフリカの端、アレクサンドリアの広がりもない。

だが、あらゆる部族の名前がある。砂一色の砂漠を歩き、そこに光と信仰と色を見た信心深い遊牧民がいる。拾われた石や金属や骨片が拾い主に愛され、祈りの中で永遠となるように、女はいまこの国の大いなる栄光に溶け込み、その一部となる。私たちは、恋人と部族の豊かさを内に含んで死ぬ。味わいを口に残して死ぬ。あの人の肉体は、私が飛び込んで泳いだ知恵の流れる川。この人の人格は、私がよじ登った木。あの恐怖は、私が隠れ潜んだ洞窟。私たちはそれを内にともなって死ぬ。私が死ぬときも、この体にすべての痕跡があってほしい。それは自然が描く地図。そういう地図作りがある、と私は信じる。中に自分のラベルを貼り込んだ地図など、金持ちが自分の名前を刻み込んだビルと変わらない。私たちは共有の歴史であり、共有の本だ。どの個人にも所有されない。好みや経験は、一夫一婦にしばられない。人工の地図のない世界を、私は歩きたかった。

私はキャサリン・クリフトンを砂漠に運び出した。砂漠をあまねく照らす月明かりも、私たちが読む共有の本。私たちは、泉と泉が交わす噂の中にいた。風の宮殿にいた。

アルマーシの顔が左側に落ちる。目はうつろ。カラバッジョの膝でも見ていたか。

「もっとモルヒネがいるか」

「いや」

「何かほしいものは」
「ない」

X　八月

カラバッジョは暗がりの階段をおりて、台所に入った。ハナがおこしたばかりの火の明かりの中で、テーブルにいくらかのセロリと、根にまだ泥のついたカブが見える。部屋に入ってくる足音が聞こえず、ハナは背を向けたままでいる。この屋敷に生活するうち、カラバッジョの体は緩み、張り詰めたところが消えた。以前よりふくらみ、立ち居振る舞いがゆるやかになった。音をたてずに動く癖は相変わらずながら、動作は眠たげで、くつろいだ非能率を感じさせる。

音をたてて椅子《いす》を引き、部屋に来たことを知らせると、ハナが振り向いた。

「あら、おじさん」

カラバッジョは挨拶《あいさつ》代わりに片手をあげた。砂漠に長くいすぎたな、と思う。

「あの人はどう？」

「眠ってる。しゃべりすぎて、くたびれたんだろう」

「おじさんの考えは当たってた？」

「さあて……。そっとしといてやるのがいいのかもしれん」

「だと思った。あの人はイギリス人よ。キップも私も同意見。キップに言わせれば、変人ほどいい人はいないそうよ。それは経験ずみだって」

「そう言う本人がたいした変わり者だ。ところで、どこにいる」

「テラスで何かたくらんでるみたい。私は立ち入り禁止になってるの。私の誕生日の何からしいけど」ハナは火格子《ひごうし》の前から立ち上がり、手を反対側の前腕でぬぐった。

「誕生日か。おれからは、ちょっとしたお話をしてやろう」

ハナはカラバッジョを見つめた。

「パパの話はいやよ」

「パトリックのことも少し。だが、大部分はおまえの話だ」

「パパの話は、まだ聞きたくない」

「父親は死ぬものさ。あとは、どうやってでも愛しつづければいい。心の中に隠しおおせるもんじゃない」

「せめて、モルヒネが切れてからにして」

ハナは近寄り、両腕を回すと、背伸びして頰にキスをした。抱きかかえるカラバッジョの腕に力がこもり、不精髭《ぶしょうひげ》がざらざらと砂のようにハナの肌をこすった。いまのハナには、カラバッジョのそんなところが好ましい。昔は、身だしなみに非の打ち所がなかった。あいつの髪の分け目は、真夜中のヤング通りみたいにきちんとしてる、と父が言っていた。ハナの前では神様のようだったカラバッジョ。だが、顔と胴体がふくらみ、白髪混じりになったいまは人間。

親しみやすくなった。

今日の夕食は、工兵がつくっている。カラバッジョには、待ち遠しくもなんともない。三度に一度は食事を抜いているようなものだと思う。キップは野菜を見つけてきて、ほとんど手も加えずに食卓に出す。ちょっと煮て、スープにする。二階の男の話を一日中聞いたあとにあの粗食では、体がもたない。流しの下の戸棚をあけると、湿った布に包んだ干し肉があった。カラバッジョはそれを切り取って、ポケットに入れた。

「ねえ、モルヒネ中毒はなおせるのよ。私は優秀な看護婦なんだから」

「おまえの周囲は狂人ばかりだな」

「ほんと。私も含めて、みんなおかしいわ」

キップの呼び声に、二人は台所からテラスに出た。低い石の手すりをめぐらしたテラスが、光で縁取りされていた。

カラバッジョには、小さな電球を並べてあるように見えた。ほこりだらけの教会でよく見かける蠟燭型《ろうそくがた》の豆電球。そして、いくらハナの誕生日とはいえ、礼拝堂からこんなものまで持ち出すのは行きすぎではないか、と思った。ハナは驚きで口を大きくあけ、それを両手で覆《おお》って、ゆっくり歩いてきた。風がなく、脚と腿《もも》の動きに合わせて、ドレスのスカートが薄い水の層のように揺れた。テニスシューズは、石の上を音もなく動いた。

「このあたりは、どこを掘っても殻が見つかるものだから」と、工兵が言った。

二人には、なんのことかわからない。だが、揺らめく光の上にカラバッジョが腰をかがめると、そこには灯油を満たしたカタツムリの殻があった。一列に並ぶ殻は、四十個ほどもあるだろうか。

「四十五個ですよ」と、キップが言う。「今世紀の四十五年目だから。ぼくの国じゃ、人間だけでなく時代も祝うんです」

ハナは光の列に沿って歩いた。その手は、いまポケットに突っ込まれている。今夜はもう用ずみになったというように、両腕をしまいこんで歩く。キップは、ハナのそんなくつろいだ歩き方が好きだった。

驚くべきものが目の端に入り、カラバッジョの注意はそちらに引きつけられた。テーブルの上に赤ワインが三本。歩み寄ってラベルを読み、信じられないというように首を振った。工兵がまったく飲まないことはわかっている。だが、三本とももう栓が抜いてある。きっと図書室でテーブル・マナーの本でも捜し出し、それに従ったものだろう。ほかに、トウモロコシに肉にジャガイモもある。ハナがキップの腕に自分の腕を滑り込ませ、いっしょにテーブルにやってきた。

三人は食べて、飲んだ。思った以上に濃厚なワインは、舌にのせると肉の味わいがした。やがて、ハナとカラバッジョは陽気になり、しきりに乾杯を始めた。偉大な食料調達者、工兵に。そして、イギリス人の患者に。さらには、互いに相手に。キップも水入りのコップをあげて、乾杯に加わった。

その夜、キップは自分自身のことを語った。カラバッジョはもっと話せとせき立てながら、自分ではたいして聞いていたわけではない。ときおり立ち上がり、テーブルの周りを歩いた。その場の雰囲気とことの成り行きがただ嬉《うれ》しくて、周囲をぐるぐる歩き回った。カラバッジョは、ハナとキップの結婚を願っている。その実現のために、なんらかの言質《げんち》をとっておきたいと思ったが、この二人には、関係を律する奇妙なルールがある。そのなかで自分がどんな役割を果たせるかがわからないまま、また椅子にもどった。ときどき、あちこちで火が消える。カタツムリの殻に入る石油の量など、たかが知れている。そのたびにキップが立ち上がり、ピンク色の灯油を注ぎ足した。そして、「真夜中までは、つけておかなくちゃね」と言った。

三人は、いまは遠くに去った戦争のことを語り合った。「日本との戦争が終われば、みんなようやく国に帰れる」と、キップが言う。「おまえはどこの国に帰るんだ」と、カラバッジョが尋ねる。工兵は首を半分縦、半分横に振り、にこりとする。今度はカラバッジョが話しはじめた。ほとんどはキップに聞かせるための話をした。

イヌがそっとテーブルに近寄り、カラバッジョの膝《ひざ》に頭を乗せた。工兵はトロントのことを聞きたがった。町を埋める雪、凍りつく港、夏のフェリーボート、船上のコンサート……不思議でいっぱいの町、トロントのこと。だが、それ以上に聞きたがったのは、やはり、ハナのことだ。その人となりに迫るための手掛かりを、いくらでもほしがった。それをハナが邪魔した。過去のある瞬間のことにカラバッジョが触れそうになると、話をさえぎり、別の方向にもっていこうとした。キップには現在の自分だけを知っていてほしい。過去に存在した少女よりは、おそらく欠点が多かろう。やさしくもなったが、厳しくもなり、かたくなにもなっている。だが、そういう現在の自分だけを知っていてほしい、と思った。ハナの人生には、母アリス、父パトリック、継母クララ、そしてカラバッジョおじさんがいる。それはハナの肩書き。ハナの嫁入り道具。完全無欠で、説明のいらない名前。キップにも、そういうものとして話してある。ラムへのニンニクの詰め方や、卵の正しいゆで方を教える料理の本と同様、それはハナが拠《よ》り所とする権威。疑問をさしはさむ余地はない。

カラバッジョは相当に酔った。そして、いつかハナとも話題にした『ラ・マルセイエーズ』の一件をキップに語った。「その歌なら、ぼくも知ってる」とキップは言い、口ずさもうとした。それをハナがさえぎった。「だめ。この歌は、大きな声で歌わなくちゃだめなの。起立して歌わなくちゃ」

ハナは立つと、テニスシューズをぬいでテーブルにあがった。はだしの両足のすぐ横で、いまにも消えそうな四個のカタツムリが、最後の炎を揺らめかせていた。

「あなたに歌ってあげる。この歌はこう歌うのよ、キップ。あなたのために歌ってあげる」

ハナは暗闇《くらやみ》の中へ歌った。カタツムリの光のかなたへ、イギリス人の患者の窓からもれる四角い光のかなたへ、イトスギの影とともに揺れる暗い空に向かって歌った。両手がポケットから出てきた。

キップは野営地でこの歌を聞いたことがある。兵士らが奇妙なときに歌っていた。たとえば、サッカー遊びのまえ。みなが集まり、これを歌って気勢をあげていた。カラバッジョも、戦争最後の数年間に何度も聞いた。だが、耳にはあのときのハナの歌声が残り、ほかの誰が歌っても聞く気になれず、好きになれなかった。だから、ハナがまた歌うと聞いて心がはずんだが、歌が始まると、喜びはたちまち別の感情に変わった。あの十六歳の少女の情熱がない。あるのは、暗闇にハナを取り巻くカタツムリの光の頼りなさ。ハナの『ラ・マルセイエーズ』は傷ついている。かつて満ちあふれていた希望が、歌のどこからも湧《わ》き上がってこない。二十世紀四十五年目の今夜、ハナは二十一歳。この誕生日までの五年間に歌が変わった。疲れた旅人の声で、ハナは一人すべてに挑んでいる。それは新しい誓約。だが、その歌声にはもはや確信がない。歌い手は、山のような力に立ち向かう一つの声でしかない。確かなのは一つの声。一つの声だけが、汚されずに残ったもの。歌われるのはカタツムリの光の歌。ハナは工兵の心に寄り添い、その思いを歌に込めている――カラバッジョはそれを理解した。

テントの中では、黙ったままの夜も話がはずむ夜もある。夜に何が起こるのか、二人にもわからない。どちらかの過去の断片がよみがえるのか。それとも、暗闇と静寂のなかで無言の触れ合いがあるのか。女の体が寄り添い、あるいは耳に言葉が忍び込む。二人が頭を横たえる空気枕《くうきまくら》は、男の心をとらえた西洋の発明品の一つだ。毎晩ふくらませ、使うといってきかない。朝になれば律儀《りちぎ》に空気を抜き、三つに折りたたむ。イタリア半島を北上するあいだ、男はずっとそうしてきた。

テントの中で、男は女の首すじに顔を寄せ、皮膚をそっと搔《か》きにくる女の爪《つめ》の下で溶ける。ときには唇に唇を寄せ、女の手首を腹の下にしく。女はハミングし、小声で歌う。男の体には羽毛の感触があり、手首には冷たい鉄がある。テントの闇のなかで、女は男に鳥を感じる。

女と暗闇に包まれているとき、男の動きは眠たげになり、世界の動きから後れをとる。日中は色が色の上をすべるよう。周囲の雑多さのなかを滑り抜けていく男が、夜になると活動を停止する。身につけた秩序と訓練は目にしか現れず、その目を隠す闇の中で、男に入り込むための鍵《かぎ》はなくなる。だが、探れば、いたるところに点字の戸口がある。心臓が、肋骨《ろっこつ》が、すべての内臓が皮膚のすぐ下に見え、女の手についた男の唾液《だえき》さえ色になる。

女の悲しみを誰よりもよく知るのは男。危険な兄への複雑な愛を理解するのは女。「ぼくらには放浪者の血が流れている。兄のような性格の人間には、牢獄《ろうごく》はとくにつらい。自由になるためなら、自殺もいとわない」

語り合う夜、二人は男の故郷に旅をする。サトレジ、ジェラム、ラビ、チェナブ、ベアス――五つの川の流れる国。男は女をグルドワーラに案内し、女が靴をぬぎ、足を洗い、頭を覆うのを見守る。そこは一六〇一年に建立《こんりゅう》された大神殿。一七五七年に冒瀆《ぼうとく》されたが、すぐに再建され、一八三〇年に黄金と大理石で飾られた。「夜明けまえに行くと、水上には靄《もや》しか見えない。でも、やがて靄が晴れ、光に照らされた神殿が現れる。その頃には、聖者ラーマーナンダ、ナーナク、カビールをたたえる歌も聞こえている。賛美歌は礼拝の中心だからね。歌が聞こえ、神殿の庭から果物の香りがする。果物はザクロとオレンジ。神殿は人生の流転《るてん》のなかの避難場所。誰でも立ち寄れる。それは無知の大海を渡る船……」

夜のなかを二人は歩き、銀色の扉から神殿に入る。金襴《きんらん》の天蓋《てんがい》の下に聖典アーディグラントが安置されている。楽師の伴奏で、ラージーが聖典の詩編を朗詠する。朝の四時から夜の十一時まで。ラージーはこれと定めずに聖典を開き、引用箇所を選ぶ。湖上の靄が晴れ、黄金の神殿が姿を現す頃、朗詠はもう三時間も絶え間なくつづいている。あの詩編とこの詩編が渾然《こんぜん》となり、神殿の外に流れ出ている。

男は女を連れて池のわきを抜け、聖木に案内する。樹齢四百五十年、迷信の木。根もとには、神殿の初代管長グージハージ師が眠る。「母はここに来て、枝に紐《ひも》を結び、男の子が授かるように木に祈った。そして兄が生まれると、また来て、もう一人息子を、と祈った。パンジャブには、いたるところに聖木や魔法の水がある」

女は黙っている。男には、女の闇《やみ》の深さがわかる。それは子のいない闇、信仰のない闇。男はいつも女をなだめ、悲しみの原の縁から連れ出そうとする。子を失い、父を失った女を。

「ぼくも、父のような人をなくした」と男は言う。だが、女にはわかっている。隣にいるのは魔法の世界にいる男、群れの外で育ってきた男。だから、尽くす相手を取り替え、失ったものを他で置き換えることができる。世の中には、不公平に押しつぶされる人もいれば、堪え忍べる人もいる。兄が投獄され、仲間が爆死し、自分もこの戦争で日々危険にさらされているのに、尋ねれば、男はきっと「いい人生だった」と答えるだろう。

内に秘めるやさしさは疑いもない。だが、そうした人々の存在すること自体が、女にはひどい不公平に思える。男は一日中泥の穴にいて、爆弾を処理する。それはいつ爆発して、男を殺すかもしれない。ときには、仲間の工兵の埋葬から、悲しみに打ちひしがれて帰ってくる。だが、どんな試練に遭遇しても、男はつねに先に解決と光を見る。女には何も見えない。運命の描く地図はさまざまだ、と男は言う。アムリッツァルの神殿はあらゆる信仰と階級を受け入れ、そこでは誰もが一つの食卓につく、と。もちろん、女も加われる。床に広げられた布に賽銭《さいせん》か花を投げ、あと、途切れることのない歌に加われる、と。

女はそうしたいと思う。女の内側は、自然の悲しみでいっぱいだから。人格に開く十三の門のどれからでも、男は入ることを許してくれるだろう。だが……と思う。女にはわかっている。身が危険にさらされるとき、男は女を締め出す。周囲に空間を作り出し、そこに籠《こも》る。それは男の天性だ。シーク教徒は工学に強い、と男は言う。「機械に不思議な親近感がある。機械と……」「仲がいい?」「そう、仲がいい」

男は機械のあいだに入り込み、鉱石ラジオから流れ出る音楽に額《ひたい》と髪を叩《たた》かせながら、何時間もわれを忘れる。この男と完全に向かい合い、その恋人になることはできない、と女は思う。男はすばやく動く。何かを失っても、それを他で置き換えて動きつづける。それは男の天性で、それを裁くことはできない。女にはそんな権利もない。毎朝、男は鞄《かばん》を左肩から下げ、サン・ジローラモ屋敷から出かけていく。毎朝、女は男を見送る。はつらつと世界に向かう男の——もしかしたら、最後の——姿を目に収める。数分後、男は歩きながらイトスギを見上げる。それは、砲撃で中ほどの枝を吹き飛ばされ、幹にまだ破片を埋め込んでいる。こんな道を、かつてプリニウスも歩いたにちがいない。もしかしたら、スタンダールも。『パルマの僧院』は、世界のこの辺りで起こった。

男は、傷ついた木々が頭上につくるアーチを見上げ、目の前に延びる中世の道を見渡す。男は工兵。二十世紀が発明したもっとも不思議な職業の従事者。地雷を探知し、それを解体する。毎朝、男はテントから起き出し、庭で水を浴び、制服を着て、屋敷を出ていく。建物には立ち寄らない。女を見かければ、手くらいは振るだろう。だが、言葉や人間性は、男にとって邪魔になる。解き明かすべき目の前の機械に血潮のように飛び散って、男の仕事を妨げる。建物の四十ヤード向こう、道のふくらみを歩いていく男を、女は見送る。

それは、男がすべてを背後に捨て去っていく瞬間だ。背後で跳ね橋があがり、それ以後、騎士は自分の能力にしか心の平安を求めることができない。女はシエナで壁画を見た。町を描いたフレスコ画。町の城壁を数ヤード出ると、画家の絵の具はぼろぼろに崩れ落ちる。町を立ち去る旅人に、画家は数エーカーの果樹園という安らぎすら与えられない。男は日中あそこへ行く、と女は思う。毎朝、きれいに描かれた光景から踏み出し、混沌《こんとん》の暗い断崖《だんがい》へ向かう。男は騎士。男は聖戦士。イトスギのあいだから、カーキ色の制服がちらちらと見える。イギリス人の患者は男をファト・プロフグス、運命の逃亡者と呼んだ。男の一日は、木々を見上げる喜びから始まる――女はそう想像した。

一九四三年十月初め、南イタリアにいた工兵部隊から精鋭が選りすぐられ、地雷だらけの町ナポリに飛行機で送り込まれた。キップも、この町に入った三十人の工兵の一人。

イタリアのドイツ軍は、史上まれに見る華麗で恐ろしい撤退作戦を敢行した。連合軍は行く先々で砲火に迎えられ、一月を予定していた進軍に一年を費やした。工兵らは、前進するトラックの泥除《どろよ》けに立ち、前方の道路に新しく土が掘り返された跡がないか目をこらした。埋まっているのは地雷か、ガラス爆弾か、靴爆弾か。進軍の足取りは信じられないほど遅々としていた。

北の山岳地帯には、ガリバルディ共産主義ゲリラが潜んだ。目印は赤いハンカチ。撤退するドイツ軍を襲い、道路に爆薬を埋めて、上を通るトラックを爆破した。

イタリアと北アフリカに埋設された地雷の数は、想像を絶する。キスマーヨとアフマドゥの道の交わるところに二百六十個。オモ川の橋の周辺に三百個。一九四一年六月三十日のメルサ・マトルーでは、南アフリカ工兵隊が一日だけで二千七百個のマークII地雷を埋めた。四か月後、イギリス軍がメルサ・マトルーから撤去した地雷は、七千八百六個。

地雷は、あらゆるもので作られた。木箱に入れたまま、家々に放置された地雷。爆薬を詰め、軍用道路にばらまかれた長さ四十センチのトタン管。ゼリグナイトと金属片と釘《くぎ》を詰めたパイプ爆弾。南アフリカ工兵隊特製の四ガロン缶爆弾は、鉄とゼリグナイトを詰め、装甲車を爆破する威力があった。

都市部が最悪だった。カイロやアレクサンドリアから、ほとんどなんの訓練もないまま爆弾処理班が送り込まれてきた。一九四一年十月、第十八師団は三週間で千四百三個の高性能爆弾を処理し、有名になった。

イタリアは、アフリカよりひどい。使われた時限信管は悪夢のように常識外れで、ばね式発火装置も、工兵らが訓練を受けたドイツ式とはちがう。町に入り、通りを進む工兵隊を出迎えたのは、木々や建物のバルコニーからぶら下がる死体。ドイツ軍は、死んだドイツ兵一人につき、イタリア人十人を殺して報復した。ぶら下がる死体には爆薬を仕掛けられたものもあり、空中で爆破するよりしかたがなかった。

一九四三年十月一日、ドイツ軍はナポリから撤退した。九月に連合軍がかけた攻勢で、何百人という市民が家を失い、町の外にある洞窟《どうくつ》で暮らしはじめていた。撤退するドイツ軍はその洞窟の入り口を爆破していき、市民は地下に閉じ込められた。チフスが発生した。港に沈む船には、水中で新たに機雷が仕掛けられた。

三十人の工兵は、地雷だらけの町に入った。公共建造物の壁には延期爆弾が塗り込められ、ほとんどの車に爆発物が仕掛けられていた。部屋に無造作に置かれているどんな物体にも、決して気を許してはならない。テーブル上のすべての物体を疑え。「四時の方向」を向くものだけを信じよ。疑心暗鬼は工兵らの心から永久に消えず、戦後何年たっても、手紙を書き終えると、ペンの握りを必ず四時の方向に向けて置く工兵がいた。

ナポリが戦闘域だった六週間、キップは部隊とともにそこにとどまった。二週間後、洞窟のナポリ市民が発見された。糞尿《ふんにょう》とチフスで、真っ黒な皮膚をしていた。市内の病院に向かう人々の列は、幽霊の行列に見えた。

四日後、中央郵便局が爆破され、七十二人の死傷者が出た。市の公文書館も焼かれ、ヨーロッパ一と言われた中世文書の宝庫が灰になった。

十月二十三日は、市に電気がもどる予定の日。その三日前、一人のドイツ人が当局に出頭し、港湾地域に数千発の爆弾が隠してあると自供した。それは市の電力系統に直結していて、電気がつく瞬間、ナポリは炎の中に消えうせるだろう、と言った。男への尋問は七回を超え、硬軟さまざまの尋問方法が駆使されたが、結局、男の言葉は虚偽とも真実とも判断がつかず、港湾地域全体に避難命令が出された。子ども、老人、瀕死《ひんし》の病人、妊婦、洞窟から救出された人々、動物、貴重なジープ、入院中の負傷兵、精神病患者、司祭、修道院の僧と尼僧《にそう》。すべて去り、一九四三年十月二十二日夕方、十二人の工兵だけが残った。

電気は、翌日午後三時に復旧する。どの工兵にも、無人の町は初めての体験だった。人生でもっとも異様で、不安に満ちた数時間がやってきた。

夕方になると、雷雨がトスカーナ地方を襲う。風景から上に伸び上がる金属や尖塔《せんとう》に、雷が落ちる。キップはイトスギの並ぶ黄色い道を通り、夕方七時頃に屋敷にもどる。それは、決まって雷が鳴りはじめる時間。中世から変わらない。

キップは、雷の時間厳守ぶりが気に入っている。ハナやカラバッジョの目が、遠くにキップの姿をとらえる。それは家に向かって歩きながら、立ち止まって谷のほうを振り返り、雨がどこまで迫っているかを見る。ハナとカラバッジョは屋敷の中にもどり、キップは丘の上に向かう半マイルの道を歩きつづける。ゆるやかに右に曲がり、またゆるやかに左に曲がる道。ブーツが砂利を踏む。ときおり強い風が吹きつけ、イトスギの並木を横から揺らすと、キップのシャツに袖《そで》から入り込む。

つぎの十分間、キップは歩きつづける。雨に追いつかれるかどうかきわどいが、雨粒が落ちてくるまえに、雨音が聞こえるはず。枯れ草を打ち、オリーブの葉を叩く音。それはまだ聞こえてこず、キップは丘に吹く気持ちのよい風の中にいる。嵐《あらし》の前景にいる。

屋敷に着くまえに雨に追いつかれても、キップの歩く速度は変わらない。ゴム引きのケープで雑嚢《ざつのう》を覆い、それを頭にもかぶって歩きつづける。

テントの中で、キップは純粋な雷を聞く。頭上に鋭い音がはじけ、馬車の車輪の音が山の中に消えていく。テントの壁を突き抜ける突然の稲妻《いなずま》。キップには太陽の光より明るく思える。閉じ込められた燐光《りんこう》。機械的な光。講義室で聞き、鉱石ラジオでも聞いた新しい言葉、あの「核」とは、こういう光を言うのだろうか。テントの中で、キップは濡《ぬ》れたターバンを解き、髪を乾かす。そして、新しいターバンを巻く。

雷雨はピエモンテから起こり、南に、東に移動する。アルプスに立つ小さな教会の尖塔に雷が落ちる。その教会には、『十字架の道の留《りゅう》』や『ロザリオ十五玄義』を再現するタブローがある。一六〇〇年代に作られた等身大を超えるテラコッタ像。バレーゼやバラッロの小村で、それが一瞬照らされ、聖書の一場面を演じる。両腕を後ろ手に縛られたキリスト。振りおろされるむち。吠《ほ》えるイヌ。隣のタブローでは、三人の兵士が、描かれた雲に向かって十字架を高く掲げている。

フィレンツェの北、サン・ジローラモ屋敷にも稲妻が訪れる。暗い廊下、イギリス人の患者が横たわる部屋、ハナが火をおこしている台所、砲撃された礼拝堂。すべてが突然照らされて、影さえも失う。その雷雨のなか、キップはなんの不安もなく庭の木々の下を歩く。稲妻に打たれて死ぬ危険など、日々の危険に比べれば哀れなほど小さい。キップは薄闇《うすやみ》のなかに立ち、稲妻から雷鳴までの秒数をかぞえながら、いくつもの丘のカトリック教会で見た素朴なテラコッタ像を思い浮かべる。この屋敷も、たぶん、そんなタブローの一つ。登場するのは、運命のいたずらで戦争に投げ込まれた四人。それぞれの動きの一瞬が、活人画となって光に浮かぶ。

ナポリに残った十二人の工兵は、町中に展開した。これから閉ざされたトンネルに入り込み、下水道におり、中央発電所と結ばれているはずの起爆線を捜す。夜を徹して捜し、翌日午後二時に町を出るように言われている。その一時間後に、電源のスイッチが入る。

ここは、いま、十二人だけの町。町の一地区に一人ずつ。一人は発電所にいる。一人は貯水池にいて、まだ潜っている。地雷で町を壊滅させるにはどうするか。きっと洪水を起こすだろう、と当局は結論していた。静寂が工兵らの神経に障《さわ》る。人間社会を連想させる物音は、イヌの吠え声と、アパートの窓から聞こえてくる小鳥のさえずり。あの小鳥のいる部屋を捜し、そこで通電の瞬間を待とうか、と工兵は思う。この真空地帯で、そこだけが人間生活のわずかな痕跡《こんせき》を残す場所だから。国立考古学博物館の前を通る。ここは、ポンペイやヘルクラネウムの遺物を収めた場所。白い灰に封じ込められた昔のイヌを、工兵も見たことがある。

歩く工兵の左腕で、緋色《ひいろ》のライトが光る。いまのカルボナーラ通りで唯一《ゆいいつ》の光源だ。工兵は徹夜の捜索で疲れ切っていた。できることは、もう、ほとんど残っていない。無線電話を携帯しているが、これは緊急用で、何かが発見されたときにしか使えない。無人の中庭と干上がった噴水の静寂が、工兵の気をめいらせた。

午後一時。工兵は、損傷したサン・ジョバンニ・ア・カルボナーラ教会に引き返した。ここにはロザリオの礼拝堂がある。数日まえ、稲妻の夜にこの教会を通り、タブローの巨大な人物像を見た。それは、寝室にいる天使と女の像。一瞬の光のあと、また暗闇がもどり、信徒席にすわってつぎの稲妻を待つ工兵に、二度目の啓示はなかった。

工兵は、教会のその場所にもどってきた。白人の色に塗られたテラコッタ像が立っている。場面は寝室。一人の女が天使と言葉を交わしている。女の栗色《くりいろ》の巻き毛が、ゆったりした青いケープの下からのぞき、左手の指が胸骨に触れている。部屋の中に入った工兵は、すべてが等身大を超えていることにあらためて気づいた。自分の頭は、女の肩までしか届かない。天使の伸ばした腕は、十五フィートの高さに達する。それでも仲間にいれてもらえる、と工兵は思った。ここは住人のいる部屋。人と天が何ごとかを語り合っている部屋。工兵は、その会話の中を歩き回った。

工兵は肩から鞄をおろし、ベッドの前に立った。そこに寝たいと思うが、天使の前ではためらわれる。さきほど、この天界の使者の周りを歩いたとき、背中に生える暗色の翼の付け根に、ほこりだらけの電球が見えた。いくら寝たくても、こんなものの目の前では安眠できそうにない。ベッドの下から、舞台用の室内履きが三足のぞいている。舞台設計者の深謀遠慮。時刻は、いま、一時四十分。

工兵は床にケープを広げ、鞄を平らに押さえつけて枕にすると、石の床に横たわった。ラホールで過ごした子ども時代は、いつも寝室の床にマットを敷いて寝ていた。いまもって西洋式のベッドにはなじめず、テントでも藁布団《わらぶとん》と空気枕しか使わない。イギリスでサフォーク卿《きょう》の家に泊まったときは、ふかふかのマットレスに沈み込み、閉所に閉じ込められる恐怖さえおぼえた。ベッドに捕らえられていては眠れず、そこから床に逃れて、絨毯《じゅうたん》の上で寝た。

工兵はベッドのわきに横になり、手足を伸ばした。間近に見ると、靴も実物以上に大きい。アマゾネスにも容易にはけるだろう。工兵の頭上には、ためらいがちな女の右腕があり、足もとの向こうには天使が立つ。間もなく、誰かが市の電源スイッチを入れる。もし爆発が起これば、この二つの像といっしょに吹き飛ぶ。いっしょに死ぬか、いっしょに生き残るか。ダイナマイトや時限装置の隠し場所を徹夜で捜したが、自分にできることは、もう何もない。周囲の壁が崩れ落ちてくるか、明かりのともった町を歩いて出られるか。親のように頼れる像を見つけた工兵は、無言の会話に包まれて、緊張を解いた。組んだ両手を頭に敷いて仰向くと、天使の顔に、気づかなかった強靭《きょうじん》さが見えた。手の白い花にまどわされ、いままで見えていなかった強さ。では、この天使もまた戦士か……。そう考えながら工兵は目を閉じ、疲れに屈伏した。

横たわる工兵の顔には笑いがある。それは、やっと解放され、眠りという贅沢《ぜいたく》を満喫している者の笑い。左のてのひらは下を向いてコンクリートの床を押さえ、ターバンの色は、マリアの首を巻くレース襟の色と同じ。

マリアの足もとに、制服姿の小柄なインド人が眠る。横には三足の室内履き。ここには時間がない。三人がそれぞれにもっとも楽な姿勢を選び、時間を忘れた。周囲を信頼しきるとき、人は微笑《ほほえ》みをさそう安楽に包まれ、その姿勢のまま他者の記憶に残る。二つの像の足もとに工兵を加えたタブローは、工兵の運命を決する審判の図。上に伸ばされたテラコッタの腕は、子どものように眠るこの外国人に、刑の執行停止と豊かな将来を約束しているのか。三人は合意に近づき、いま、判決がくだろうとしている。

薄いほこりの層におおわれた天使の顔には、いま大きな喜びがある。背中に六個の電球を背負う天使。うち二個は切れているが、突然、残りの四個に奇跡の電気が通じ、天使の翼を下から美しく照らし出した。血の赤と、青と、カラシ畑の金色が、午後の静けさの中で生き生きと光った。

いまどこにいようとも、将来どこにいることになろうとも、ハナは決して忘れない。八月のあの日。キップが沈黙する石になり、屋敷を猛烈な勢いで駆け抜けて、ハナの人生から消えていったあの日。ハナは何もかもおぼえている。空がどんなだったか。目の前のテーブルに何があり、稲妻のなかで、それがどう闇に包まれていったか。キップの体が描いていった軌跡を、ハナの心はいまも繰り返しなぞる。

キップは野原にいる。急に両手で頭を抱えるのが見える。だが、苦痛に堪えるしぐさとはちがう。イヤホーンを耳に押し当てている、と気づく。ハナから百ヤード。下の野原にいるキップ。これまで屋敷で大声など出したことのないその体から、突然、悲鳴があがる。支えを取り外された人のように、がっくりと膝をつき、しばらく動かない。やがてのろのろと立ち上がり、テントに向かって野原を斜めに歩くと、中に入って、はためく入り口を閉じる。雷の乾いたとどろきが聞こえ、ハナの腕が暗くなる。

キップがテントから現れる。手にライフル銃。サン・ジローラモ屋敷に飛び込み、ハナのわきをかすめ、戸口を抜け、階段を一度に三段ずつ駆けのぼる。ピンボール・マシンの中を跳ねる鋼球。呼吸がメトロノームのように時を刻み、ブーツの爪先《つまさき》が階段の蹴《け》込《こ》みを打つ。ハナは台所のテーブルから動かず、頭上の廊下を走る足音を聞く。目の前には本と鉛筆。嵐のまえの光の中でそれが凍りつき、影をつくる。

キップは寝室に入り、イギリス人の患者が横たわるベッドのすそに立つ。

やあ、工兵君。

キップが銃を構える。胸に銃床、三角形に曲げた右腕に負い革。

外で何かあったのか。

キップは、死刑を宣告された者の表情になる。世界から孤立し、褐色の顔には涙。体を回転させ、引き金を引く。弾は壁の古い泉に当たり、しっくいがはじけて、ベッドに粉が降る。体が向き直り、銃口がイギリス人を狙《ねら》う。そして、震えだす。必死で震えを止めようとする。

銃をおろせ、キップ。

背中を強く壁に打ちつけるキップ。震えが止まり、しっくいのほこりが周囲の空中に舞う。

この数か月間ずっと、ぼくはこのベッドのすそにすわり、あなたの言うことを聞いてきた。子どもの頃も同じことをした。年長者の教えることを聞き、自分に足りないものをそれで補えると信じてきた。知識を取り込み、必要なら少しずつ変化させて、やがて自分を超えてつぎの人に伝えていけると信じてきた。

ぼくは二つの伝統のなかで育った。最初は自分の生まれた国。だが、あとでは、しだいにあなたの国。あなたのひ弱な白い島は、習慣と礼儀と本と宗教と理屈で、世界の他の国々を変えた。いったいどうやったのか。イギリス人といえば、厳格なマナーだ。ティーカップを持つ指だって決まっている。ちがう指で持てば、即座にテーブルから追放される。ネクタイの結び方がちがっても、放り出される。何があなたたちにそんな力を与えた。船か。それとも、兄が言っていたように、歴史と印刷機なのか。

伝道者の持ち込んだ規則がぼくらを変えた。最初はあなたたち、そのあとでアメリカ人。インド人の兵隊は、英雄になって「プッカ」と呼ばれたくて、命をむだにした。あなたたちには戦争もクリケットも同じなんだろう。よくもぼくらをだましてくれた。聞け、あなたたちがいったい何をしでかしたか。

キップはベッドの上に銃を投げ出し、イギリス人に近づく。腰のベルトに鉱石ラジオが揺れる。そのラジオをベルトからはずし、患者の黒い頭に、耳に、イヤホーンをねじ込む。痛みに顔がゆがむが、容赦しない。ライフル銃を拾い上げて、また壁際《かべぎわ》にもどる。戸口には、立ちすくむハナ。

原爆。また一発。ヒロシマとナガサキ。

キップは銃口を出窓に向ける。谷の上空を舞うタカが、知ってか知らずか照準器のV字に漂い込む。キップの閉じた目には、炎に包まれたアジアの通りが見える。炎はいくつもの都市を燃やしながら走る。それは燃え上がる地図。灼熱《しゃくねつ》のハリケーン。触れる人体を一瞬にして干上がらせ、空中に舞い上がる影にする。西洋の知恵の発動。

患者はイヤホーンを耳に、目の焦点を内に寄せ、放送に聞き入る。その患者をキップは見つめつづける。細い鼻から鎖骨のすぐ上、喉仏《のどぼとけ》まで狙いを移し、呼吸を止める。エンフィールド銃は体に直角。震えはない。

イギリス人の患者の目が、キップを見つめ返す。

キップ……。

カラバッジョが部屋に飛び込み、キップに手を伸ばす。だが、キップの体が回転し、銃床がカラバッジョの脇腹《わきばら》に食い込む。動物の前足の一撃。ほとんど途切れない動作で、キップはもうまえの姿勢にもどっている。銃殺隊員の垂直姿勢。インドとイギリスの兵舎でたたき込まれた訓練の成果。照準器が黒焦《くろこ》げの首筋をとらえる。

キップ、待て。わけを話せ。カラバッジョがあえぐ。

キップの顔はナイフ。衝撃と恐怖の涙はおさまり、その目は周囲のすべてを異なる光で見ている。夜のとばりがおりようとも、濃い霧が立ち籠《こ》めようとも、若い工兵の焦げ茶色の目はそれを切り裂き、新しく正体を現した敵を追い、とらえる。

ヨーロッパ人に背中を見せるな、と兄は言った。密約者、工作者、地図作成者に背を見せるな、と。ヨーロッパ人を信じるな、握手なんかするな、と。だが……だが、そうさ、ぼくらはたわいなく圧倒された。あなたたちの演説と勲章《くんしょう》と儀式に目がくらんだ。この数年間、ぼくは何をしてきたんだ。悪の信管を抜き、その手足を切り落としてきた。何のために。こんなことが起こるようにか。

いったいどうしたんだ、キップ。わけを話せ。

動くんじゃない、カラバッジョ。ラジオを置いていってやる。歴史を学びなおせ。王や女王や大統領が、文明世界を代表して演説しているぞ。空虚な秩序からの声を聞いてみろ。声にこもる祝賀のにおいを嗅《か》いでみろ。親が正義を踏みにじったら、子がその親を殺す。ぼくの国ではそうだ。

待て。この男が誰なのか、おまえは知らんだろう。

黒い首筋を狙う銃口は微動もしない。それは、やがて患者の両眼に向かって上がりはじめる。

撃て、とアルマーシが言う。

世界が部屋に凝縮する。その薄闇の中で、工兵と患者の視線が出会う。

患者が工兵に静かにうなずく。撃て、と。

キップは銃から弾をはじき出す。落下する弾を空中で手に受け止め、銃をベッドに放り投げる。毒牙《どくが》を抜かれたヘビ。視野の端にハナが見える。

火傷《やけど》の男は頭からイヤホーンをはずし、ゆっくりと胸の上に置く。つぎに左手をあげ、補聴器を耳から引き抜いて、床に落とす。

撃ってくれ、キップ。私はもう何も聞きたくない。

男は目を閉じ、暗闇の中へ滑り込む。部屋から消えうせる。

工兵は壁に背をもたれさせ、腕を組んで、頭《こうべ》を垂れる。カラバッジョにその息遣《いきづか》いが聞こえる。強く、速く、息が鼻から吸い込まれ、吐き出される。ピストンの音。

この男はイギリス人じゃない。

アメリカ人か。フランス人か。ぼくにはどうでもいい。世界の茶色の人種に爆弾を落としはじめたら、そいつはイギリス人だ。昔はベルギーのレオポルド王。いまはアメリカのハリー・トルーマン。みんなイギリス人から学んだことだ。

いや、この男はちがう。まちがいだ。余人はともかく、おそらくこの男だけはおまえの味方だ。

きっと、どうでもいいって言うわ。ハナが言う。

カラバッジョは椅子にすわりこむ。おれはいつもこの椅子にすわってるな、と思う。部屋には鉱石ラジオの音。水中からしゃべるような声で、か細く鳴りつづけている。カラバッジョは振り返れない。工兵を見ることにも、目の端ににじむハナのドレスを直視することにも、堪えられない。この若い兵隊の言うとおりだ、と思う。これが白人の国だったら、決してそんな爆弾は落ちなかったろう、と。

工兵は、カラバッジョとハナをベッドのわきに残し、部屋を出る。三人を白人の世界に残して、去る。もう彼らの歩哨《ほしよう》ではない。やがて患者は死ぬだろう。カラバッジョと女が埋葬する。死にたる者に、その死にたる者を葬《ほうむ》らせよ。聖書の冷酷な言葉の意味が、それまで工兵には不可解だった。

二人はあの本だけを残し、すべてを埋めるだろう。死体、シーツ、衣服、ライフル銃。そして、二人きりになる。すべての原因は、ラジオから漂い出た身の毛のよだつ出来事にある。短波から姿を現したそれは、新しい戦争。一つの文明の死。

静かな夜にヨタカが飛ぶ。かすかな鳴き声と、方向を変えるときの鈍《にぶ》い羽ばたきが聞こえる。風のないこの夜、テントの上にそびえ立つイトスギは無言。男は仰向けに寝て、テントの隅の暗闇を見つめている。目を閉じれば、炎が見える。人々は川へ、水たまりへ飛び込むが、火と熱は数秒ですべてを焼きつくす。人々の持ち物、その皮膚と髪、飛び込んだ水さえも燃える。光り輝く爆弾が飛行機で海の上を運ばれ、東の月を追い越し、緑の列島に至る。そして、投下される。

男は食べ物も飲み物も口にしていない。何も喉を通らない。軍の臭《にお》いのするものは、まだ日のあるうちにすべてテントから除き去った。爆弾処理の道具も。制服の勲章も。ターバンを解き、髪をほぐし、頭頂に結い上げて、横たわる。テントを外側から照らす光は徐々に弱まり、男の目は光の最後の青色にしがみつく。風がやんだ。世界中の風という風がアジアに吸い込まれていった、と思う。耳は、向きを変えようとするタカの鈍い羽音を聞く。空気中に漂うかすかな音のあれこれを聞く。

男は、これまで無数の爆弾を扱ってきた。だが、今度のはちがう、と思う。その大きさは、きっと都市一つほどもある。あまりに巨大で、人々は周囲の全人口の死滅を目撃しながら死ぬ。

どんな爆弾か、男は知らない。金属と爆風が突然に襲いかかるのか。それとも煮え立つ空気の塊《かたまり》が押し寄せ、人間と人間的なものすべてを消し去っていくのか。男にわかるのは一つ。もう何もこの身に近づかせられない。食べられない。テラスの石のベンチにたまった水さえも飲めない。袋からマッチを取り出し、ランプに火をつけることもできない。そのランプは、きっとすべてを発火させるだろうから。テントから光が消滅するまえ、男は家族の写真を取り出し、じっと見つめた。男の名前はキルパル・シン。シンはここで何をしている。男にはわからない。

八月の暑さのなか、男は木陰に立つ。頭にターバンはなく、身にはクルター。手に何ももたず、生け垣に沿ってただ歩く。靴のない足が草を踏み、テラスの石を踏み、焚《た》き火の灰を踏む。その体は不眠から神経をいらだたせ、ヨーロッパの巨大な谷の縁に立っている。

早朝。女は、テントの横に立つ男を見る。昨夜は、木々のあいだに光を捜したが、見えなかった。屋敷の人間はみな一人で夕食を食べ、イギリス人は何も口にしなかった。いま、男の腕が横に大きく振られ、テントが帆のようにくたくたと地面にくずおれる。男は向きを変え、屋敷の建物の方に歩く。テラスへの石段をのぼって、女の視界から消える。

礼拝堂に入った男は、焼け焦げた信徒席のあいだを後陣に向かって歩く。そこには、防水布をかぶせ、上に小枝の重しを乗せたオートバイがある。男は覆いをはがしはじめる。マシンのわきにかがみ込み、スプロケットや歯車にオイルを注《さ》す。

屋根のない礼拝堂に女が入ってくる。男はすわりこみ、背中と頭をオートバイの車輪にもたれさせている。

キップ。

男は何も答えない。視線は女を素通りする。

キップ、私よ。私たちとあれとなんの関係があるの。

女の前で、男は石。

女は膝をつき、男の高さまでかがむと、身を寄せる。横向きに顔を男の胸に当て、そのままじっとしている。

心臓の鼓動が聞こえる。

男の沈黙は変わらない。女はひざまずく姿勢にもどる。

いつだったか、あのイギリス人がこんな言葉を本から読んでくれたわ。愛はあまりに小さくて、身を裂きながらも針の目を通る、って……。

男は女から逃れるように横に転がる。雨でできた水たまりに、あやうく顔を突っ込みそうになる。

若い男女。

男が防水布の下からオートバイを引き出すとき、カラバッジョは胸壁に寄り掛かり、腕に顎《あご》を乗せ、屋敷の雰囲気を堪えがたいものに感じていた。男がエンジンをふかす。オートバイが生き返る。いまにも飛び跳ねそうにするそれに男がまたがり、わきにハナが立ったとき、カラバッジョはもう胸壁にいなかった。

男はハナの腕に軽く触れ、オートバイを発進させた。坂の下へ。エンジンが初めて轟音《ごうおん》をたてる。

門への道の途中。カラバッジョが銃をもち、男を待っていた。銃で停止の合図をするでもなく、いきなりオートバイの進路に立ちふさがる。男がスピードを緩める。カラバッジョは歩み寄り、男の体に両腕を回した。強く抱きすくめられ、男は初めてイタリア人の不精髭を肌に感じた。引き込まれ、筋肉でしわくちゃにされる思いがした。「寂しくなるな」と、カラバッジョが言う。「どうやって紛らしたらいいんだ」

若者は身を引き離し、カラバッジョは屋敷にもどる。

トライアンフから立ちのぼる生気が男をつつむ。舞い上がる排気とほこり。細かな砂利が木々のあいだに飛び散る。オートバイは、門のわきに掘られた家畜の脱出防止溝を飛び越え、うねる道を村の外に向かう。道の両側には、傾斜地に危うくしがみつく庭園。漂い出る香りを突っ切って、オートバイが走る。

男は、いつものように体を沈める。胸は燃料タンクに平行になり、触れんばかりに低い。両腕を水平に広げ、空気抵抗を最小にする。男は南に行く。フィレンツェを避け、グレーベを抜けて、モンテルキからアンブラへ。戦争に無視され、侵略を免れた小さな町々。やがて新しい丘が現れ、男はその背をよじのぼってコルトーナを目指す。

戦争映画のリールを巻きもどすように、男は進軍の道を逆に走る。いまは戦時の緊張から解放された道。男は知っている道だけを選び、いつか見た城の町を遠望しながら走る。田舎道の空気を切り裂くトライアンフの上で、男は身じろぎしない。武器は捨ててきた。荷物もほとんどない。村に入っても、オートバイは止まらない。賑《にぎ》わいも行軍の思い出も、男には無縁。地は酔《ゑ》へる者のごとく蹌《よろめ》きによろめき、假廬《かりや》のごとくふりうごく。

女は、男が残していったナップザックを開いてみた。油布に包まれた拳銃《けんじゅう》があり、布をめくるとき鉄が強くにおった。歯ブラシと歯磨き粉がある。ノートには数枚の鉛筆画。テラスにすわる女のスケッチがある。きっと、イギリス人の患者の部屋から見おろしてこれを描いた。ターバンが二つに、スターチの瓶が一つ。革バンド付きの作業灯は、非常時に腕につけるもの。女がスイッチを入れると、ナップザックが深紅《しんく》に染まった。

横のポケットには、爆弾処理のための小道具がある。これには触れたくない。小さな布の包みがまた一つ。ほどくと、いつか女が与えた金属製のスパイルが出てきた。女の国では、これをサトウカエデの木に刺して樹液を集める。

つぶれたテントの中から、男の家族のものにちがいない写真を見つけた。女はそれを手にとった。シーク教徒の一家。兄がいる。この写真ではほんの十一歳。横にいるキップは八歳。

「戦争が始まったとき、反英をとなえる人なら、兄は誰とでも手を組んだ」

爆弾を図解したハンドブック。楽師をともなう聖人の絵。

女はすべてをナップザックにもどすが、写真だけはあいた手にもちつづける。そして木々を抜け、柱廊を横切って、家の中に荷物を運び込む。


男は、一時間ほど走っては止まり、ゴーグルに唾《つば》を吐きかけて、シャツの袖でほこりをぬぐう。そのたびに地図を見る。まずアドリア海岸に出て、それから南下しようと思う。軍隊のほとんどは、いま、北の国境にいる。

かん高いエンジン音を振りまきながら、男はコルトーナに入った。そのまま教会の階段に乗り上げ、ドアの前でトライアンフをとめる。歩み入ると、組み上げた足場で囲われて、何かの像が立っていた。顔を間近に見たいと思うが、望遠鏡つきのライフル銃は、いまはない。体がこわばりすぎて、足場も登れそうにない。懐《なつ》かしい家に入りかねている帰郷者のように、男はしばらく像の下を歩き回るが、やがてオートバイを押して、教会の階段をおりる。荒れたブドウ畑の下り傾斜を惰走して、アレッツォに向かう。

サンセポルクロで、つづら折りの山道に入る。霧の山腹を、男は這《は》うような速度で進む。ボッカ・トラバリア。寒い。だが、天候を意識から締め出して走る。やがて、道は白い霧のベッドを上に突き抜けた。ウルビーノの縁を走る。ここは、ドイツ軍が敵の軍馬をすべて焼き殺した町。頑強に一月も抵抗した地域。男はそこを数分で通り過ぎる。目についたのは、わずかに黒い聖母の社。戦争で、すべての町は似たようなものになった。
男は海岸におりてくる。ガビッチェ・マーレ。聖母マリアが海中から現れ、やがて安置された場所の近く。海を見おろす崖《がけ》の上で男は眠り、こうして最初の一日が終わった。

愛するクララ、愛するママンへ
「ママン」はフランス語です。丸みを帯びた言葉、添い寝を感じさせる言葉、肉親のあいだでそっと使う言葉でしょうけれど、人前で大声で呼ぶこともできます。遊覧船みたいに安定して、安心できる言葉。あなたがカヌーであることは知っています。すばやく障害物をよけ、数秒で小川に入り込んでしまうカヌー。誰にも頼らず、誰にも頼らせず。乗りたい人すべてに責任を負う遊覧船とはちがうことを知っています。でも、いまはママンと呼ばせてください。私には何年ぶりの手紙でしょう。でも、堅苦しい手紙は書けません。この数か月、ある屋敷で三人の人といっしょに暮らしてきました。のんびりと、とりとめのない会話をしながら。いまの私には、それ以外の話し方はできません。
今年は一九四……何年？　一瞬、思い出せませんでした。でも、何月何日かは忘れません。日本に爆弾が落とされたと聞いたつぎの日ですから。世界の終わりのような気がします。これからは、公と私の戦いが永久につづくと信じます。あれに理屈がつくものなら、理屈のつかないものなんてありません。
パパは、フランスのハト小屋で死んだのだそうです。十七、八世紀のフランスでは、巨大なハト小屋を作りました。ふつうの家よりずっと大きく、こんなふうに。

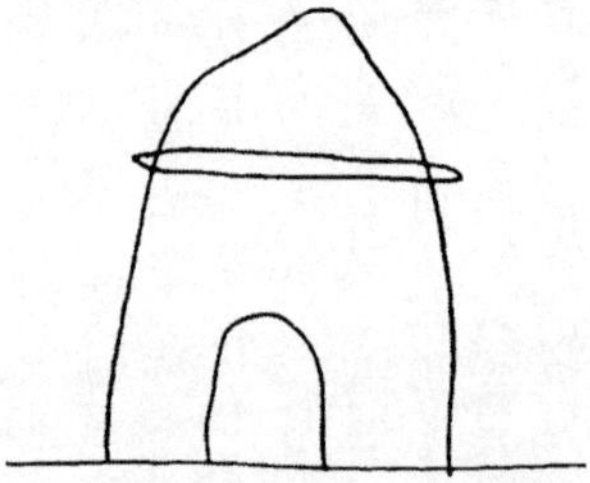

上から三分の一のところにあるのは、ネズミ返しです。ネズミがレンガをのぼってきても、これ以上はのぼれないように、ハトを守るための障害物。「ハト小屋のように安全」って、聞いたことがありますか。神聖な場所でもあります。いろいろな意味で教会に似ています。心なぐさむ場所。パパは心なぐさむ場所で死にました。

朝五時。男はスターターを強く蹴《け》り、トライアンフを目覚めさせる。後輪が泥除けに砂利をはね飛ばす。あたりは暗く、崖の向こうの風景に、まだ海は見分けられない。ここから南への旅には地図がない。だが、軍用道路は見ればわかるし、海岸線に沿って走ればいい。日がのぼり、男は速度を二倍に上げる。川はまだ前方にある。

午後二時頃、オルトーナに入る。かつて、嵐の中で工兵隊がベイリー仮橋をかけ、川の中ほどでおぼれそうになった場所。雨が降りだした。男は停車し、ゴム引きのケープをはおる。濡れながらオートバイをひとわたり点検し、また走りはじめる。耳のとらえる周囲の音が変化した。切り裂かれる空気の唸《うな》りと金切り声が消え、前輪からはね飛ぶ水しぶきがブーツにザザザと当たる。ゴーグル越しに、すべてが灰色に見える。男はハナのことを考えまいとする。オートバイの騒音に囲まれた静けさのなかで、女を念頭から払いのける。顔が浮かび上がるたびに、それを打ち消す。わざと蛇行し、運転への集中を強制する。言葉を思わずにいられないときも、思うのは女の言葉ではない。かわりに、いまひた走るイタリアの地図をいっぱいに思い描き、その地名を心にとなえる。

走りながら、男はイギリス人の患者の気配を感じる。燃料タンクに黒こげの体がすわり、男と向かい合っているような気がする。それは男に抱きつき、男の肩越しに過去を見つめ、背後に飛んでいく田舎を見ている。見知らぬ者どうしが出会った場所——二度と建て直されることのない、あのイタリアの丘の上の屋敷も。汝《なんぢ》の口におきたるわがことばは、今よりのち永遠《とこしへ》に汝の口より、汝の裔《すゑ》の口より、汝のすゑの裔の口よりはなれざるべし。

ある日の午後、男は、ローマの礼拝堂の天井に見た顔のことを話した。そのときイギリス人の発した「イザヤ」の声が、まだ耳に鳴り響いている。「もちろん、イザヤは何百人といる。いつか、君にも、年老いたイザヤを見たいと思う日がくるだろう。南フランスの修道院にまつられるイザヤは、老人で、髭をはやしている。だが、その容貌《ようぼう》にはまだ力が満ちている」壁画のある部屋で、イギリス人はそう語った。視《み》よ、ヱホバはつよき人のなげうつ如《ごと》くに汝をなげうち給《たま》はん。汝を包《つつ》みかためふりまはして、闊《ひろら》かなる地《ち》に球《まり》のごとくなげいだし給はん。

男は、降りしきる雨の中を突き進む。ぼくはたしかにイギリス人の言葉を愛した、と思う。それは、天井のあの顔を愛したから。患者を信じ、患者の守る文明の牧場を信じていたから。患者の枕もとには、イザヤとエレミヤとソロモンがいた。愛したものをすべて貼《は》り込んだ、患者の聖なる本があった。だが、患者からその本を手渡されたとき、工兵は、ぼくらにも聖典がある、と答えた。

何か月かのあいだに劣化が進み、ゴーグルの内側のゴムはひび割れている。男の両目を保護する空間に、いま雨水がたまりはじめる。はずしたほうがいい、と思う。耳にはザザの海鳴りがつづき、前傾姿勢の体がこわばる。寒い。いま男の頭にあるのは、抱き合うようにして乗っているオートバイの温かさだけ。オートバイは白い水しぶきを上げながら、村々をかすめていく。それは流れ星。村人が願いを託せる時間は〇・五秒。天は烟《けぶり》のごとくきえ、地は衣《ころも》のごとくふるび、その中にすむ者これとひとしく死なん。かれら衣のごとく蠹《しみ》にはまれ、羊《ひつじ》の毛《け》のごとく蟲《むし》にはまれん。砂漠の秘密は、ウェイナットからヒロシマに受け継がれた。

男はゴーグルをはずそうとする。オートバイがカーブにさしかかる。左手でゴーグルをつかみ、空中高く突きあげて顔から引きはがしたとき、車輪がスリップした。目の前にオファント川の橋が迫る。男はゴーグルを捨て、マシンを立て直すが、道路と鉄橋の段差に不意をつかれた。男の下で、オートバイが右に横転する。雨水の層に乗り、橋の中央を滑っていく。金属がこすれあい、腕と顔の周りに青い火花が飛ぶ。

重いブリキ部品がはがれ、男をかすめて飛んだ。滑る男とオートバイは左にカーブし、欄干のない橋の縁から空中に飛び出した。横倒しになったまま、水面と平行に走りつづけるオートバイ。男の両腕が頭上に投げ出され、ケープが飛び去る。それは機械と人間から身を引き離し、大気の一部となった。

オートバイと男は空中で静止し、つぎに水中に落下した。金属にまたがったまま、男は激しくたたきつけられ、大量の白い泡を引き込みながら水中に消えた。その後ろから、雨が川面《かわも》をたたく。汝を闢《ひろ》かなる地《ち》に球《まり》のごとくなげいだし給はん。

でも、パパの最期《さいご》がなぜハト小屋だったのでしょう。負傷したパパを、部隊が置いていきました。シャツのボタンが胸の皮膚の一部になるほどの、ひどい火傷だったそうです。パパの胸をおぼえていますか、あなたや私がキスをしたあの胸を？　パパがどうして火傷など……と思います。ウナギのように、あなたのカヌーのように、魔法のように、現実をすり抜けることのうまいパパだったのに。ただのお人好《ひとよ》しに見えたけれど、じつは複雑な人でした。世界中でいちばん無口な人でした。そんなパパを好きになる女の人がいるなんて、私にはいつも驚きでした。女は合理主義で賢いものでしょう。弁のたつ人を好きになりがちです。でも、パパはいつも迷い、不確かで、無口でした。

パパは負傷兵で、私は看護婦でした。私が看護することもできたはずです。遠く離れていることの悲しさがわかりますか。私なら救うことができたかもしれません。火傷にくわしい私ですから。少なくとも、最後までいっしょにいることはできたはずです。血と命が尽きようとする最期のときに、パパはどれほどのあいだハトやネズミといたのでしょうか。ハトが体の上を歩き回り、周囲で騒がしく羽ばたいたでしょう。パパは暗闇で眠ることもできなかったはずです。暗闇が嫌いな人でしたから。それに、愛する人も肉親もなく一人ぼっちでしたから。

ヨーロッパはもういやです、ママン。私も家に帰りたい。ジョージアン湾に浮かぶピンクの岩と、あなたの小さな小屋へ帰りたい。私はパリサウンド行きのバスに乗りましょう。本土からパンケーキ島へ短波でメッセージを送りましょう。そして、待ちます。カヌーで私を救出にくる、あなたの影が見えるのを待ちます。あなたを裏切ってこちらの世界に来た私たちを、あなたは助けにきてくれますか。あなたはどうしてそんなに賢く、強くなれたのですか。なぜ私たちのようにだまされなかったのですか。快楽の悪魔のようだったあなたが、どうしてそれほど賢明になれたのですか。あなたこそ、私たちのなかでいちばん純粋な人、いちばん黒い豆、いちばん緑色の葉……。

男のむき出しの頭が水面に現れる。あえぎながら、川面の空気をすべてむさぼる。

カラバッジョは、隣家の屋根まで麻縄を渡した。綱一本の橋。こちら側の端をデーメーテール像の腰に一巻きし、噴水に固定する。張られた綱の高さは、道中に立つ二本のオリーブの木とほぼ同じ。バランスを失っても、ほこりっぽいオリーブの枝に落ちて、すり傷くらいですむだろう。

カラバッジョは綱に乗り、靴下をはいたままの足の裏に麻縄をつかんだ。あの像は価値のあるものなのか、と一度ハナに尋ねてみたことがある。イギリス人の患者によれば、デーメーテールの像はどれもガラクタ同然だそうよ、とハナが答えた。

ハナは手紙に封をすると、立ち上がり、窓をしめようと部屋を横切る。その瞬間、谷に閃光《せんこう》が走り、カラバッジョを照らす。カラバッジョは空中にいる。屋敷のわきに横たわる、深い傷跡のような谷の真上にいる。ハナはしばらく夢でも見ている気分で立っているが、やがて出窓によじのぼり、すわって外を見つづける。

稲妻が走るたび、突然照らし出される夜に雨が静止する。空高く放り投げられた数羽のタカが見え、ハナは急いでカラバッジョを捜す。

麻縄を半分進んだとき、カラバッジョは雨の匂《にお》いを感じる。降りはじめた雨にまとわりつかれ、急に、着ているものの重みを意識する。

ハナは両手を椀《わん》にして窓から突き出し、たまった雨を頭から振りかけて、髪にすき込む。

暗闇にたゆとう屋敷。イギリス人の患者の寝室の外で、夜半に最後の蠟燭が燃える。眠りから目を見開くたび、患者は、老いて揺らめく黄色の光を見る。

患者の世界には、もう音がない。光さえもいまは不要のものに思える。眠る私に、もう蠟燭の火はいらない――朝になったら、ハナにそう伝えることにしよう。

午前三時。患者は部屋に気配を感じとる。一瞬、ベッドのすそに影を見る。壁にもたれた姿。それとも、壁に描かれているのか。蠟燭の明かりを越えた暗い茂みのなかでは、定かではない。患者は何ごとかをつぶやく。それは、ずっと言いたかった何か。だが、静寂がつづき、小柄な茶色の影は動かない。闇の淀《よど》みなのか。あるいは、ポプラの木か。羽根飾りの男か。泳ぐ人か。あの若い工兵との再会はあるまい、と患者は思う。ふたたび話しかける幸運にはもう恵まれまい、と。

その夜、患者はもう眠らない。影が近づいてくるものなら、見逃したくない。痛みを消す錠剤は飲まず、目をさましつづけようと思う。蠟燭が消え、煙のにおいが寝室に流れ込み、廊下を漂ってハナの部屋へ伝わっていくときまで、影を見守りつづけよう。影が背を向ければ、そこには絵の具がついているはず。工兵は、悲しみのあまり壁の木々に背を打ちつけた。あのときの絵の具がきっと残っているだろう。蠟燭が消えるとき、それが確かめられる。患者はゆっくりと手を伸ばし、枕もとの本に触れて、また黒い胸に引きもどす。部屋に動くものは、ほかに何もない。

男が女のことを考えているここは、どこなのか。あれから十数年。歴史の石は水を切って撥《は》ね、空中に飛び、ふたたび着水する。水面下で、男と女は年齢を加えた。

男が女のことを考えているこの庭は、いったいどこなのか。いま、男は、部屋に入って手紙を書こうかと思っている。いや、いっそ電話局まで行って通話申込書に記入し、他国にいる女への連絡を試みようか、とも思っている。庭と乾いた草が、男にイタリアを思い出させる。ハナとカラバッジョとイギリス人の患者と男。四人で数か月を暮らした場所、フィレンツェの北、サン・ジローラモ屋敷を思い出させる。いまの男は医者。二人の子と、よく笑う妻がいる。この町で、年じゅう忙しい。今日も午後六時をまわり、やっと白衣をぬいだ。下は黒いズボンと半袖のシャツ。男は診療所を閉じる。机の上には多量の書類があり、扇風機で吹き飛ばされないよう、重しで押さえてある。石やインク壺《つぼ》。息子がもう遊ばなくなったおもちゃのトラックも、重しの一つだ。男は自転車に乗り、市場を抜けて、家までの四マイルをこぐ。できるだけ道路の日陰側を選んで走る。インドの日差しは強すぎる——ふとそう思う。男もそんな年になった。

男は運河沿いのヤナギ並木の下を走り、家の立ち並ぶ小さな一角で止まる。自転車をかかえて石段をおり、妻が大切に手入れしている小さな庭に入る。

今日の午後、何かが石を水上に撥ね上げた。そして、空中でイタリアの丘の町の方向に押しもどした。治療を受けにきた少女の腕に、薬品による火傷があったからだろうか。それとも、勢いよく雑草が伸びてきたこの石段のせいか。雑草を見たのは今朝。自転車をかかえ、石段を半分あがったところで目にとまった。だが、仕事に出かける途中だった。診療所についてからは、患者の診察と事務処理に忙殺され、記憶の引き金が引かれるのが七時間遅れた。いや、やはり、あの少女の腕の火傷のせいなのだろうか。

男は庭にすわり、故郷にもどっているハナを見つめる。あの頃より髪が長くなっている。だが、何をして暮らしているのだろう。女の顔と体はいつでも見えるのに、仕事が何なのかはわからない。境遇もわからない。周囲の人々への対応は見える。いまも、腰をかがめて子どもに話しかけている。背後に白い冷蔵庫の扉があり、ときには、音もなく背景を走っていく電車も見える。カメラのフィルムを読むように、男には女が見える。だが、その能力には限界がある。女しか見えず、音声がない。どんな人々との付き合いを選んだのか、女の判断が見えない。見えるのは女の人柄と、長くなった黒い髪。それは、何度も何度も垂れて、女の目にかかる。

女の表情がいつも真剣であることに、男は気づいている。若い娘の顔が、いまは多少いかめしい顔つきに変わった。女王の顔。こういう人間になりたいと思い、そのとおりに自分を形成していった人間の顔。女のそんなところを、男はいまでも愛している。あの頭のよさ。あの容貌や美しさがただ授かったものではなく、自分で捜し当てたものだという事実。女の顔は、いつも女の人格のいまを表している。一、二か月に一度、男にはこんな啓示の瞬間がある。それは、かつて女から来ていた手紙のつづきのような瞬間。一年間来つづけた手紙は、男からの返事を得られないままにやんだ。男の沈黙に跳ね返された。私の性格に……と、男は思う。

　食卓で女と話したい、と思う。あのときにもどりたい、という衝動が湧く。あのとき、二人はきわめて近しかった。だが、テントにいるときも、イギリス人の患者の部屋にいるときも、二人のあいだにはいつも波立つ川のような空間があった。当時を思い出すとき、男は、女だけでなく自分自身にも目を見張る思いがする。若々しく、一途《いちず》だった。しなやかな腕が、恋した女のほうへ伸びていく。イタリア風のドアのわきに、紐を結び合わせた一足の濡れたブーツがある。腕が女の肩にとどく。ベッドに仰向けの病人が眠る。

　夕食のテーブルで、男は食器と格闘している娘の姿をながめる。小さな手で、巨大な武器を操ろうとしている。このテーブルでは、誰の手も茶色い。自分たちの習慣と流儀に従い、自然に動き回っている。そして、妻が家族全員に常識破りのユーモアを教えた。息子は、生まれながらにそれを受け継いでいる。家のなかで、息子の知恵者ぶりを見るのは楽しい。男の知識や妻のユーモアをやすやすと超え、いつも男を驚かす。路上でイヌに出会えば、その歩き方をまね、表情をまねる。イヌの表情のあれこれから、その気持ちさえも理解できるようだ。

女を取り巻く人々がいる。おそらく、女が自分の意思で選んだ人々ではあるまい。女はいま三十四歳。だが、まだ友を見つけられずにいる。誇り高く理性的な女は、愛でも運に頼らない。いつも危険を覚悟で臨む。その眉《まゆ》には、いま、本人だけが鏡で気づく何かがある。艶《つや》やかな黒い髪の、なんと理想的で、理想主義的なことか。人々は女に恋をする。女はいまでも、イギリス人の患者が備忘録から読み聞かせた詩の節々を思い出す。ハナがどんな女性か、私にはよくわからない。たとえ作家に翼があっても、ハナはその翼のなかにいつまでもとどまる女性ではない。

こうしてハナは動き、顔をこちらに向けて、残念そうに髪をおろす。肩が食器棚の縁に触れ、グラスを押し落とす。その瞬間、キルパルの左手が差し伸べられ、落下するフォークを受け止める。床から一インチ。娘の指にそっとフォークをもどすキルパルの目は、眼鏡の後ろで縁にしわを寄せている。

訳者あとがき

これは私だけのことなのかもしれないし、翻訳をする人は誰でもそうなのかもしれないが、翻訳がすすみ、作品の世界がしだいに日本語で形をととのえてくると、自分がいま翻訳しているのか創作しているのか、ときどきわからなくなることがある。いや、原作は目の前にあるし、私がそれを翻訳していることは間違いようのないことだから、この言い方は正確ではない。なんというか、これはもともと自分の作品ではなかったか、という気がしてくるのである。自分がいずれ日本語で書くべき作品だったのに、作者に先をこされた、という感じだろうか。訳し終わるころにはそれがもっとエスカレートしていて、ひとの作品を横取りしやがって……と、作者に理不尽な敵意を抱いていたりもする。作者が知ったら、きっと向こうのほうがカンカンに怒るだろう。まあ、私としても、いたずらに悲憤慷慨していてもはじまらないので、やがては原作は作者のもの、翻訳は原作から独立して翻訳者のもの、と考えてあきらめることにする。そして、つぎの作品にとりかかって、また同じことを繰り返す。

だが、不思議なことに（かどうか）、オンダーチェのこの作品を翻訳しているあいだは、まったくそういう感じがしなかった。逆に、自分には絶対書けるはずのない作品だと、すなおに納得させせられた。これは詩人の作品、夢見る人の作品である。オンダーチェは砂漠の砂嵐の中を歩き回り、ワイヤを通って爆弾の中にまで入り込み、地図の上から蜃気楼の中にワープしてみせる。風の宮殿で、井戸と井戸が交わす噂に耳をそばだて、泳ぐ人の洞窟で太古の神々を呼び出してみせる。そんな詩的な作品を、詩心のかけらもない人間が翻訳してよいものか。翻訳しながら、そのことを心配しつづけた。だが、始めた以上は終わらせなければならない。

　時は第二次世界大戦の末期である。場所はフィレンツェの北、トスカーナの山腹に立つサン・ジローラモ屋敷。ここで、四人の男女が出会う。若いカナダ人の看護婦は、ハナ。この戦争で、生まれるはずの子をなくし、父をなくし、何百人という若い兵士の死をみとってきた。ハナの父親の友人で、泥棒のカラバッジョ。その特技を買われ、連合軍にスパイとして使われたが、ナチに捕えられ、いまも拷問の後遺症に苦しんでいる。インド人でシーク教徒のキップは、爆弾処理を専門にする工兵。不発弾や地雷の処理に、死と隣り合わせの毎日を送っている。自身はイギリスにひかれているが、故郷には過激な反英主義者の兄がいる。そして、ベッドに寝たきりながら、その発揮する強大な求心力に三人をつつんでいるイギリス人の患者。全身にひどい火傷を負い、顔の見分けもつかず、はたしてほんとうにイギリス人なのかどうかも疑わしい。心の内にそれぞれの物語を抱え込んだ四人が、互いに相手の物語を読もうとし、そこにこのすばらしい小説世界が出現する。

　オンダーチェに早くから注目し、『ビリー・ザ・キッド全仕事』という作品の翻訳者でもある福間《ふくま》健二《けんじ》氏は、同訳書の解説の中で、オンダーチェの方法意識の核心には重層的な語りがあるという。一つの時間を一つの物語でなく、いくつもの物語で相対化しながら語る。本書でも一人の女と三人の男、一人のヨーロッパ人と三人の非ヨーロッパ人、一人の有色人と三人の白人、二人の若者と二人の年配者の語り合いを通じて、戦争の悲惨とさまざまな愛と苦悩を浮き彫りにしていく。そして、四人の物語が終わろうとする最後の最後に、作者オンダーチェ自身がひょいと顔をのぞかせたりもする。

英語圏では、この作品の詩的な文章とその喚起するイメージの鮮烈さが、当然のことながら高く評価されている。一方、書きすぎだという批判もあるらしい。「書きすぎ」とはいったいどういうことか。一例として、ペニスをタツノオトシゴになぞらえたことがあげられているから、趣味が悪いということなのだろうか。だが、仮にそうだとして、ほかにどんな趣味の悪さがこの作品にあるというのだろう。イギリス人患者がモルヒネの影響下で語る砂漠のシーンの美しさ、不倫の恋の物語の悲しさの前では、取るに足りない批判のように思える。

また、イギリスと白人文明への弾劾が、あまりにも単純で安易だという批判もある。イギリス人の国民感情からすれば、当然の批判かもしれない。イギリスがトルーマンにやらせたわけじゃなし、それに、たしかに日本以外には原爆は落とされなかったが、ドレスデンの大空襲はある意味でもっとひどかったし、けっして有色人種の国だから落としたのではなかろう、というわけである。その批判の当否はともかく、私自身、このきわめてすぐれた作品の唯一の欠点かもしれないと思うことがある。それは、キップの態度豹変があまりにも劇的にすぎることである。原爆は、当時の人々にとって想像を絶するものだったろう。ラジオで一片のニュースを聞いただけでは、特大の爆弾ぐらいの印象しか得られなかったのではないか。爆弾処理の専門家のキップといえど、ニュースを聞いただけで、その破壊力と被害の甚大さを見抜けるものかどうか。敬愛していたイギリス人患者を殺したいと思うほどの衝撃を受けるものかどうか。私には疑問が残る（同時に、原爆投下のニュースが欧米でどのように報道されたのか、調べてみたい気がする）。しかし、これも、作品全体の中では、詩的真実の一瞬ととらえるのが妥当かもしれない。

作者オンダーチェについては、先の福間氏の解説に詳しいので、これを参照していただくのがいちばんいい。もともとは詩人として出発し、最近は小説のジャンルでも意欲的な仕事をしている。本作品が一九九二年のブッカー賞を得たことで、その名声は国際的なものとなった。一九四三年にスリランカ（当時はセイロン）に生まれ、十歳でイギリスに渡り、十九歳でカナダに移住し、二年後には、十三歳も年上で四人の子持ちの画家（先輩詩人の妻だった）と結婚している。この結婚は十五年つづき、二人の子をもうけたが、やがて離婚。いまは作家と再婚している。福間氏の言葉によれば「自分の中に物語的な起伏をたっぷりとかかえこんでいる」作家である。

翻訳についてひと言。本書にはさまざまな作品からの引用があるが、英語以外で書かれている作品は、すべて英訳からの重訳であることをお断りしておく。また、スタンダールの『パルマの僧院』は、一般に『パルムの僧院』の名で呼ばれているが、イタリアの地名であり、地名は現地読みにするのがよかろうと思い、ここでは『パルマ……』とした。主人公の名前も、フランス語からの翻訳では「ファブリス・デル・ドンゴ」だが、オンダーチェの本では（おそらくファブリスのイタリア語名なのだろうか）「ファブリーツィオ……」となっているので、それに従った。なお、四章の終わり近く（一七三―四ページ）にある詩は、ミルトン『失楽園』の一部である。

オンダーチェ自身のあとがきに、「本書に登場する人々のなかには実在の人物もおり、ジルフ・ケビールとその周辺の砂漠はもちろん実在するが、人物描写その他は完全なフィクションである」旨の断り書きがあるので、併せて記しておく。

本書を紹介してくださった元新潮社出版部の梅澤英樹氏、編集の労をとってくださった同社出版部の寺島哲也氏、いくつかの質問に答えてくださった作者マイケル・オンダーチェ氏にお礼を申し上げます。

一九九六年四月

新潮文庫版訳者あとがき

本書を手にする以前に、映画「イングリッシュ・ペイシェント」をご覧になった方も多かろうと思う。本書を原作とし、アンソニー・ミンゲラが脚本・監督を担当したこの映画は、アカデミー賞を九部門で獲得するという秀作に仕上がった。イタリアとエジプトにまたがり、恋あり、スパイあり、戦争あり、砂嵐あり——と聞けば、冒険活劇映画かと思うほどだが、もちろん、中心には、砂漠の探検家アルマーシ伯爵と同僚の妻キャサリンの不倫の恋がある。結果的に何人もの命を奪い、戦争の帰趨《きすう》にさえ影響する激しい恋の物語。映画はこれを核に展開する。その過程で、他の要素が原作と違うものになっていったのは、おそらくやむをえない。

映画をみてから本書を手にとられる方は、多少のとまどいを覚えるかもしれない。ミンゲラはすばらしい映画を作り上げたと思うが、その一方で、これを映画として成立させるために、宝石のような細部をいくつも切り捨てている。あるいは、その輝きを曇らせている。たとえば、本書に登場するキップとハナは、映画とちがって少年と少女といってよいほどに若く、その恋は初々しい。キップの手引きでハナが毎夜歩み入るアムリッツァルの神殿の、夢幻の美しさも忘れがたい。本書のカラバッジョは、映画のカラバッジョほど精悍ではなく、もっともろく、人間らしい。墜落直前、機中でただ眠っているように見えたキャサリンは、本書ではすでに死後三年を経過し、ミイラ化している。アルマーシに抱かれて風の宮殿を歩き、泉と泉がかわす噂話に包まれて飛行機に乗せられるが、墜落時に一部は空中に飛散し、一部は炎上して、砂漠と同化する。映画にはなかったそうしたイメージの美しさを、本書でぜひ味わっていただきたいと思う。

話の筋をたどりにくいという感想をよく聞く。物語が詩的で、登場人物の思い出が交錯していて、最初はそういうこともあろうかと思う。しかし、急いで粗筋を追って迷うより、喚起されるイメージを楽しみながらゆっくり読んでいってほしい。結果的に、より深く物語を味わえるはずである。

文庫化にあたっては、新潮文庫編集部三室洋子さんのお手をわずらわせました。深く感謝いたします。

一九九九年一月

創元文芸文庫版訳者あとがき

二〇一八年、ブッカー賞創設五十周年を祝う記念行事の一環として、過去の受賞作五十一作のなかから「ブッカー中のブッカー」と呼べる作品を選ぼうという試みがなされた。五人の文芸関係者が審査員として選ばれ、それぞれが七〇年代、八〇年代……と十年間ずつを担当し、該当の受賞作を慎重に読み直して、最良と思う一冊を推薦した。こうして持ち寄られた五冊にたいして一般読者からの投票が行われ、最終的に、一九九二年の受賞作『イギリス人の患者』に「ゴールデン・マン・ブッカー賞」が授与されることになった。

三十年前、本書の翻訳を依頼されたとき、私はちょうど故ドナルド・キーン氏の『日本文学史』の翻訳にも携わっていて、時間のやりくりにとても苦労し、結局、依頼されてから訳了するまでに三年ほどもかかってしまった。申し訳ない思いだったが、出版からさほど時間をおかずに映画「イングリッシュ・ペイシェント」が公開され、アカデミー賞を九つもとって有名になったので、タイミングとしてはむしろよかった、恵まれた、というべきかもしれない……と、いまは虫のいいことを考えている。

原作が出版された当初から、「これは読者を選ぶ本」といわれてきた。「最初の十ページで、挫折する人とハマる人が決まる」などともいわれていた。イギリス空軍出身で、スパイ物や軍事物を得意とするフレデリック・フォーサイス氏は、この本を読んで、「砂漠に何年も埋もれていた飛行機が飛んだ？　そんなばかな……」という感想を漏らしたそうだが、氏の書くリアリズム重視の作品とは異質のジャンル、ということでご勘弁いただきたい。

今回の再刊については、東京創元社編集部の船木智弘さんと毛見駿介さんにたいへんお世話になりました。こうしてまた日の目を見ることになった幸運な本です。多くの読者の手にとられ、長く読みつづけられるよう願っています。

二〇二三年十二月

土屋政雄

解説

石川美南

『イギリス人の患者』は、カナダの作家マイケル・オンダーチェが一九九二年に上梓した長編小説である。同年にイギリスの権威ある文学賞であるブッカー賞を受賞し、二〇一八年には歴代ブッカー賞のベスト作品*にも選ばれた。

本書はまた、映画『イングリッシュ・ペイシェント』の原作としても広く知られている。だが、今「ああ、『イングリッシュ・ペイシェント』なら観たな」と思った方は、一旦映画のことを全て——あの切ないテーマ音楽も、クリスティン・スコット・トーマスのチャーミングな笑顔さえも——忘れていただきたい。後述するように、映画版は原作と力点の置き方が大きく異なり、本書を素材として新たに創り上げられた全く別の作品と言っても過言ではないからだ。

小説『イギリス人の患者』は、一陣の風に始まる。舞台はイタリア。第二次世界大戦が程なく終わりを迎えようとしている頃、打ち捨てられた丘の屋敷に、二人の人物がひっそりと暮らしていた。一人は、全身に火傷を負った身元不明の男。もう一人は、若い看護師のハナ。ハナは男の体を洗い、砲撃によって穴の開いた図書室から持ち出してきた本を読み聞かせる。

この二人の暮らしに加わるのが、戦争のさなかに両手の親指を失った男。ハナの古い知り合いで元泥棒のカラバッジョだ。そして、インド出身のシーク教徒で爆弾処理に従事するキルパル・シン（通称・キップ）。それぞれに戦争の痛みを抱える四人は、時に互いの過去を読み合い、時に自分自身の記憶の海に溺れながら、奇妙な共同生活を送ることになる。

風の呼び名リスト、真夜中のケン・ケン・パ、テーブルの上のラ・マルセイエーズ、二十分間の噴水、シバの女王、蓄音機、肩の上のヤギ、泳ぐ人の洞窟……。読者の目の前に次々と立ち現れる美しい場面に、息を呑む。視点人物が目まぐるしく切り替わり、過去・現在・未来を行き来するため、あらすじが辿りにくいという感想をしばしば見かけるが、自在に飛躍し、危うくたゆたう文体こそが本書の魅力である。あるイメージが変奏され展開していく様も、水中花のように鮮やかだ。たとえば、テーブルなどから物が落ちるイメージ。作中のあちこちで幾度となく繰り返され、作品に緊張感を与えている。そうして至る最終パラグラフは、本書の中でもとりわけ緊密で美しい文章の一つだ。

小説家であり詩人でもあるオンダーチェは、小説を書き始めるに当たって全体のあらすじを決めることなく、一つの場面から徐々に作品世界を探り当てていくタイプの作家だという。しかし、完成された作品は細部まで詩的なだけでなく、大きなテーマ性も持っている。「イギリス人の患者」とは、本当は誰なのか。その答えが明らかになるとき、読者は、境界のない砂の

＊五十年間のブッカー賞受賞作のうち、文芸関係者による予備選考を経て選出された五作から一般投票でベストを決めたもの。

世界に生きることを切望しながら、国という大きな力によって分断された患者の痛みを知ることになる。

本書が歴代ブッカー賞中の最高作品に選ばれた際、審査員の一人で作家のカミラ・シャムシーは「この本が出版された頃、国境は今より確かなものに見えていたが、国境への不安、移民やその他の人に関する不安のただなかにある昨今、本書は当時と異なる共振をもたらした」と語った。確かに、二〇二〇年代を生きる私たちは、患者が国境に抱いていた思いを——良くも悪くも——より身近に感じ取れるのではないか。さらに付け加えれば、本書における第四の人物・キップの存在感も、時と共に増しているように感じる。

（以下、終盤の展開に触れるので未読の方は注意してください）

広島・長崎の原爆のニュースをラジオで聞いたキップは、絶望と怒りを露《あら》わにする。この展開については、疑問を感じる読者も多いかもしれない。インド人のキップが日本への原爆投下について我がことのように反応するのは唐突ではないか、白人社会への批判が表層的にすぎないか、など……。何を隠そう私自身、ハナくらいの年齢で初めて本書を読んだ折には、キップの行動原理が今ひとつ飲み込めなかった。しかし、今回改めて読み返してみて、キップの怒りにつながる手がかりがあちこちにちりばめられていたことに気づいた。

爆弾処理のエキスパートであるキップは、核についても一定の知識があった。原爆の正確な仕組みや規模まではわからなくとも、その威力をイメージすることはできたはずだ。ただし、キップが処理してきたのは、ぎりぎり人の手で解除しうるタイプの爆弾だった（オンダーチェは本書の執筆に当たって下調べをする際、爆弾処理についてはあえて一九四一年までの資料に限定して当たったという）。文字通り命を賭けて爆弾、およびその背後にいる人間と対峙してきたキップにとって、爆弾処理の暇も与えず一瞬で多くの人の命を奪う核兵器の存在は、耐え難かったに違いない。そして、日本への原爆投下を祝賀として報じるニュースは、サフォーク卿や患者に個人的な尊敬の念を抱いてきたキップの心を、国という大きな足で踏みにじるものだった。かつて故郷の兄との議論で幾度となく出てきた「アジア」という広がりが、キップの中で腑《ふ》に落ちる。同時に白人社会、殊にイギリスへの疑問が噴出する。

こうしたキップの姿にオンダーチェ自身をうっすらと重ねてみることは、あながち的外れではないだろう。オンダーチェは一九四三年にイギリス領セイロン（現・スリランカ）に生まれ、幼少期をそこで過ごした後、十一歳でイギリスに渡航している。その後、兄の後を追ってカナダに渡り作家となったが、イギリスについては長く複雑な思いを抱え続けていたようだ。「キップ」というあだ名は、実はオンダーチェ自身がイギリス時代に付けられたものなのだという。

さて、小説のキップは怒りの矛先を目の前の患者に向けるが、キップの絶望は、立場は違えどやはり国によって心を引き裂かれた患者の絶望と深いところで繋がっている。「余人はともかく、おそらくこの男だけはおまえの味方だ」というカラバッジョの叫びは、患者の過去を聞き取り、その思いを理解していた彼だからこそ咄嗟《とっさ》に発することのできたものだった。患者の正体を知らないキップにカラバッジョの真意は届かないが、自身も戦争で傷つきながら年若いハナとキップを温かく見守り、患者の悲しみにも寄り添うカラバッジョの存在は、読者にとって大きな慰めである。

＊

本書を原作とする映画『イングリッシュ・ペイシェント』は一九九六年に公開され、第六十九回アカデミー賞で作品賞をはじめとする九部門を受賞した。映画としては大変美しく、ドラマチックな名作に仕上がっているのだが、小説のファンとしては、初めて鑑賞したときあまりの印象の違いに少なからず困惑もした。原作と大きく異なるポイントは、以下の四点である。

①映画ではアルマーシとキャサリンの恋が前面に出されており、ハナと患者、カラバッジョ、キップによるアンサンブルの妙は相対的に薄まっている。

②回想シーンは（カラバッジョの拷問シーンを除けば）患者の過去のみに限定されている。これに伴い、ハナとカラバッジョが元々知り合いだったという設定はカットされ、カラバッジョが屋敷を訪れた動機も変更されている。

③小説ではカラバッジョと患者、キップとハナの世代差が悲哀と希望の両方を生んでいる。また、アルマーシとキャサリンの年齢差も二人の関係の危うさに寄与している。しかし映画では、（役者の実年齢で言えば）原作とほぼ同年齢なのはキップくらいで、他は三十代辺りに集中している。カラバッジョ役のウィレム・デフォーは四十代だが、原作のイメー

ジよりも若々しいし、ハナとキャサリンは大人の女性らしく、恋愛においても、より主体的に行動しているように見える。この辺りは好みが分かれるところかもしれないが、原作と印象が異なることは間違いない。

④キップが屋敷を去る経緯が変更されている。製作の途中で、原爆投下という大きな歴史を映画に取り込むことが断念され、別の理由に差し替えられたのだという。

いささか不満げに書き連ねてしまったが、こうした変更は、原作をないがしろにした結果では決してない。故・アンソニー・ミンゲラ監督はテキストを深く読み込んだ上で、映画というフォーマットに合わせるべく細部まで改変を施した。一方で、小説のモチーフを全く別のシーンに取り込んだ例も数多くある。例えば、患者の手帳に記された風のリストは、アルマーシとキャサリンが砂嵐の中で心を通わせるシーンに生かされているし、キップが中世学者とフレスコ画を見るくだりは、キップとハナのデートのシーンへと移し替えられている。また、原作のゆらぐような時間感覚を生かすべく、四十回を超える時間転換が設けられているが、これは映画のセオリーからすれば異例の多さだという。

オンダーチェ自身は、原作とは別物と割り切った上で、映画を高く評価しているようだ。映画の脚本には初期段階で関わっており、その後も製作陣と交流し、完成を見届けている。特に、編集を手がけたウォルター・マーチの仕事には響き合うものを感じ、これが対談集『映画もまた編集である　ウォルター・マーチとの対話』（吉田《よしだ》俊太郎《しゅんたろう》訳、みすず書房）に発展していくことになった。本書および『映画もまた編集である』を読んだ上で映画を観返してみると、また新たな発見があるだろう。

*

他の邦訳作品についても駆け足でご紹介しておきたい（一覧は原著の刊行順）。

『ビリー・ザ・キッド全仕事』（福間健二訳／国書刊行会→白水Uブックス）
『バディ・ボールデンを覚えているか』（畑中佳樹《はたなかよしき》訳／新潮社）
『家族を駆け抜けて』（藤本陽子《ふじもとようこ》訳／彩流社）
『ライオンの皮をまとって』（福間健二訳／水声社）
『イギリス人の患者』（土屋《つちや》政雄《まさお》訳／新潮社→新潮文庫→創元文芸文庫）※本書
『アニルの亡霊』（小川高義《おがわたかよし》訳／新潮社）
『映画もまた編集である　ウォルター・マーチとの対話』（吉田俊太郎訳／みすず書房）
『ディビザデロ通り』（村松潔《むらまつきよし》訳／新潮社）
『名もなき人たちのテーブル』（田栗美奈子《たぐりみなこ》訳／作品社）
『戦下の淡き光』（田栗美奈子訳／作品社）

『ライオンの皮をまとって』は、本書の前日譚に当たり、一九三〇年代のトロントを舞台に妖しく哀しい物語が繰り広げられる。カラバッジョや少女の頃のハナにも会うことができるので、未読の方はぜひ手に取っていただきたい。初期の『ビリー・ザ・キッド全仕事』『バディ・ボールデンを覚えているか』辺りは、コラージュ的な手法が用いられ、詩とも小説ともつかない切れ味抜群の文体を堪能できる。自伝的小説『家族を駆け抜けて』と、内戦下のスリランカを舞台にした『アニルの亡霊』は、作者のルーツに関わる作品。静謐《せいひつ》な傑作『ディビザデロ通り』を経て、『名もなき人たちのテーブル』『戦下の淡き光』では、秘めたナイフのような危険さはそのままに、より円熟味の増した境地を楽しめる。

オンダーチェの小説はありがたいことに全て邦訳されているが、詩集については未訳の作品が残っている。いつか日本語で読める日を楽しみに待ちたい。

本作品は一九九六年に新潮社より単行本が刊行され、
一九九九年に新潮文庫に収録された。

検 印
廃 止

訳者紹介　翻訳家。訳書にイシグロ「日の名残り」、モーム「月と六ペンス」、バーンズ「終わりの感覚」、スタインベック「エデンの東」、ウルフ「ダロウェイ夫人」、マコート「アンジェラの祈り」他多数。

イギリス人の患者

2024年1月19日　初版

著 者　マイケル・オンダーチェ
訳 者　土《つち》 屋《や》 政《まさ》 雄《お》

発行所　(株) 東京創元社
代表者　渋谷健太郎

162-0814/東京都新宿区新小川町1-5
電 話　03・3268・8231-営業部
　　　03・3268・8204-編集部
URL　http://www.tsogen.co.jp
暁印刷・本間製本

ISBN978-4-488-80503-6　C0197